EL CLUB DE LOS ESTRELLADOS

colección andanzas

JOAQUÍN BERGES
EL CLUB DE LOS ESTRELLADOS

TUSQUETS
EDITORES

1.ª edición: junio de 2009

© Joaquín Berges, 2009

Diseño de la colección: Guillemot-Navares
Reservados todos los derechos de esta edición para
Tusquets Editores, S.A. - Cesare Cantù, 8 - 08023 Barcelona
www.tusquetseditores.com
ISBN: 978-84-8383-170-0
Depósito legal: B. 24.519-2009
Fotocomposición: Foinsa, S.A. - Passatge Gaiolà, 13-15 - 08013 Barcelona
Impresión: Limpergraf, S.L. - Mogoda, 29-31 - 08210 Barcelona
Encuadernación: Reinbook
Impreso en España

Queda rigurosamente prohibida cualquier forma de reproducción, distribución, comunicación pública o transformación total o parcial de esta obra sin el permiso escrito de los titulares de los derechos de explotación.

Índice

−1. Del determinismo fisiológico	11
0. De las crisis de hibernación	19
1. De la potencia y la realidad	25
2. Del sobre	31
3. De la cuadriculada búsqueda	39
4. De Koyak	47
5. De Chelo	53
6. De Sherezade	63
7. Del magnetismo del hechizo	69
8. De la ralentización del tiempo	75
9. De lo que se desea	81
10. De la primera noche	89
11. De Armando	97
12. Del horario musical	109
13. De los singulares frankestein	117
14. De las posibilidades ridículas	127
15. De la elegancia mórbida	135
16. Del sudoku de las palabras	143
17. De la valía del botín	153
18. De la coherencia del sueño	159
19. De la piel lampiña	167
20. De la conmovedora desnudez	175
21. De la genética y el amor	183
22. De la feminidad	191
23. Del juicio final	199

24. De las aves migratorias 205
25. De las puertas con cerradura 213
26. De madres e hijas 219
27. De la ginecología especializada 227
28. Del castillo de naipes 235
29. De la metamorfosis 241
30. Del espectador y el espectáculo 249
31. De la mariposa de colores 257
32. De la variedad de las crisálidas 267

a Bux
a Marcos
a Miguel

What would one do, face to face, naked body to naked body, with a stranger who didn't peak it, who had another language of his own?

David Lodge, *Thinks...*

Mi estupefacción llegó sin embargo a su cénit cuando descubrí por casualidad que [Holmes] ignoraba la teoría copernicana y la composición del sistema solar. El que un hombre civilizado desconociese en nuestro siglo XIX que la tierra gira en torno al sol, se me antojó un hecho tan extraordinario que apenas si podía darle crédito.
—Parece usted sorprendido —dijo sonriendo ante mi expresión de asombro—. Ahora que me ha puesto usted al corriente, haré lo posible por olvidarlo.

Arthur Conan Doyle, *Estudio en escarlata*

–1
Del determinismo fisiológico

Los ojos de Francho orbitan excéntricamente sobre su nariz, su boca se adivina en la nebulosa de su bigote, sus orejas se despliegan como si su cráneo fuera un satélite artificial dotado de paneles solares. Su cutis es un firmamento de cúmulos estelares y rocosos planetas, lo mismo que la piel de su torso y sus manos, con la diferencia de que estas últimas se hallan repletas de enérgicas protuberancias pilosas. Si tuviera que comparar a Francho con un astro del firmamento diría que es un errático meteoro ajeno a cualquier clase de armonía navegando al pairo en el océano cósmico.

Hay ojos menos excéntricos, narices menos contundentes, bocas más y orejas menos audaces. Hay igualmente pieles menos celestes y cráneos menos amorfos. Hay hermosos meteoros que surcan el cosmos ayudados por la majestuosidad del viento solar. Los he visto por los oculares de mi telescopio en las noches sin luna, mientras admiraba el espectáculo de la belleza más huidiza, que es la que sólo se manifiesta en la invisible presencia de la oscuridad.

Francho es mi mejor amigo. Fuimos vecinos de portal y compañeros de colegio. Nuestra infancia transcurrió en la doméstica intimidad de los hermanos. Y así es como nos tratamos. Yo tengo llaves de su casa y él de la mía, conozco todas sus debilidades y viceversa. Y ambos somos indulgentes.

Su madre se llamaba doña Luisa. Tenía una mercería en una calle del barrio, no lejos de su casa. Francho la ayudaba por las tardes, después de salir del colegio. Era una tienda mágica, los estantes repletos de cajas de cartón conteniendo indecibles tesoros: sostenes de voluminosas copas, fajas con ribetes y simétricos pespuntes, ligas y ligueros, medias de seda, bragas de todas las tallas, camisones vaporosos, deshabillés, batas, picardías, un catálogo de lencería femenina digno del más exigente fetichista.

Doña Luisa murió hace diez años. Francho liquidó la mercería y vendió el local. Con lo que obtuvo se compró un ático en un barrio de la periferia de la ciudad, cerca de los campos sin contaminación lumínica en los que yo acostumbraba a pasar las primeras horas de la noche, entretenido en busca de un planeta visible, una estrella doble o una lluvia de estrellas. El piso donde vivía con su madre lo tiene alquilado. Esa renta se suma a su sueldo de funcionario y le permite llevar una vida desahogada.

Francho no quiso ir a la universidad. Siempre ha creído que las carreras académicas son como las artísticas y no deben acometerse sin la vocación adecuada. Algunas oposiciones —como las del cuerpo de correos— se convocan pensando en gente como él. Es ordenado, metódico, eficaz y puntual, uno de los oficiales más veteranos de la central de correos de la ciudad. Cada mañana, de camino al trabajo, entra en el café que regento. Se toma un cortado con unos churros y me saluda escuetamente, apenas una frase y su réplica, quizá una pequeña broma y poco más porque a esas horas estoy muy atareado.

Francho comparte despacho con una chica algo más joven que él. Se llama Hortensia y, pese a su seductora aunque tal vez ya menguante belleza, no está casada ni tiene pareja. Esta circunstancia es motivo de guasa entre mis colegas de la asociación y entre los parroquianos del café. Desde ambos flancos azuzan a Francho para que se aventure tras ella, pero él, que aborrece los comentarios sexistas en general —y los suyos en particular—, hace todo lo posible por ignorarlos. Hortensia lo trata como a un hermano mayor. Le cuenta sus problemas e intimidades, le pide consejo y le habla como si no perteneciera al género masculino, lo cual me hace pensar que tal vez quienes no hemos sido agraciados con un físico atractivo no estemos marcados sexualmente. O quizá nuestra marca sexual pase desapercibida entre la miríada de nuestros defectos físicos. En cualquier caso él acepta el trato con idéntica naturalidad, pues Hortensia se halla tan alejada de sus posibilidades que —tal como le ocurre con las carreras universitarias— carece de vocación por ella.

El jefe de ambos se llama Valdivieso. Es un sujeto atípico, con voz de mando, refinados gustos y muchos conocidos. Resultaría difícil encontrar a un tipo más amplia y variadamente relacionado y a la vez más discreto y cauto. En esa dualidad irrepetible radica el grado de fascinación que suele levantar a su alrededor, aunque no vaya acompañado de ninguna simpatía, si es que tal paradoja es posible. Le gustan los museos, las galerías de arte, los actos públicos y es socio de la Filarmónica. Creo que, siendo ya funcionario, se licenció en historia del arte y ascendió por promoción interna, lo que sin duda es un buen sistema para conciliar el salario mensual con la vocación. A Francho en cambio nunca le tentó ninguna clase de promoción porque pertenece a esa minoría de afortunados que disfrutan con su trabajo.

La ciudad se presenta en su ordenador como un puzle de distritos, cada uno ordenado por una red cartesiana de vías principales y bocacalles, todas divididas en tramos y manzanas, con números de portales pares e impares, lo cual implica un orden mayúsculo, casi cósmico: los seres humanos clasificados y encasillados según su dirección postal, criterio de naturaleza geométrica en el que Francho cree ciegamente.

—Desde pequeños se nos asigna un pupitre en la escuela —dice—. Luego, una taquilla en el trabajo, un buzón en nuestro domicilio, una plaza de garaje, una cama en el asilo y un nicho en el cementerio.

Le gusta ordenar el mundo en dos dimensiones —abscisas y ordenadas—, como hace en las hojas de cálculo que maneja con soltura y profusión. Supongo que todo se debe al influjo siempre presente de la mercería de su madre, donde las cajas se ordenaban en los estantes bajo estrictos criterios cartesianos de género y talla.

—Nuestra dirección postal nos conecta con el resto del mundo —argumenta—. Al contrario del correo electrónico, cuyas direcciones se abren y cierran a voluntad del usuario, aquélla es geográficamente intransferible. Nos pertenece y nos acompaña siempre, aunque nos mudemos a otro barrio, a otra ciudad, a otra región o a otro país. Nuestro buzón es como un radiotelescopio dispuesto a recibir mensajes cifrados de otras formas de vida inteligente, propaganda incluida.

Hortensia queda enmudecida cuando Francho diverga en estos términos, gracias a lo cual su profesión le parece menos rutinaria y más trascendente. Es en esos momentos cuando Francho gana cierta masculinidad y es digno de algún atractivo. Aunque, igual que sucede con el brillo que emite una lejana supernova, no es más que un intenso relámpago destinado a apagarse más tarde.

Acabada la jornada laboral Francho viene al café y se toma el plato del día. A veces lo acompaña Hortensia. Si es así, ambos comen en silencio. A Francho le incomoda hablar con la boca llena, siempre temeroso de mostrar restos de comida en su bigote o su barba. Por esa pulcra y quizá compulsiva razón se sienta frente al gran espejo que cubre la pared del comedor: para poder verse mientras come. Desde allí accede también —como el resto de los presentes— a la espléndida melena de Hortensia, toda imbricada y audaz como una tormenta magnética.

Tras los postres toman café y charlan, normalmente sobre temas relacionados con Valdivieso y los demás compañeros de la oficina. A Francho le gusta escuchar chismes sobre sus allegados, defecto que debió de cultivar en la mercería, donde el chismorreo del barrio era constante. Más tarde, cuando se acercan a la barra para pagar la cuenta, advienen las consabidas bromitas de los parroquianos del café. Venga, valiente, que tú puedes. No la dejes escapar, que de éstas quedan pocas. Ajenos a todo, como famosos acostumbrados a levantar comentarios entre la chusma, pagan a partes iguales y se van en la misma dirección pero en sentido contrario.

Francho suele pasar la tarde en casa, aunque no sé exactamente en qué invierte su tiempo. Apenas lee novelas, no ve las películas que yo le presto, no compra periódicos ni revistas especializadas. Ni siquiera hojea el boletín de la asociación astronómica. Tal vez se pase la tarde durmiendo, quizá recordando, puede que soñando.

Francho llegaba a casa, se quitaba los zapatos y descabezaba una breve siesta en la penumbra de su dormitorio, vestido sobre la cama, como un cadáver en pleno velatorio. Eran apenas veinte minutos de desconexión del mundo, el tiempo necesario para restaurar su organismo y resetear su mente. Una vez despierto —quizá resucitado— disponía todo lo necesario para cantar con la ayuda de su karaoke. Le gustaba interpretar canciones clásicas de voces legendarias, en especial mujeres como Barbra Streisand, Gloria Gaynor, Aretha Franklin o Alicia Bridges. También se atrevía con números musicales de *Cats*, *El fantasma de la Ópera* o *Grease*, sin olvidar el folclore más castizo, representado por coplas de Marifé de Triana o Juanita Reina. Cantaba con cierto estilo personal y mucho sentido del ritmo, entre otras razones porque poseía un oído privilegiado. Más de una vez había pensado en presentarse a algún concurso de televisión para la promoción de cantantes anónimos. Era lógico: como todos los artistas, Francho sentía de vez en cuando la imperiosa y secreta necesidad de actuar frente al público.

Antes de cenar realizaba unos ejercicios en su banco de abdominales, seguidos de unas flexiones y unos estiramientos. Gracias a ello su cuerpo se mantenía fibroso. Vestido parecía flaco, casi un perchero con ropa colgada, pero desnudo marcaba los perfiles de los músculos y ganaba un porte atlético. Todo lo cual se transfiguraba irremisiblemente cuando se calzaba unas bragas de raso y se abrochaba un sujetador con aros de refuerzo, sobre los que anteponía un salto de cama transparente de gasa y seda.

Francho no era un verdadero travesti. Simplemente adoraba la lencería que rescató del negocio materno y se moría por verla expuesta en un cuerpo humano, aunque fuera el suyo. Con infinito más deleite habría admirado esas prendas sobre un cuerpo de mujer, pero tal posibilidad distaba tanto de la realidad que se le antojaba imposible. Por eso aprovechaba sus hechuras en cierto modo femeninas —el vientre liso, la cintura estrecha y las piernas delgadas— y ejercía las funciones de un maniquí, con la particularidad de que usaba siempre bragas y sujetadores de su talla. No le gustaba llevar prendas escasas ni holgadas que parecieran hurtadas de un tendedor ajeno.

Ésa era su forma de amarse y gozar del sexo en solitario. Dos o tres veces por semana abría el armario de la lencería y elegía qué ponerse. Trataba de no repetirse, no quería cansarse de sí mismo. Por suerte disponía de un variado escaparate. Se vestía sin prisa, ajustándose las prendas con la maña de quien está acostumbrado a tratarlas desde niño. Una vez travestido cerraba el armario y se contemplaba en la luna de los espejos. Se hacía poses, se buscaba rincones erotizados por el color, la tela o el corte de las prendas. A veces incluso compaginaba esos movimientos con una canción apropiada, algo sensual interpretado con la voz entrecortada por la excitación y una coreografía cargada de intenciones. Así hasta completar un lascivo y estimulante espectáculo que terminaba con una mansa eyaculación en el interior de un preservativo, pues a Francho le incomodaba ensuciarse mientras gozaba, lo cual era un proceder a la vez curioso y práctico.

Luego se ponía el pijama y se preparaba una cena ligera, actuando en todo momento como si estuviera casado consigo mismo y compusiera una entidad heterosexual en la que su cuerpo ejecutara el papel femenino y sus ojos el masculino. Dormía en una cama de matrimonio, acostado a un lado, como si esperase que su pareja fuera a llegar más tarde. Era propenso a soñar. Tal vez lo hiciera imaginando a Hortensia vestida con la lencería de su madre, probándose uno a uno los conjuntos que guardaba en el armario y amontonándolos a su lado hasta formar un lecho sobre el que recostarse y ser amada. Hortensia no tenía la talla de Francho. Sus caderas eran más anchas y sus muslos de mayor calibre, por no hablar de su pecho, que era de carne y hueso. Tal vez sólo de carne. Francho habría tenido que buscar en otra celda de su armario cartesiano para poder vestir y desnudar el cuerpo de su compañera.

0
De las crisis de hibernación

Los viernes por la tarde Francho acude al local de la asociación astronómica, donde cada semana organizamos una charla que ilustre y anticipe la observación programada para la noche del sábado. Nada más verlo, los demás asociados le preguntan con sincera decepción por Hortensia, convencidos de que algún viernes logrará traerla consigo, ambición lícita y comprensible considerando que todos somos varones. La primera vez que aceptó una de mis incansables invitaciones, Francho nos definió con buen criterio —y cierta dosis de inspirada ironía— como «el club de los estrellados», ya que todos somos solteros, divorciados o viudos. Esa ocurrencia ha velado por completo el nombre oficial de la asociación, que ya nadie pronuncia. El club de los estrellados programa observaciones nocturnas para localizar objetos del catálogo Messier, observar estrellas dobles, seguir eclipses, fotografiar cometas o buscar remotas galaxias y otros objetos del cielo profundo.

La mayoría somos aficionados a la astronomía desde niños, pero hay quienes sólo acuden en busca de compañía, huyendo de alguna versión de la soledad, como Francho, que apenas sabe nada sobre el cosmos, pese a pertenecer a la asociación desde hace varios años. De la misma forma podría refugiarse en la camaradería del bar de la esquina, el gimnasio del barrio o la parroquia, pero tanto él como yo preferimos abandonar temporalmente la tierra firme y asomarnos al abismo del universo: un precipicio de millones de años luz que no produce vértigo por la sencilla razón de que se encuentra sobre nuestras cabezas. Y desde niños aprendimos que los precipicios vertiginosos están a nuestros pies.

Bien entrada la madrugada del domingo finalizamos las sesiones de observación y montamos en mi coche para volver a casa. Es entonces cuando, igual que si fuera un astro más del firmamento, aprovecho para observarlo a él y comprobar si atraviesa por uno de sus baches emocionales, los cuales le sobrevienen con armónica y por tanto predecible frecuencia. Son largas semanas de melancolía durante las cuales su mirada se pierde en algún lugar del parabrisas, tratando de vislumbrar el final de un inhóspito y larguísimo túnel. Para disipar cualquier duda al respecto basta con fijarse en lo que bebe, porque durante ese tiempo se vuelve completamente abstemio, tal vez porque teme mezclar el efecto del alcohol con el de los ansiolíticos que toma.

Él sostiene que mientras hiberna, que es como se refiere a sus episodios depresivos, sufre un inmovilismo difícil de explicar y encuentra serias dificultades para desplazarse en el espacio y —lo que resulta más abstracto— en el tiempo. No soporta la memoria ni las expectativas, no puede recordar ni predecir. Sufre una imposibilidad física para moverse en cualquiera de las cuatro dimensiones, una especie de exaltación del presente —el aquí y ahora— más propia de un agujero negro que succionara calendarios y mapas, kilómetros y horas de vida.

Los ansiolíticos le calmaban el ánimo pero también la libido. Mientras tomaba pastillas no sentía la atracción del armario de la lencería. Era más adelante, una vez que la medicación y el paso del tiempo comenzaban a sanarlo, cuando retomaba con brío su actividad sexual. Volvía entonces a vestir sus conjuntos favoritos, innovaba probándose alguna prenda inédita e incluso se atrevía a pintarse los labios frente al espejo, especialmente los domingos por la tarde para compensar de alguna manera el síndrome que lleva su nombre.

Estos atrevimientos incrementaron su exigencia erótica. Como en una serie de proporciones geométricas cada innovación era múltiplo de la anterior, de manera que cada vez le costaba más esfuerzo excitarse a sí mismo, hasta que llegó el día en que dejó de usar ropa interior masculina y se pasó definitivamente a la lencería femenina. Le excitaba saber que debajo del uniforme de correos llevaba unas braguitas de encajes y puntillas, un sujetador a juego o unas medias ascendiendo hasta medio muslo. A veces Hortensia lo sorprendía mirándole fijamente el tirante del sujetador y se ruborizaba al creerlo un furtivo mirón en la frontera de la amistad, incapaz de imaginar que Francho lucía unas prendas como las suyas —incluso más sutiles y provocativas—. No podía comprender que la mirada de su compañero era en ese instante tan femenina como la de cualquier mujer. Al contrario, agradecía estos deslices aparentemente masculinos porque confirmaban su poder de seducción y su capacidad de despertar la fantasía del erotismo. Y tal vez estaba en lo cierto, porque era en esas ocasiones cuando Francho se dirigía al baño de la oficina y se daba placer, después de lo cual salía con la sangre drogada de sexo clandestino y pasaba el resto de la jornada meciendo la cabeza a ambos lados, como acompañando el ritmo de una melodía inaudible.

Francho siempre estaba al acecho de nuevas vías de excitación, buscando escondrijos donde mostrarse lascivo y complaciente. Por esta razón detuvo ascensores entre plantas, se amó en el interior de un taxi, en los probadores de una tienda de ropa, en un locutorio telefónico, en un cine poco frecuentado, en un remoto banco del parque o en la habitación de un hotel desconocido. Como un arrobado amante buscó el placer huyendo a la vanguardia, hacia una identidad hermafrodita, doble, casi esquizoide, esperando a que un nuevo bache anímico interrumpiera sus orgías y lo postrara en la barra del café de su amigo o en la asociación astronómica a la que pertenecía. A veces se detenía ante los servicios de la oficina de correos, dudando a qué lavabo entrar: si al que correspondía a su sexo o a las prendas íntimas que vestía. Valdivieso encontró una vez un preservativo usado que no había tragado uno de los sufridos inodoros de correos. Enseguida pensó en Hortensia –la más deseada de sus empleadas–, pero no fue capaz de emparejarla con ninguno de sus empleados, pese a que había varios sospechosos, Francho entre ellos, aunque no por soltero y cercano a ella más que los demás. Durante días vigiló el acceso a los lavabos desde su despacho, dejando una rendija de la puerta sin cerrar. Algunas veces vio entrar a la vez a dos personas de distinto sexo, pero nunca accedieron al mismo retrete: el hombre abría la puerta de la pipa de fumar y la mujer la de la barra de labios. No supo imaginar que el coito que buscaba se producía cuando Francho se demoraba en el retrete de la pipa, supuestamente ocupado en sus aguas mayores. Nunca sospechó que su oficial más diligente era un narciso vestido con ropa del sexo contrario provisto de una mirada indulgente y un preservativo.

A Francho no le gusta ir de putas. A veces, tras una larga velada de observación con nuestros colegas del club de los estrellados, acudimos a un local de alterne y pedimos unas copas. Francho disfruta hablando con las chicas, habitualmente mintiéndoles sobre su ocupación, su nombre, su edad y su estado civil. Inventa otro Francho, fantasea con su personalidad, se adorna con una aureola legendaria para reflejarse en los ojos de las prostitutas con un brillo de admiración, tal vez amablemente incrédulo. Pero luego, cuando alguno de los presentes decidimos acceder al pasillo del fondo con una de las chicas de la mano, él se inhibe y sigue bebiendo. Y mintiendo, de manera que todos salimos sonrientes del local, menos él, que sale borracho y un tanto avergonzado por haberse contradicho en alguna mentira y haber provocado la desilusión de las chicas. Francho me dijo una vez que su desinterés por las putas se debía a la vulgaridad de la ropa interior que suelen vestir. Supongo que no puede evitar las comparaciones y se acuerda de las prendas que vendía doña Luisa en su mercería. Esos recuerdos deben de ser incompatibles con cualquier grado de excitación sexual. No se puede mezclar el sexo con la figura materna, pese a que cada uno de nosotros proviene de ambos elementos mezclados. Tal vez por eso no quiere probar suerte. Como el escamado, el estafado o el quemado, prefiere renunciar al placer heterosexual antes que hallarse en el embarazo que frecuentemente provocan los recuerdos. En su lugar, opta por la copa *on the rocks* y la imaginación liberada que lo convierte por arte de magia en un influyente empresario, un entrenador deportivo, un astrónomo de reconocido prestigio o un detective especializado en el narcotráfico, mientras sus amigos se aparean civilizadamente después de haber pasado por caja.

Ignoro si ésa es la razón por la que tampoco le gustan las películas pornográficas, los espectáculos de sexo en directo ni ninguna clase de lascivia o erotismo manifiesto. Igualmente renuncia a la impagable oportunidad de admirar cada día el busto de Hortensia. Y no me refiero sólo a sus pechos, sino a la parte del cuerpo que se talla en bronce y se dispone sobre una columna en pro de la inmortalidad. Si yo tuviera la fortuna de trabajar con una camarera como Hortensia, acudiría al café como el estudiante enamorado de una compañera de clase —o de una maestra—, maldiciendo los fines de semana y bendiciendo la jornada escolar, en este caso laboral. Mi ocio se convertiría en negocio. Y viceversa. Pero Francho es indiferente a Hortensia, como lo es a toda mujer, da igual que sea o no capaz de inspirar un suspiro, un poema o un simple piropo.

El escote de Hortensia es un abismo como el cósmico. Si yo pudiera asomarme a él lo haría bien asido a sus caderas para no precipitarme al fondo, confiando en que la fuerza de atracción de su cuerpo fuera tan implacable como la gravedad de la Tierra y pudiera retenerme a este lado de la realidad espaciotemporal. Ella es tan inalcanzable para mí como para Francho. Un cometa que enfrenta su cabellera a nuestro aliento magnético, rodea nuestros polos y regresa por donde ha venido, como hacen estos cuerpos cuando circundan el sol. Pero yo, al contrario que Francho, soy un astrónomo aficionado desde niño. Y me gusta contemplar los milagros de la naturaleza, no importa a qué distancia se encuentren de mí, ni si alguna vez podrán ser míos. Los astrónomos sólo poseen aquello que admiran a través de sus telescopios, en la negrura de la noche.

1
De la potencia y la realidad

Es sábado por la noche. Acabamos de localizar y fotografiar con éxito la Nebulosa del Cangrejo en la constelación de Taurus y para celebrarlo nos dirigimos a un local de alterne. Francho nos acompaña como de costumbre: sin intención de aparearse pero igualmente animado ante la perspectiva de una copa y una buena oportunidad de mostrarse locuaz. Supongo que el alcohol y el anonimato propio de estos lugares favorecen su transformación. Él es el primero en entrar. Elige una mesa discreta en un rincón y se deja rodear por tres chicas a las que invita a unas copas.

Esta noche Francho es un espía industrial al servicio de una conocida multinacional. Su misión es obtener información sobre ciertos proyectos de la competencia. Viaja de un lugar a otro del mundo, desde países de la Europa del Este hasta el Lejano Oriente. No puede regresar a su cuartel general sin las fotos de un nuevo envase, el borrador de un catálogo o los planos de un prototipo, como si realmente fuera un jamesbond narizotas, orejón y peludo.

Las chicas escuchan sus cuentos con una sonrisa de pretendido asombro, como niñas arropadas en la cama sin intención de dormir. Las historias de Francho no son estrictamente mentira, sino más bien ficción.

—La ficción es una mentira verosímil —suele decir—, una verdad alternativa que surge cuando la realidad se reordena siguiendo criterios potencialmente ciertos.

Amanece cuando salimos del local —el espía multinacional y los cuatro colegas que lo acompañamos—, gastando bromas propiamente masculinas sobre las aventuras que acabamos de protagonizar. Y esta vez no me refiero a las potencialmente ciertas. Francho insiste en conducir. Yo he bebido mucho menos que él, y mucho antes. Y además he quemado las calorías propias de mi sexo, pero Francho arranca el coche y lo acelera sin ninguna necesidad, imbuido aún de una prisa ficticia. Sentado con resignación en el asiento del copiloto, trato de calcular una ruta que nos libre de toparnos con un control de alcoholemia.

Me equivoco. Circundamos la ciudad por una vía poco transitada cuando a un lado de la calzada descubro un coche patrulla. Rezo para que no nos detengan pero lo hacen. Miro a Francho y me sorprende su ademán despierto y sereno. Puede que sea una reacción defensiva, como si estuviera en guardia. O tal vez no ha bebido tanto como yo creo. Nuevamente me equivoco: su tasa de alcohol en sangre es muy alta. Tenemos que abandonar el vehículo para que los agentes lo inmovilicen. Francho parece más que nunca un verdadero espía, aunque esta vez en apuros al ser interceptado por la Interpol. Se pasa una mano por la frente y emite un suspiro entrecortado. Por un momento me hace creer que va a derrumbarse —él, un probo funcionario del servicio de correos, un intachable ciudadano reducido a presunción de inocencia—, pero no lo hace.

Un agente le pide la documentación y compara su rostro con la fotografía de su deneí. No puede contener una mueca, un gesto ajeno a la impersonalidad que caracteriza a estos funcionarios de la carretera. Francho lo advierte y me mira con ojos chispeantes, lo cual me confirma que no va a derrumbarse. El agente le da la espalda y avanza hacia su coche patrulla con los documentos en la mano. Toma la radio y comienza a dictar el número del deneí. Al otro lado de las ondas alguien debe de hacer un ocurrente comentario, acaso inevitable al ver la foto de Francho en la pantalla de un ordenador. El agente se ríe con estentóreas carcajadas y dice sólo dos palabras: «ese mismo». Tal juego escénico puede ser consecuencia de múltiples posibilidades –algunas verosímiles y otras ficticias–, pero Francho lo interpreta de la manera más lógica. El agente remoto no ha podido contenerse al ver su foto y ha preguntado: «¿es el que parece el hombre lobo?» O cualquiera de sus sinónimas variaciones: «¿es el que parece un orangután cabreado?», «¿es el que se ha rociado la cara con crecepelo?», «¿es el que lleva la careta de carnaval?». Los comentarios que siempre ha provocado una foto de Francho, algunos de los cuales son recurrentes y los ha escuchado en boca de distintas personas, como crueles compañeros del colegio o iracundos desconocidos al volante.

Ante mi muda sorpresa el aludido avanza hacia el coche patrulla y se sitúa detrás del agente. Éste siente su presencia y se vuelve hacia él. Al ver la expresión de su rostro hace ademán de llevarse la mano a la pistola del cinturón pero no tiene tiempo. Francho arma el brazo y le suelta un sonoro bofetón entre el pómulo y el mentón. No es él. Es el espía industrial, cargado de alcohólica ficción, enfrentándose a las fuerzas enemigas, en plena misión. Inmediatamente el compañero del agredido salta sobre Francho y lo reduce. A continuación le coloca unas esposas y le lee sus derechos. Francho está tan sorprendido como yo. Me mira desde el suelo y leo una sombra de complacencia en sus párpados. Creo que se siente a gusto, como un niño culpable, incapaz de soportar el peso de la culpa, que se alivia al ser descubierto y castigado por sus padres.

Es la primera vez que contemplo una pelea de Francho. Y no por falta de oportunidades, pues su físico siempre ha sido una fuente de inspiración, sino por su pretendida indolencia, una pacífica actitud más cercana a la resignación que a la indiferencia. Puede que incluso aquel bofetón tampoco forme parte de una verdadera pelea. Tal vez Francho desea expiar sus demonios interiores mediante una reprimenda con garantías, porque supongo que para un funcionario de su rango la guardia civil debe de resultar un cuerpo afín, una especie de departamento de asuntos internos. Y sin duda se siente seguro entre los guardias. Conoce la ley y sabe que su falta se resolverá pagando una multa y recibiendo un sermón de tintes catecúmenos, a medio camino entre un castigo y un propósito de enmienda.

Me acerco a él, pero el agente que lo sujeta no me permite hablarle. Lo empuja hacia el coche patrulla y lo introduce en el asiento de atrás, apostando una mano sobre su cabeza para que no se golpee con el marco de la puerta. Este maternal aunque mecánico gesto me permite comprender el juego de Francho. Forma parte de lo potencialmente cierto: ser detenido por la benévola autoridad y verse obligado a prestar declaración, mientras sus superiores de la multinacional aclaran el incidente en el ministerio correspondiente.

Antes de que el coche arranque extiendo el pulgar y el meñique de mi mano y los acerco a mi boca y mi oreja derecha. Asiente. Me telefoneará en cuanto pueda. Luego espero al taxi que los guardias han llamado para que me vaya a casa. Por el camino no puedo evitar una sonrisa de ironía provocada por lo que ha sucedido. Una densidad de acontecimientos demasiado alta para permanecer serio.

El taxi me deja frente al café: es prácticamente la hora de abrir.

Si a Francho le hubieran hecho desnudarse en comisaría habría quedado al descubierto su inconfesable secreto. Se habría convertido en un curioso espía internacional vestido con braguitas de blondas y sujetador de raso. Pero no tuvo que desnudarse. Simplemente depositó sus objetos personales en un mostrador y un policía lo cacheó a conciencia, sin llegar a percibir la delicadeza de su ropa interior. Le tomaron sus datos y sus huellas dactilares. Luego lo condujeron a una celda a la espera de prestar declaración. Francho deseó que fuera un lugar oscuro donde pudiera masturbarse. Los acontecimientos de la noche lo habían excitado hasta la frontera del paroxismo. Y además nunca lo había hecho en un calabozo. La celda sin embargo estaba ocupada por una docena de personas. Era un espacio común, una sala de espera con barrotes en la ventana y asientos de plástico alineados a lo largo de su perímetro. Se sentó lo más lejos posible del resto de detenidos y se cubrió el rostro con las manos. Puede que fuera un gesto de cansancio o desazón, o quizá no quería fijarse en los demás ni que ellos se fijaran en él. Tal vez fuera una reacción instintiva para evitar nuevas burlas sobre su físico. O simplemente se trataba de un ataque de rabia por no poder liberar su sexo hermafrodita en presencia de toda esa gente. Permaneció un buen rato mirando al suelo, un maltrecho ajedrezado de baldosas blancas y negras donde librar batallas a favor y en contra de la ley, un firmamento estrellado por grietas, manchas, chicles apisonados, escupitajos y otras partículas del cosmos. Cuando por fin se atrevió a mirar a su alrededor comprobó con alivio que nadie reparaba en él. En realidad nadie reparaba en nadie. El grado de discreción de aquella celda era aún mayor que el de la antesala de un prostíbulo.

Sólo hubo un sujeto que le clavó disimuladamente la mirada. Era un ser oscuro, la piel cubierta de herrumbre solar, el pelo sucio y los ojos negros. Parecía una pieza de ajedrez a punto de ejecutar un movimiento. Al cabo de un rato se levantó y, tal como habría hecho un caballo o un alfil, se sentó a su lado. Francho estuvo a punto de levantarse para evitarlo pero enseguida comprendió que no podía ir muy lejos. Así que aguardó su próximo movimiento. El sujeto miró en dirección a la puerta de la celda y se sacó un sobre de papel del abrigo.

Se volvió hacia Francho y lo depositó entre su espalda y el respaldo del asiento.

—Esto es para ti —dijo.

Francho no entendió. Creyó ser objeto de una broma, el protagonista de uno de esos programas de cámaras e intenciones respectivamente ocultas y aviesas. Se sintió ajeno a la situación, razón por la cual no tuvo miedo ni experimentó ninguna curiosidad. Aquello no estaba sucediendo de verdad. Puede que sólo fuera potencialmente cierto. Tomó el sobre, lo palpó con los dedos y se lo metió con insólita naturalidad en el bolsillo de la americana. Era evidente que contenía papel pero no supo precisar de qué clase. Podían ser las fotos de un nuevo envase, el borrador de un catálogo o los planos de un prototipo. O tal vez dinero. En ocasiones olvidamos que el dinero no es más que papel.

2
Del sobre

Hortensia llega al café a media mañana. Nunca la había visto por aquí un domingo. No va vestida como de costumbre. Nunca la había visto sola. Lleva unos pantalones y una cazadora, ambos vaqueros. Nunca la había visto así. Siempre entra acompañada de Francho, en días laborales y vestida con el uniforme de correos. Leo en su mirada que no viene a desayunar. Salgo de la barra y me siento con ella a la mesa del rincón. El pulso se me acelera hasta hacerme trastabillar en los gestos y las palabras. Ella atribuye erróneamente mi estado al incidente de la noche anterior.

Francho ha llamado al señor Valdivieso desde la comisaría. Es indudable que sabe a quién debe acudir en caso de apuro. Valdivieso es como su padre. Uno de esos progenitores bien relacionados que solucionan los conflictos de sus hijos sin dejar rastro, como los buenos diplomáticos. Hortensia quiere saber lo que ha sucedido. Valdivieso la ha llamado para pedirle un par de números de teléfono, pero no ha sido nada explícito. Carraspeo un par de veces. No puedo confesarle toda la verdad, aunque algo debo contarle. Opto por resumir los acontecimientos de la noche, omitiendo no obstante la naturaleza del local donde estuvimos. Ignoro si capta la benevolencia de mi elisión o si me cree literalmente. Se limita a asentir con la cabeza y aceptar el café con leche que le trae uno de mis camareros. Bebe y quedamos en silencio. Por suerte hay poca parroquia en el local y puedo permanecer junto a ella un rato más, durante el cual no siento la necesidad de decir nada. Incluso me parece que el silencio va a resultarle cómodo a ella también, pero no es así. Enseguida comienza a hablarme de su trabajo, de su relación con Francho y de su decisión de tomarse unos meses de asueto que tienen un aparente —aunque no por ello verdadero— aroma sabático.

—Ojalá yo pudiera hacer lo mismo —aplaudo la idea.

No entiende la literalidad de mi frase. Quiero decir que ojalá pudiera acompañarla, compartir con ella unos meses ociosos que nos devolvieran —tal vez sólo potencial y temporalmente— al confín de la adolescencia, ese lugar del tiempo en el que no imperan más leyes y dictados que los procedentes de la naturaleza, y la existencia se concentra en un punto espaciotemporal breve pero intenso, como una estrella masiva que ha perdido ya parte de su fuente de energía y se cierne gravitatoriamente alrededor de su núcleo.

Le pregunto por qué no hace un viaje y cambia por un tiempo el escenario y las pautas de la vida cotidiana. Tengo la sensación —o la premonición— de haberme convertido en un psicoanalista aleccionando a una paciente. Le sugiero tomar un avión y volar a una playa del Caribe, tumbarse frente a la estrella más cercana del universo y dejarse irradiar por ella. La imagino en esa situación, vestida con un biquini de flores abiertas sobre su carne todavía blanca, una pierna estirada, la otra doblada, los brazos elevados y las manos cruzadas en la nuca. Acabo tosiendo: la imagen ha sido demasiado explícita para mi estado de resaca. Tengo que excusarme diciendo que me he atragantado, como si estuviera tomando algo. Hortensia hace un esfuerzo por sonreír.

—No puedo —dice suspirando.

Y se echa a llorar.

Valdivieso dejó a Francho sano y salvo en el portal de su casa. Gracias a sus innumerables contactos en la órbita de los funcionarios no tuvo dificultades para sacarlo de la comisaría, aunque eso no eximía al demandado de tener que regresar para liquidar algún trámite. Francho no se atrevió a preguntarle si había pagado por su libertad. Era difícil hablar de dinero con él. Si algo le debía se lo haría saber por escrito, a modo de memorándum. Valdivieso ponía por escrito todo cuanto su educación le impedía decir a la cara, lo cual no es achacable a la cobardía sino más bien a la cortesía. Precisamente por eso no le preguntó por qué había agredido a un guardia, ni le mencionó su elevada tasa de alcohol en sangre. Si algo tenía que reprocharle lo haría igualmente por escrito.

Nada más entrar en casa Francho se quitó la camisa y los pantalones y corrió en ropa interior hacia su cuarto. Abrió las puertas del armario para poder reflejarse en sus espejos y comenzó a acariciarse. Se comportaba como un amante desquiciado por la espera, ávido, hambriento de intimidad. Sus ojos iban de un espejo a otro, contemplando diferentes planos de las prendas que adornaban su cuerpo. Parecía estar viendo un dinámico videoclip al ritmo que marcaban sus movimientos, un montaje cada vez más rápido que acabó con un fundido a negro. Sus ojos se cerraron para recibir los estertores del placer y su consiguiente lactescencia.

No se molestó en abrirlos. En la misma postura en que culminó −tumbado transversalmente sobre la cama− se quedó dormido. No soñó. Su cuerpo se encontraba demasiado exhausto para hacer caso al subconsciente. Durmió varias horas. Nada más despertarse llamó a su amigo por teléfono y le aseguró que se encontraba bien. En su voz había un deje de autosuficiencia que aún procedía de su papel de espía industrial.

Después de ducharse y afeitarse recogió la ropa que yacía desperdigada a lo largo del pasillo y la echó al cesto de lavar. En la americana descubrió el sobre que le habían entregado en la comisaría. Lo dejó sobre la mesa del salón y se sentó frente a él. Empezaba a sentir curiosidad pero no ansiedad por abrir-

33

lo. Un funcionario de correos está acostumbrado a transportar misivas sin interesarse por su contenido, como un traductor que mediara en la conversación de dos magnates sin prestar otra atención que la estrictamente lingüística. No iba a abrir el sobre por la sencilla razón de que debía entregárselo a su destinatario. Estaba escrito bien claro en el anverso: «para Koyak». Sin añadir su dirección, código postal ni ningún otro detalle. No se trataba de una carta ordinaria. Ni era misión de un funcionario de correos entregarla a su destinatario dado que ni siquiera había sido franqueada. Puede que se tratase de un asunto más propio de un agente secreto, aunque fuera uno ciertamente potencial como él, vestido con una bata de satén de color morado sobre un pijama de pantalón corto y top de tirantes del mismo tejido.

Era muy tarde, casi medianoche, pero Francho no tenía sueño. Encendió el televisor y zapeó sin rumbo, dejándose mecer por un mar de imágenes inconexas mientras en su mente se preguntaba tercamente quién sería Koyak y si tendría relación con el personaje de la mitología televisiva: un contundente policía con estética de los setenta rebosante de masculinidad y carente de pelo. Lo más probable era que su Koyak también fuese calvo. Los televidentes somos dados a motejar a nuestros semejantes según los patrones físicos que dicta nuestra mitología.

El sobre era de color sepia. Tenía los bordes arrugados y los vértices rematados hacia dentro, señal inequívoca de que había pasado por más de un bolsillo. Francho se lo acercó a la nariz y lo husmeó. Lo palpó y examinó con detenimiento pero no halló rastro alguno que le ayudara a identificar su contenido. Suspiró y se recostó en el sofá, cerró los ojos para descansar la vista y volvió a quedarse dormido. Soñó que se encontraba en la celda de la comisaría vestido con un sujetador y una braguita, pasmado de frío, temeroso y al mismo tiempo ansioso por acaparar las miradas de los demás detenidos. Se vio de pie sobre una de las sillas de plástico entonando una canción de Barbra Streisand −probablemente *Evergreen*− ante un auditorio de sombrías pero expectantes miradas, atentas a sus sensuales movimientos. Bailaba componiendo eróticas figuras corporales que levantaban los murmullos de los demás detenidos, hasta que la canción terminó y los murmullos fueron reemplazados por aplausos. Todo ello lo condujo a un violento despertar que le obligó a frotarse los ojos con una mezcla de sorpresa y preocupación. Pocas veces había sentido con tanta intensidad el deseo de exhibirse en público.

Por culpa de aquella inesperada cabezada llegó tarde al trabajo. Valdivieso lo achacó al incidente del fin de semana y no le amonestó. Ni le envió ningún memorándum. Hortensia quiso escuchar su versión de lo acontecido. Francho accedió a contárselo pero, igual que había hecho su amigo, omitió la visita al burdel y se centró en la inexcusable y ofensiva burla del guardia de tráfico. Hortensia lo tranquilizó con una mirada de indulgencia. Entendía la dificultad de Francho para aceptar su físico, lo cual es digno de encomio considerando que ella era una mujer muy hermosa.

Tampoco le mencionó el sobre de Koyak. La misión que se le había encomendado era de alto secreto. No podía compartirla ni siquiera con su jefe o sus compañeros, aunque igualmente se dedicaran a recoger y entregar misivas entre semejantes. A media mañana, una vez concluidas sus labores rutinarias, cargó un plano de la ciudad en su ordenador y se movió por él con la ayuda del ratón. Desconocía quién era Koyak pero, recordando el aspecto del tipo que le había entregado el sobre, intuía por dónde debía comenzar a buscarlo. Para un funcionario de correos el plano de su ciudad es como el tablero de un parchís. Sabe de qué color son sus barrios y, por tanto, dónde es más probable encontrar al destinatario de un sobre que remite un indigente desde la celda de una comisaría. Hortensia se acercó a él y se interesó por lo que estaba haciendo justo cuando Francho ampliaba en la pantalla las calles de un distrito postal.

—Busco una dirección —respondió Francho.

Contestar una obviedad a una pregunta concreta es tanto como evadir su respuesta, de modo que Hortensia supo inmediatamente que algo extraño sucedía. Sólo los ingenuos y los incautos imputan las coincidencias al destino. Los demás creen que tras una coincidencia se halla el resultado del binomio causa-efecto. No podía ser casual que Francho se mostrara tan taciturno y evasivo justo tras los incidentes del fin de semana.

A la hora de comer Francho y Hortensia aparecen por el café y se sientan a su mesa. Canto los platos del menú mientras los interrogo con la mirada. Hortensia permanece seria, sin duda porque sospecha que no he sido totalmente sincero con ella. Francho no levanta la vista de la mesa, tal vez porque no quiere transmitirme signos de inquietud. Comen en silencio y cuando piden los cafés me siento con ellos. La tensión de los secretos es palpable, el ambiente denso, casi incómodo, por eso me muestro más jovial de lo que suelo ser.

—Hortensia está pensando en irse al Caribe —digo.

Ella me mira más seria que antes, casi severa. No sólo no le he contado toda la verdad, sino que ahora interpreto la suya a mi antojo.

—Es broma —rectifico con un gesto de inocencia—, aunque considero que sería una buena idea. Los viajes son cada vez más cómodos y baratos.

—No es cuestión de precio —replica ella.

Y evita mis ojos. Es una forma de pedirme que no le pregunte por la verdadera cuestión. No lo hago. Mi única pretensión ha sido proponer un tema de conversación, entre otras cosas para averiguar cómo está Francho. El silencio suspendido entre los tintineos de las cucharillas del café me hace recurrir a lo evidente.

—¿Te ocurre algo, Francho?

Él levanta la mirada del remolino de cafeína.

—¿Por qué me lo preguntas?

—Porque parece que así sea.

La limpieza de mi respuesta, ajena a cualquier intriga, parece conmoverlo. Duda un instante y creo que está a punto de decirnos la verdad.

—Es la primera vez que me detiene la policía —responde por fin—. Os aseguro que no es una sensación agradable.

Sé que miente. A la edad de Francho las nuevas experiencias son siempre bien recibidas, sobre todo si prolongan la ficción potencialmente cierta que uno discurre mientras bebe rodeado de un auditorio de prostitutas.

—Hay cosas peores.

No es necesario que Hortensia diga nada, así que interpreto su frase en sentido literal. Algo peor le está sucediendo a ella. La vida es real por comparación con los demás, existe entre semejantes, compartiendo contextos. Si Hortensia ha hablado innecesariamente es porque siente la necesidad de decir algo importante. Deseo continuar indagando pero intuyo que no debo hacerlo. Quizá en otro momento, sin la presencia de Francho.

Maldigo no conocer detalles sobre la vida personal de Hortensia. Tal vez así podría adivinar lo que le sucede. Todo cuanto he hecho hasta ahora ha sido mirarla con el arrobamiento que causa lo inimitable, dejarme mecer por el rumoreo de su voz o acercarme a su cuello y aspirar su aroma cuando deposito junto a ella una taza de café. Es la primera vez que la considero un ser humano de carne y hueso: hasta hoy ha sido un astro rutilante y fulmíneo de los que forman la cúpula celestial.

3
De la cuadriculada búsqueda

Cada noche Francho salía de casa embozado en el atuendo y la pose de un agente potencialmente secreto, con la osadía dibujada en el mohín de la boca y el fruncido de sus cejas, como quien actúa. Caminaba con innecesaria resolución y aprovechaba los cruces de las calles para dedicar una mirada hacia la retaguardia, abrigando la fantasía de ser observado desde la distancia. Hasta ese extremo llegaban las pretensiones de su quimérica misión. Con frecuencia se detenía ante prostitutas de acera, indigentes de portal, noctámbulos a los que se dirigía sin mirar nunca al rostro.

—Busco a Koyak —decía.

La mayoría respondía alzando los hombros. Ni sabían quién demonios era ni quién lo preguntaba. Francho tomaba mentalmente nota: una calle menos que rastrear, una celda descartada del tablero de orden cartesiano en que había convertido la ciudad. Así prosiguió noche tras noche, rastreando filas y columnas, en una labor tan desalentadora y baldía como la del cazador de cometas o supernovas.

Sin ser consciente de ello Francho aplicaba las técnicas de rastreo y localización que había aprendido en el club de los estrellados. Enfocaba sus ojos hacia un cielo nocturno dividido por sectores con la esperanza de hallar una luz concreta en el fragor luminoso del cosmos. Paciente y contumaz, recorría la vía láctea de la urbe en busca de un personaje, alentado por la esencia de su profesión de cartero y el delirio de una fantasía. Y la tensión de aquella misión pretendidamente secreta lo conducía a un grado sumo de excitación sexual. Debajo de su atuendo habitual vestía alguna de sus prendas favoritas de la mercería: un disfraz interior para motivar furtivos encuentros consigo mismo y disfrutar de la magia de calados y puntillas que había elegido unas horas antes delante del armario de su dormitorio.

Tras dar por peinado un sector de su cuadrícula, cuando la picazón acumulada bajo la lencería pugnaba por explosionar violentamente, buscaba cobijo y se masturbaba. Lo hacía sin preservativos, abandonando su exquisita costumbre, aunque con cuidado de no mancharse. Luego se demoraba unos minutos acariciándose por encima de la ropa interior con la sutileza de los buenos amantes, que no huyen tras el alivio de la tensión.

Hortensia va anotando mentalmente cualquier detalle de información, pista o reacción de Francho que pueda ayudarnos a desvelar el secreto que esconde. Luego, por la tarde, se acerca al café y lo comparte todo conmigo. No sabemos aún qué trama pero sospechamos que es algo turbio, casi delictivo.

«Hoy ha impreso un plano del barrio de San Andrés.»

«Utiliza una hoja de cálculo que llama koyak punto equis ele ese.»

«No puedo abrirla porque la ha protegido con una contraseña.»

«Esta mañana ha ido tres veces al baño en dos horas.»

Yo asiento, pensativo y atento. La presencia de Hortensia es ya holgado motivo para asentir. Se apoya en la barra y me habla casi al oído, provocando en mi pecho una deliciosa inquietud gravitatoria. Luego me mira a los ojos en busca de asentimiento y el vértigo del abismo cósmico se apodera de mí. Sus ojos son visores telescópicos enfocados al cielo profundo.

Hoy sin embargo he dejado de asentir.

—¿Por qué lloraste aquel domingo? —le pregunto.

Hortensia clava las cejas entre sus ojos. No parece sorprendida sino molesta. Inmediatamente trato de hacer un gesto de disculpa con las manos. Ella niega con la cabeza.

—Es mejor que lo sepas —dice—, pero no aquí.

Dicho lo cual guarda silencio. Es mi turno: debo responderle, preguntarle, proponerle algo. Lo malo de los taciturnos como yo es que no sabemos reaccionar en ocasiones extraordinarias. Nuestra vida es una sucesión de rutinas de distintos niveles que forman un corpus ordenado y predecible como la trayectoria de un satélite artificial.

—¿Te gustan las estrellas? —le pregunto al fin.

La dinámica de las estrellas demuestra la fugacidad cósmica de la vida. Se mueven a velocidades inimaginables y su actividad energética pertenece al mundo de la ciencia ficción. Sin embargo, ninguno de estos cambios es observable a lo largo de una vida humana —las estrellas parecen no moverse nunca de sus constelaciones—, lo que significa que la vida es un instante en el cosmos.

Hortensia accede a contemplar las estrellas esa misma noche. Le pido a mi camarero de confianza que cierre el café para poder asearme antes de quedar con ella. No pretendo vestir con elegancia, ni perfumarme o adornarme. Simplemente quiero ponerme ropa limpia y cómoda. Nada más. Pese a lo que pueda parecer nuestra cita no es una cita. No una de esas citas.

Como lugar de observación elijo un cerro no muy alto ni muy lejano de la ciudad para paliar el áurea de luz urbana que inevitable y diariamente ofende el firmamento. Nos apeamos del coche y nos colocamos juntos, sin mirarnos, sin vernos, los cuellos abiertos como libros para que los ojos alcancen el ángulo adecuado, mi dedo extendido señalando los vértices de las constelaciones. Un pequeño recorrido por el cielo del otoño: Pegaso, Andrómeda, Perseo, las Pléyades, Taurus y el majestuoso Orión. Hortensia despliega su dedo junto al mío para ayudarse en este singular ejercicio de reconocer formas en un colador de estrellas. Las ve todas: un gran cuadrado, un cuerno, una y griega invertida, un triángulo, un trapecio. Parecemos dos niños trazando líneas vacilantes entre los puntos numerados de un dibujo escondido.

Al final sonríe con franqueza. Encontrar los dibujos que nuestros ancestros escondieron en el cielo nocturno es un ejercicio que provoca un gesto de complacencia en cualquiera. Luego se acaricia el cuello, dolorido por la incómoda postura, y se apoya en el costado del coche.

—Estoy enferma —dice.

Opto por no formular la pregunta subsiguiente. Prefiero apostarme junto a ella y esperar.

—Tengo que pasar por el quirófano.

Por toda respuesta estornudo, como si me hallara ante una luz cegadora que ofendiera mis ojos. No hay duda de que es una respuesta refleja a su confesión, nada que ver con mi voluntad, que en ese momento se halla enumerando distintas posibilidades quirúrgicas y ordenándolas de mayor a menor gravedad. Inesperada y quizá miserablemente me consuela pensar que vaya a necesitar ayuda. Tal vez compañía. La siento cerca en la desgracia, próxima a la órbita de lo asequible. Tengo el presentimiento de ser una de las pocas personas a su alrededor que comparte su secreto.

Me habría gustado poseer la suficiencia de los galanes de cine, que saben gesticular con el cuerpo a la vez que hablan. Deseo ponerle una mano en el hombro o en el cuello dolorido, tal vez las dos manos, enfrentarme a ella frontalmente y reconfortarla con una palabra amable. No lo hago porque a menudo mis gestos contradicen mis palabras o viceversa. Y lo que pretende ser reconfortante resulta grotesco, y cursi lo amable, y cómico lo profundo. No acierto a casar el tono con el signifi-

cado de lo que digo. Estoy mal sintonizado, como un viejo aparato de radio.
Comienza a refrescar y Hortensia no puede contener un escalofrío.
—Vámonos —digo.
Sólo es una palabra, pero al menos casa con mi gesto de abrir la puerta del coche con la galantería de los aparatos mal sintonizados. Y espero que ella no la tome en sentido literal. No me refiero sólo a que monte en el coche, sino a que deseo acompañarla en su trance quirúrgico.
Desde entonces nos vemos cada vez más a menudo. Me he convertido en un discreto y silencioso confidente, un sparring al que golpear la rabia que deja la suerte esquiva. Francho nos mira a veces ladeando la cabeza, como hacen los perrillos cuando su amo se comporta de forma extraña, pero se guarda sus comentarios.

La búsqueda de Koyak había rebasado los límites de una simple misión y rondaba los de una auténtica investigación, con la ventaja añadida de que le proporcionaba constantes ocasiones de gozar de su particular sexualidad. Puede que en algún momento hubiera perdido la esperanza de entregar la carta a su destinatario final, pero nunca dejó pasar la oportunidad de estimular su libido y derramarse en la intimidad de lo desconocido. Había peinado más de media cuadrícula urbana con este pretexto, deambulando por las calles con su pregunta en la boca a modo de saludo.
—Busco a Koyak.
Hasta que una noche, en la esquina de una calle muy transitada con un oscuro callejón, una mujer que parecía ir atada en lugar de vestida, a juzgar por lo ceñido de su corpiño y sus medias, no respondió con los hombros.
—Aquí no está —dijo—, prueba en la plaza de Santa Isabel.

La respuesta colisionó con la contundencia de una bofetada sobre el hasta entonces impasible rostro de Francho. Hizo un gesto de incomprensión que debió haber sido de incredulidad. Le costaba creer que por fin había encontrado a alguien que parecía conocer a Koyak. Tuvo en la boca varias preguntas pero no quiso desenmascararse. El riesgo de una respuesta es que con frecuencia da lugar a otra pregunta.

La plaza de Santa Isabel estaba en la otra orilla del río, en el arrabal de la ciudad, una zona que había dejado postergada para el final de su cuadriculada búsqueda. El encuentro con aquella mujer aceleraba sustancialmente su tarea, aunque no supo si debía alegrarse. En el fondo temía hallar lo que con tanta insistencia buscaba. No quería acabar de golpe con sus fantasías eróticas. A veces sucede que la búsqueda se convierte en el verdadero fin de lo que se pretende buscar. Era tarde. Decidió volver a casa sin consumar aquella noche, pero se durmió ataviado con la exquisita lencería que llevaba puesta.

Hortensia ha sorprendido esta mañana a Francho imprimiendo un listado de calles cercanas a una plaza de la otra orilla del río. Me lo dice por la noche, a la hora del cierre del café, que es cuando nos vemos desde hace unos días. Estas deliciosas visitas me han separado temporalmente del club de los estrellados, entre quienes tengo que sufrir las consabidas y joviales bromas machistas que resultan tristes, casi seniles. Hortensia busca mi compañía sabiéndola inofensiva. No se equivoca. Paseamos juntos rumbo a su casa. Cuando llegamos a su portal nos entretenemos charlando unos minutos, sin que ninguno de los dos muestre ninguna ansiedad por subir a su piso a resguardarnos del frío y la oscuridad. Esta noche Hortensia saca del bolso un volante médico que contiene la fecha de la operación.

—Sólo faltan quince días —digo leyéndola.

Todavía no sé exactamente dónde reside su dolencia aunque intuyo cuál es su siniestra naturaleza. Esta vez sí, tengo el valor necesario para posar una mano sobre su hombro y apretarlo con suavidad. Sin darse cuenta del alcance de su respuesta, ella ladea la cabeza y deja que su mejilla roce fugazmente mis nudillos. Me ruborizo como un meteorito cruzando la atmósfera. Es la muestra de afecto más cariñosa que me ha regalado hasta el momento. Y no puedo contener un suspiro de adolescente. Es una espiración profunda y sostenida, una disnea más propia de un fumador que de un amante cortesano. Ella la interpreta como la manifestación de mi sincera simpatía.

4
De Koyak

La plaza de Santa Isabel era un puzle de maltrechos adoquines donde confluían cuatro callejones sinuosos, uno en cada esquina. En otro tiempo fue un centro comercial de renombre conocido en toda la ciudad y a modo de recuerdo se conservaban algunos dinteles de antiguas tiendas con sus años de inauguración impresos en oro desleído, como lápidas de un cementerio de comercios. Un miembro del club de los estrellados habría descrito los cuatro tugurios que quedaban allí como cuatro soles refulgiendo su luz de neón, alrededor de los cuales orbitaban las prostitutas, igual que planetas errabundos, matronas entradas en el tiempo y el espacio tratando de captar parroquia que gravitase a su alrededor, satélites con la entrepierna caliente y la cartera abierta para completar este modelo a escala del sistema solar.

Nada más llegar a la plaza Francho sacó el móvil del bolsillo y fingió atender una llamada para rehuir las fuerzas gravitatorias. Sólo pretendía tomar contacto visual con el modelo a escala. Se paseó por la acera, moviendo los labios y la cabeza, mientras iba reparando en los nombres de aquellos singulares astros: el Sex-Appeal, el Tenderete, la Concha, el Ecstasy.

Era la hora de cenar, demasiado pronto para ninguna clase de bullicio. Dos mujeres patrullaban sendas aceras. Ambas seguían a Francho con la vista, sonriéndose mutua y recíprocamente, tal vez porque habían adivinado que su conversación telefónica era falsa. Francho aún no había decidido por cuál de

las dos empezar cuando una de ellas fue requerida desde el interior de un local. La otra se dirigió hacia él.
—Busco a Koyak —dijo Francho antes de que ella abriera la boca.

Era una de esas mujeres que ostentan distintas edades en el cuerpo: piernas con varices de cincuentona, caderas anchas de cuarentona, ojos de niña, manos de abuela. Se detuvo ante Francho y lo examinó con crudeza, casi con descaro.
—¿Para qué? —preguntó.
Francho dudó si responder o no.
—Tengo algo para él.
—¿Qué es?
Tal como ya sabía, una conversación de preguntas y respuestas sólo era una rueca de problemas. Hizo ademán de marcharse, pero ella se lo impidió dando un paso lateral.
—¿Quién eres?
A la boca de Francho acudió un enjambre de mentiras deseosas de construir un panal de ficción.
—El cartero —respondió sin embargo, jugando a la mentira verdadera.
Ella sonrió. Su sonrisa era de cincuentona, un amasijo de pliegues estirados hacia las orejas.
—¿Dónde has dejado la cartera? —preguntó con sorna.
—Junto a la bicicleta —respondió Francho sin amilanarse.
Ella rió la ocurrencia.
—¿Cómo te llamas?
Era una pregunta demasiado personal para incorporarla al juego.
—Paco.
No mintió: Francho y Paco provienen del mismo nombre.
—Yo soy Chelo, mucho gusto.
Y le ofreció la mano de abuela, provocando la sorpresa de Francho, que no esperaba un protocolo tan estricto.
—¿Dónde puedo encontrar a Koyak?

—A estas horas está cenando en un bar de ahí abajo —respondió Chelo, señalando un estrecho callejón—. Más tarde podrás encontrarlo en el Tenderete, luego pasará por el Ecstasy y puede que también por el Sex-Appeal.

Francho compuso un gesto de molesta sorpresa, casi de disgusto. ¿Qué tenía que ver Koyak con los locales de alterne? ¿Era acaso un proxeneta? ¿Un cliente promiscuo? ¿Sería quizá el encargado de recaudar los ingresos? ¿Por qué había un brillo de miedo en la mirada de la mujer? Un torrente de preguntas le salpicó la vista obligándolo a parpadear varias veces, como enredado en un tic nervioso.

—No lo conoces, ¿verdad? —preguntó Chelo con la insolencia de no estar dispuesta a creer otra mentira.

Francho negó con la cabeza.

—Dame lo que sea —sugirió ella—, y yo se lo entregaré más tarde.

—De ninguna manera —rechazó él, dando un paso hacia atrás.

—Si me lo das podrás irte a casa, cartero. ¿O es que prefieres pasar un rato conmigo?

La insinuación se había hecho esperar: al fin la prostituta proclamaba sus encantos. Francho estaba acostumbrado a ese modo de actuar y no quiso ser descortés.

—Nada me gustaría más —mintió—, pero no he venido para eso. Sólo quiero ver a Koyak.

Hacía años que a Chelo le costaba despertar el deseo de los hombres más exigentes. Ella también se había acostumbrado a sus corteses excusas.

—Invítame por lo menos a una copa —le dijo—. Cuando llegue Koyak te avisaré.

Francho volvió a dudar, esta vez sin ningún motivo. Era la inercia del comportamiento esquivo, que despliega su contundencia en cuanto tiene oportunidad. Asintió con los párpados y caminó junto a Chelo rumbo a El Tenderete, con la inexplicable certeza de que aquella prostituta no iba a contentarse con una simple copa.

El camarero se encontraba en el otro extremo de la barra. No hizo ningún gesto de bienvenida, ni siquiera se tomó la molestia de acercarse hasta ellos. Se limitó a levantar la barbilla desde allí. Sin consultar a Francho, Chelo pidió dos gintonics no muy cargados. Cuando estuvieron servidos, levantaron los vasos y brindaron, nuevamente a causa de la inercia de los gestos. Chelo observó el rostro y las manos de Francho. Puede que también evidenciaran distintas edades.

—¿Para quién trabajas?

—Ya te lo he dicho —replicó él—, para el servicio de correos.

—¿Vas a entregarle una carta a Koyak?

—Algo así.

Chelo suspiró, miró hacia el camarero y esperó a que fuera reclamado por otros parroquianos. Se cercioró de que nadie los observaba y acercó su taburete al de Francho.

—Escúchame —le susurró en un tono suplicante—, te lo ruego.

Francho se asustó. Hasta ese momento había vivido su ficción en solitario, una historia de agentes secretos sin otro protagonista que él mismo ni más fin que excitarse en la nocturnidad de la calle.

—Necesito ver esa carta.

Chelo pronunció estas palabras mientras retenía a Francho por el brazo, pero él se soltó y se puso en pie con intención de marcharse.

—Espera —se impacientó ella—. Déjame explicarte.

—No hay nada que explicar —sentenció Francho—. Tengo una carta para Koyak, no para ti.

El rostro de Chelo se congestionó.

—Koyak tiene algo mío —dijo entre dientes.

Francho se encogió de hombros.

—Si yo tuviera algo de Koyak —continuó Chelo—, estaríamos en la misma situación.

Francho quería marcharse de allí a toda prisa. No pretendía mediar en un chantaje entre dos personas a las que no conocía. El miedo se tradujo en un frío insoportable que le atenazó las manos. Chelo abrió el bolso y sacó una fotografía.

—Mira.

Era una chica joven, de labios rojos y ojos hundidos, de labios carnosos y ojos azules. Posaba ante la cámara con la desgana de quien no desea ser fotografiado, pero aun así resultaba hermosa y esbelta como la estela de una piragua.

—Es mi hija.

Chelo se quedó mirando la fotografía fijamente antes de devolverla al bolso. Sus ojos se contagiaron de una determinación no exenta de dolor, un asomo de remordimientos. Y de rabia. Francho ató los cabos y comprendió que la hija de Chelo no era libre, no al menos para verse con su madre. De alguna procelosa manera debía de depender del tal Koyak. Y quizá Chelo pretendía canjearla por el sobre.

—Dime qué quieres a cambio —propuso Chelo con rotundidad, dando por hecho que podrían llegar a un trato.

La implacable realidad se imponía sobre la hasta entonces inofensiva ficción de Francho. Éste apuró el gintónic, sacó un billete y lo dejó sobre la barra.

—¿Quieres sexo, sexo anal, una mamada, alguna perversión?

Chelo enumeraba el menú del día como una camarera, preparada para tomar nota y pasar el pedido a la cocina. Por la cabeza de Francho cruzó la sombra del deseo. Ella lo percibió.

—Seguro que hay algo que nunca te has atrevido a pedirle a una mujer...

Esta vez la camarera había abandonado el menú y le ofrecía un plato a la carta. Su desesperación era equivalente a lo ilimitado de su ofrecimiento.

—... algo que deseas más que nada en el mundo —insistió ella.

A la boca de Francho llegó el sabor dulzón del delirio. Nin-

51

guna mujer se le había insinuado nunca tan francamente, prostitutas incluidas.

—Puede que no tengas una oportunidad así en toda tu vida.

El estómago de Francho se colmó de gula. Tuvo la sensación de ser un niño goloso y encontrarse ante el mostrador de una bombonería con permiso para comer cuanto quisiera.

5
De Chelo

Chelo se tumbó sobre la cama con la mirada incierta y la voluntad extraviada, y se dejó mover como una muñeca articulada, sin ofrecer resistencia a las manos de Francho. Éste no la miró ni una sola vez a los ojos. Se hallaba extasiado contemplando las posturas que iba componiendo con su cuerpo. Una rodilla doblada, una pierna estirada, un brazo sobre el vientre, la espalda arqueada, el culo alzado. Estaban jugando a las muñecas, a los maniquíes de mercería. Chelo era una muñeca entrada en carnes y Francho un voyeur ansioso de erotismo.

Se encontraban encima de El Tenderete, en la habitación que Chelo solía usar para despachar a su clientela. Era un cuarto digno con un mobiliario funcional, exento de adornos, limpio y ordenado. Sobre la mesilla había un arco iris de preservativos, una jarra de agua y dos vasos. Y una inoportuna estampita religiosa. Francho se había desnudado y su ropa pendía de una percha en la pared, lencería excluida. Chelo llevaba las braguitas y el sostén de Francho ajustados a sus carnes, sus pliegues y sus huesos, confundidos con la marchita exuberancia de un cuerpo que una vez fue hermoso. Aun así, él respiraba entrecortada y profundamente, como quien se encuentra admirando por primera vez una proeza desconocida.

Los senos de Chelo rendían su resignada masa a la gravedad terrestre, pero sus pezones eran hermosos y, a causa de la admiración que despertaban, se hallaban enhiestos y oscuros como bombones de chocolate. Su barriga reposaba entre las puntillas de las bragas y el sostén, como una duna que se alzara en mitad de dos desiertos fronterizos. Sus caderas se redondeaban si las piernas se doblaban, trazando una rotunda curva en la nalga correspondiente. El cuerpo de Chelo era un mal recuerdo del pasado, si bien tenía menos pelo y más curvas que el de Francho, gracias a lo cual las prendas de la mercería habían cobrado un nuevo y estimulante grado de feminidad. Francho alargó una mano trémula y la posó sobre el patrón geométrico que adornaba la cara anterior de las bragas. Chelo se arqueó en busca de un contacto más íntimo y Francho se separó con brusquedad dejando en evidencia que no pretendía tocarla. Sus caricias iban destinadas exclusivamente a las prendas que llevaba puestas.

A lo largo de su carrera profesional Chelo había encontrado un catálogo de perversiones masculinas difícil de igualar, pero no tenía noticias de sujetos que disfrutaran acariciando su ropa interior dispuesta en el cuerpo de una prostituta. Le pareció en cierto modo injusto: el volumen que dotaba de relieve a aquellas prendas tan bien confeccionadas provenía de sus caderas y sus pechos. Las prendas se habían adaptado a su cuerpo, como un fluido a su continente, y alguna caricia merecía por eso.

Francho introdujo entonces una mano en el sujetador. Chelo no se movió. Tal vez lo había juzgado demasiado pronto. Él repasó los pespuntes de las copas con su dedo índice, sin manifestar ningún deseo de tocar los senos, salvo por los fortuitos e inevitables contactos de los nudillos contra sus pezones. Ella suspiró de impaciencia. No estaba acostumbrada a este extravagante proceder. Los encuentros de una prostituta madura con sus clientes suelen caracterizarse por su violenta rapidez, una suerte de cópula animal parecida a la que ejecutan los conejos y otros ansiosos mamíferos. Mientras recibía las sobras de las caricias que Francho guardaba para su lencería, alcanzó un grado de excitación que ya creía haber olvidado. Se revolvió inquieta sobre la cama. No sabía si tomar la iniciativa y acariciar a Francho o preguntarle directamente si deseaba follarla. Por suerte para su amor propio no hizo ninguna de las dos cosas. Francho se acercó a la mesilla y eligió un preservativo. Ella hizo ademán de quitarse las bragas, pero Francho le dio la espalda, se masturbó de rodillas en la cama y se vació dentro del preservativo. Luego se tumbó boca arriba y adoptó la postura de un plácido durmiente.

Chelo se arrellanó junto a él, los ojos abiertos mirando el techo de la habitación.

—¿Prefieres masturbarte antes que hacerlo conmigo? —le preguntó, tratando de imprimir en su voz un indolente tono profesional ajeno al despecho.

Francho sólo hablaba con prostitutas para contarles sus delirantes fantasías. En las demás ocasiones rehuía cualquier grado de intimidad, así que la pregunta de Chelo lo dejó mudo durante un par de minutos.

—No te ofendas —respondió por fin—. No eres tú, soy yo.

—¿Eres homosexual? —dedujo ella.

—Simplemente prefiero masturbarme.

Chelo se incorporó sobre un costado, el codo en la cama, la mano en la mejilla. Su curiosidad crecía junto con su excitación.

—¿Tienes miedo de contagiarte de algo?

Él negó con un largo suspiro.

—¿Eres un religioso o algo así?

Volvió a negar.

—Entonces es que eres virgen.

Francho no deseaba provocar una interminable reacción en cadena. Pensó que era mejor sincerarse de una vez.

—No intentes comprenderme. No temo los contagios, no pertenezco a ninguna orden religiosa, ni tampoco soy virgen. He follado con varias mujeres y sin embargo prefiero masturbarme. Lo encuentro más placentero, eso es todo.

Chelo asintió. Era evidente que se encontraba ante un renegado herido en el pundonor masculino. Puede que su mujer lo hubiera abandonado, o traicionado con su peor amigo o su mejor enemigo. Luego lo contempló con detenimiento, reparando en su rostro asimétrico, sus ojos saltones, su piel salpicada de manchas y verrugas, su torso irregularmente piloso, sus toscas hechuras. No era un divorciado sino un desparejado sin opción a emparejarse, el superviviente de un naufragio físico que trataba de consolarse sin recurrir a enfrentamientos genéricos. Como si la mirada de Chelo tuviera poderes hipnóticos, Francho se quedó dormido. Era la primera vez que le sucedía algo así en una cama ajena. Chelo dedujo que Koyak debía de llevar un buen rato en el local de abajo, acodado en la barra ante un cubata y un grupo de acólitos, y rezó para que su cliente no se despertara. El peso de su sueño parecía contundente. Se levantó y hurgó en su americana hasta que dio con el sobre. Sin darse tiempo para vestirse, tomó su ropa con descuido y salió precipitadamente de la habitación.

Francho acusaba las horas de sueño perdidas en las últimas semanas por culpa de sus devaneos nocturnos. Su mente necesitaba habitar el caos de las ocurrencias y los deseos durante unas cuantas horas. La ausencia de luz y el silencio reinante contribuyeron a su rendición. Cuando despertó tuvo la sospecha de que seguía soñando. No reconocía cuanto veía. Fueron unos segundos de inofensivo suspense, como el que experimenta el niño que se despierta en una cama extraña. Se sentía relajado y aún somnoliento. Enseguida recordó a Chelo y se volvió hacia su lado de la cama. La sábana yerma le hizo mirar hacia la percha para comprobar si su ropa seguía allí. Articuló un ronco lamento y se levantó sin equilibrio. A punto estuvo de caer de bruces al suelo. Introdujo una mano en su americana y comprobó que Chelo se había llevado el sobre, lo que le provocó una sonrisa de ternura.

Hortensia abre el paquete que contiene mi regalo con el anuncio de una mueca de sorpresa en la boca. Se trata de un planisferio de cartón con las estrellas y las constelaciones resaltadas en colores fosforescentes.

–No es un disco de vinilo –me apresuro a señalar para evitar malentendidos morfológicos–. Con esto podrás ver las estrellas desde la habitación del hospital, sin necesidad de asomarte por la ventana.

Estamos sentados en nuestra mesa del café, ella tomando una infusión, yo un refresco. Me mira con la risueña incertidumbre de quien recibe un obsequio sin saber por qué. Temo que lo tome por un regalo de despedida.

–Es para que me recuerdes mientras estés en el hospital –me veo obligado a decir abandonándome a la prosa de la sinceridad.

–¿No piensas venir a verme?

Dudo un momento antes de responder.

–No quisiera molestar –digo–. Supongo que estarás en compañía de tu familia.

Ella inspira largamente antes de contestar. Creo que esperaba este momento desde hace tiempo.

–Mi familia ni siquiera sabe lo que me ocurre.

Es una dura confesión que me hace que me sienta incómodo. Sus palabras traen amargas rencillas del pasado, remordimientos olvidados que pugnan por volver a la memoria. No quiero seguir hablando del asunto. Opto por centrarme en el planisferio y enseñarle a usarlo. Ella agradece mi gesto. Presta atención a mis palabras y mueve la esférica ruleta en busca de una fecha y una hora determinada, como yo le he indicado.

–Así estaba el cielo la noche que salimos a ver las estrellas –dice.

Y me tiende el planisferio. Sonrío: ha buscado la fecha y la hora de nuestra primera cita, como si pretendiera elaborar la carta astral de nuestra relación.

—Acompáñame a casa —le propongo—, te faltan los planetas.

No comprende el silogismo pero accede a venir conmigo. Creo que lo hace siguiendo el dictado de su curiosidad, no el de su deseo. Caminamos hasta el portal en silencio, uno al lado del otro, tratando de no rozarnos ni por accidente, como novios de una década lejana. Abro las puertas necesarias y enciendo la luz. La guío por el largo pasillo hasta el salón y la libero del abrigo y el bolso. Se abstiene de hacer comentario alguno. Juraría que le impresiona la discreta armonía en que se hallan mis muebles, adornos y enseres domésticos. Supongo que esperaba encontrarse el típico apartamento desordenado y sucio de un divorciado de larga duración. Le ofrezco una copa y me disculpo camino de la cocina. Se entretiene mirando mi colección de música en cedés, mayoritariamente compuesta por obras de los siglos XVIII y XIX. No sé si también le impresiona o sólo le sorprende. Más tarde tendré la oportunidad de mostrarle el supremo placer que se siente al conciliar el canto de una soprano con la contemplación del firmamento, aunque sea a través de la exigua pantalla de un ordenador portátil.

Regreso con dos gintonics y rompo el hielo contando la historia de esta singular bebida, mitad refresco mitad medicina, que inventaron los británicos durante sus tiempos coloniales. Lo hago siempre que tengo oportunidad. Es una referencia culta y a la vez profana que convierte a quien la cuenta en un ser cosmopolita.

Hortensia se relaja al contacto con mis exquisitos modales en la intimidad. Quizá en algún momento ha pensado que iba a ponerme romántico, o peor aún, que iba a tratar de seducirla. Nada más ajeno a mis maneras. La conduzco por el salón mostrándole los objetos que lo adornan, algunos parte de mi currículum como intrépido viajero, otros notarios de mi pasión por el firmamento. Se interesa por una reproducción del sistema solar de Copérnico, una pieza de latón que compré hace años en un mercado de Cracovia. Le enseño cómo se mueve. Parece un divertido juguete lleno de color en lugar de un prodigio de la mecánica y la ciencia diseñado hace quinientos años.

Recibe con una sonrisa de indulgencia las fotografías que hay dispuestas sobre las repisas y mesitas, todas las cuales me muestran más joven y liviano de lo que ahora soy. Y repasa conmigo la colección de lírica en cedés exclusivamente originales que se erigen en dos torres metálicas a ambos lados de mi equipo de alta fidelidad. Elijo la cantata 199 de Bach —una obra para soprano con una rica orquestación— y la invito a sentarse en el sofá.

Mientras el primer recitativo proclama su energía, tomo el portátil y lo dispongo sobre mis piernas. Hortensia se asoma a la pantalla, lo que la obliga a acercarse a mí más que nunca. Temo que escuche el rumor de mi sangre. Cargo un atlas estelar e introduzco la fecha de nuestra primera cita. La pantalla muestra el mismo cielo que hay en su planisferio de cartón, pero añadiendo la presencia de los planetas. Marte aparece en la constelación de Perseo con una magnitud de −0,4 y Saturno, más débil, cercano al 1 positivo, se sitúa junto a Aldebarán. Para evitar malentendidos y porque el prurito de la divulgación puede conmigo, añado que cuanto más negativa es una magnitud más brillante es el astro, en una suerte de inversión perfectamente lógica y explicable, aunque logro abstenerme de explicarla.

—Los planetas no aparecen en los planisferios de mano —prosigo—, porque sus órbitas les confieren un dinamismo que ninguna cartografía puede soportar, salvo que se trate de un programa informático.

—Y no se puede hacer una verdadera carta astral sin contar con los planetas —apostilla ella.

Compongo un rictus de amable sorpresa.
 –¿Te gusta la astrología? –le pregunto.
 –No, pero me río leyendo los horóscopos.
 Por la forma en que me mira presumo que debo de parecer decepcionado.
 –Yo creía que los astrónomos se mofaban de la astrología –añade a modo de innecesaria disculpa.
 Niego con rotundidad, mi dedo índice moviéndose con la cadencia de un metrónomo.
 –No debe uno mofarse de sus orígenes –sentencio.
 Ella suspira, cierra los ojos y se aparta unos centímetros de mi lado.
 –No debe –dice solemnemente–, pero puede.
 Se adivina un susurro de confidencia en su actitud. Es evidente que se refiere al conflicto que la mantiene alejada de su familia. Y está tratando de decírmelo sin decírmelo, como suelen decirse estas cosas. No quiero jugar a las adivinanzas.
 –No creo en las premoniciones astrológicas –digo–, aunque las respeto. Son los ancestros de la astronomía y merecen una consideración de orden cultural.
 Este y otros parlamentos similares logran mi subrepticio aunque innegable propósito de impresionarla. Supongo que no esperaba que un humilde barman tuviera conciencia del orden cultural. Lo cierto es que mi ilustración proviene de mi afición a la astronomía, los viajes y la música, no al ejercicio de mi profesión tras una barra. De ahí es donde procede sin embargo mi telescopio, la financiación de mis viajes y tanto mi equipo de música como las grabaciones que reproduce.
 Le pregunto por otras fechas para proponer al ordenador y, probablemente contagiada por mi resuelta actitud, enumera fechas históricas de renombre, como batallas importantes, nacimientos y muertes de personajes ilustres y otros puntos de inflexión de nuestra civilización. Asistimos a cartas astrales del pasado, igual que pitonisos en busca de augurios estelares, con-

tando con la ventaja de saber lo que ha sucedido en realidad. Acabamos riendo. El ejercicio de certificar el pasado mediante la astrología es irrisorio.

Luego me intereso por su fecha de nacimiento e inmediatamente siento la tentación de pedirle disculpas por descubrir su edad, aunque no lo hago. Habría sido un gesto innecesario por caduco. Me la facilita con toda naturalidad. Introduzco los dígitos en los campos correspondientes y le muestro el resultado.

—No sé lo que significa —dice, borrando la sonrisa de su boca.

Supongo que le ha impresionado conocer la predicción astrológica de su existencia a pocos días de entrar en un quirófano.

—Yo tampoco —me sincero—. Sólo puedo decirte que en el cenit del cielo se hallaba el mítico Hércules, junto al Cisne y la brillante Lira. Que Venus rielaba sobre el sol de poniente con magnitud negativa y que Júpiter deformaba la constelación de Águila, haciendo que Altaír pareciera una doble óptica.

Incurro en una jerga técnica sin ninguna pretensión, simplemente hablándole como si perteneciera al club de los estrellados y supiera lo que es una doble óptica y en qué lugar del firmamento se encuentra Altaír. Ella asiente a mis palabras.

—Suena bien —dice.

Y así es. Una carta astral compuesta de hermosos fonemas que auguran un destino piadoso. Lo mismo sucede con la música de Bach, notas cantadas en alemán cuyo significado es hermoso sin necesidad de recurrir a un diccionario. Ni a un pentagrama.

Su carta astral le devuelve el amargo gusto de la realidad. Consulta su reloj, alude a lo tarde que es y se levanta con intención de marcharse.

—Gracias.

No sé exactamente lo que me agradece pero acepto el beso que impacta en mi mejilla con impecable precisión. Luego la acompaño por el largo pasillo y la escalera hasta la calle, donde un taxi la recoge. Como si tales vehículos pudieran erigirse en significantes metafóricos, la veo alejarse sentada en el asiento de atrás, de espaldas a mí, tras una luneta térmica en la que hay serigrafiado un número de teléfono.

6
De Sherezade

Obvia decir que el sobre robado por Chelo era falso. Francho guardaba el auténtico en casa sin exponerlo a los riesgos de la noche, a la espera de hallar a su destinatario y asegurar las condiciones de la entrega. Un profesional de la mensajería está acostumbrado a garantizar la integridad del mensaje que porta. No es una lección que se aprenda en un temario de oposiciones. Es un instinto que se desarrolla con los años. Tan pronto como se dio cuenta, Chelo maldijo a aquel reprimido, voyeur y onanista, con cara de mosca muerta y maneras de truhán. Su dramática situación no le permitía encajar una broma tan pesada. Estaba desesperada. Sus lamentos arreciaron hasta que la rabia se licuó y el llanto apaciguó su ánimo. Más calmada trató de pensar en lo que le convenía. Repasó el comportamiento de Francho, centrándose en el éxtasis contenido que parecía sentir mientras contemplaba su cuerpo marchito cubierto de encajes de colores, un prado agostado salpicado de flores artificiales. Se incorporó, abrió la puerta del armario ropero y se enfrentó a su luna interior. Suspiró de impotencia y se colocó de perfil, tratando de engullir la prominencia ventral con ayuda de sus abdominales. Todavía llevaba puestas las prendas de Francho. La braguita se había ido estirando hasta dar con la envergadura de sus caderas y el calado de su trasero. No era de su talla. Quizá por eso elevaba sus nalgas, las juntaba y les regalaba una pizca extra de lascivia. Pasó los dedos por las puntillas para colocar la prenda en su sitio.

Suspiró de nuevo, esta vez resignada. Su trasero había sido siempre la proa de su cuerpo dictando de antemano el rumbo de su vida, que estaba condenada a ir de culo. Era una de las armas que debía rescatar de aquel naufragio para abordar al onanista reprimido, porque si de algo estaba segura era de que volvería por allí aquella misma noche.

Hortensia llega al café a la hora de costumbre. Viene sola. Francho tiene trabajo pendiente y ha decidido renunciar a su tiempo de asueto. Quizá Valdivieso le ha escrito un memorándum castigándolo sin recreo por mal chico. Los ojos de Hortensia se achinan al sonreír. Le guiño un ojo. Y me ruborizo, lo que me obliga a atender la cafetera para disimular. Afortunadamente, cuando le sirvo el café con leche ya se me ha pasado el sofoco.

—Gracias.

—No hay de qué.

Esta vez comprendo que no me da las gracias por servirle un café: para eso están las monedas que me alarga con su mano derecha. Me agradece que le haya mostrado su carta astral en mi ordenador, que le haya abierto las puertas de mi casa, la haya escuchado y me haya comportado como un devoto admirador. Creo que le gusta mi actitud. Mis miradas y atenciones elevan su maltrecha autoestima, pues conoce mi afición por contemplar los prodigios del firmamento: da igual que sean astros de la cúpula celeste o sonrisas celestiales acodadas en la barra del café.

Poco importa si me corresponde o no. Ningún objeto estelar me ha permitido otra cosa que contemplarlo y sin embargo nada me ha proporcionado nunca tantas satisfacciones. Así mismo puedo contemplar el busto de Hortensia, sus caderas y muslos forrados de tela vaquera, sus ojos expectantes o sus labios entreabiertos, sin esperar nada a cambio. Sin ninguna esperanza de tocarlos o besarlos, pero con la certidumbre de que se mueven buscando mi asentimiento, provocando una reacción de dulzura en mi rostro, la que corresponde a la admiración de la belleza.

Ante su armario, con una mano en la puerta y otra en su mentón, Chelo descartó todas las prendas de su vestuario. Unas por descaradamente procaces, otras por remilgadas en exceso y unas cuantas ajadas por el paso del tiempo. Necesitaba algo nuevo, algo especial que anduviera entre la sutileza y la audacia, una lencería lo suficientemente explícita para que su cuerpo resultara deseable, pero con la discreción necesaria para ocultar sus defectos. No era asunto sencillo dada la singularidad de su huidiza presa. Y además no había en el barrio ninguna tienda donde poder encontrar semejante señuelo. Debía salir de compras al mundo exterior, lejos de los vulgares modelos que se exhibían en los escaparates de las *sex shops* que había cerca de la plaza de Santa Isabel. Necesitaba una mercería como la que había regentado la madre de Francho.

Abandonó el barrio a bordo de un autobús urbano y se apeó en el centro, cerca de la oficina de correos. Visitó unos grandes almacenes y un par de mercerías, antes de decidirse por un conjunto de braga y sujetador adornado con motivos florales, sobre el que superpuso un deshabillé rematado con blonda a juego. Corrió de vuelta a su habitación deseosa de probárselo, víctima de la imperiosa necesidad que la obligaba a resultar atractiva a los ojos y las manos de su exigente fetichista.

Tal como había previsto la braga realzaba sus caderas y elevaba su trasero. Las nalgas se comprimían, una contra la otra, pronunciando la hendidura que las separaba. Los refuerzos del sujetador producían un efecto parecido en su busto, hendiendo la juntura de las mamas y realzando su volumen. El deshabillé lo difuminaba todo con la sutileza requerida, como un visillo que tamizara la ofensiva luz de un sol crepuscular. Se desnudó y guardó las prendas para la tarde. Volvió a calzarse su ropa de faena y atendió a dos clientes que venían juntos y olían igual, seguramente porque habían tomado las mismas copas a los postres de la comida que acababan de compartir. Los recibió a uno detrás del otro, sin aceptar el extra monetario que le habría reportado trabajarse a los dos a la vez. Chelo rechazaba la lujuria cuando la consideraba innecesaria. Para realizar esos numeritos había otras muchachas más desesperadas que ella, y eso que ella naufragaba en un océano de desesperanza.

Tras los dos polvos estipulados entró en el baño, se aseó y se vistió con las prendas recién adquiridas para recibir a Francho. Es difícil saber de dónde provenía su tenaz convencimiento en el regreso del cliente, pero lo cierto es que después de comer y dormir una breve siesta, a esa hora en que la tarde amenaza con perpetuarse en el tiempo, Francho se encaminó hacia la plaza de Santa Isabel, sin detenerse a comprender la clase de magnetismo que lo reclamaba desde allí.

Chelo leía una revista cuando Francho entró en el cuarto, una vez que los golpes de sus nudillos en la puerta fueron bienvenidos. Ella dejó la revista en la mesilla y lo miró largamente. No se dirigieron la palabra, tan sólo se mostraron el uno al otro con inusual decencia: dos seres humanos ansiosos por convivir en un dormitorio. No era necesario decirse lo que ya sabían. Que Francho perseguía liberar las fantasías delirantes del fetichismo y que Chelo aspiraba a consolidar su vínculo sexual para seguir optando al sobre de Koyak. En tales circunstancias las palabras no aportan más que malentendidos y circunloquios que sólo pueden ocasionar perjuicios. No hubo que pronunciar ni siquiera las más obvias. Chelo apagó la luz de la mesilla y el cuarto se sumió en un encarnado claroscuro, a medio camino entre un atardecer y un incendio.

Francho rechazó con pretendida firmeza las últimas dudas de su conciencia. Se sentía dominado por el poder de un eficaz conjuro y deseaba seguir el dictado de su instinto. Se arrodilló sobre la cama, junto al cuerpo adornado de Chelo, y elevó el raso del deshabillé hasta tener a mano la cara anterior de las bragas. Repasó con sus dedos las flores que se abrían entre su blonda, perfiló sus costuras y acarició la puntilla que remataba su contorno. Ella le desató el cinturón y le ayudó a deshacerse de los pantalones y la camisa. Nuevamente vestía la lencería de su madre, esta vez un conjunto negro que contrastaba con la blancura del de Chelo. El pene enhiesto pugnaba por liberarse de la oscura prisión en que se hallaba. Chelo hizo intención de tomarlo con una mano pero él se negó a aceptar la caricia. Ella se volvió hacia un lado con rapidez y se agarró a la cintura de Francho. Fue un movimiento más propio de un combate de lucha libre que de un lance de índole sexual. Trataba de asir la envergadura de su contrincante con un miembro menos deliberado de su cuerpo. Lo hizo con las piernas. Agarró el pene con los muslos y apretó con todas sus fuerzas. Francho emitió un aullido de dolor, un lamento sostenido como la nota final de un aria, pero ella no cejó en su apresamiento hasta que un calor húmedo le resbaló por la cara interna del muslo, camino de la corva de la rodilla. Sólo entonces liberó a su presa y Francho cayó de bruces sobre la cama.

Era la primera vez que eyaculaba sin proponérselo, como un precoz adolescente en su primer desafío de orden sexual. Otras veces se había vaciado en el cuerpo de una mujer, incluso en el interior de su vagina, pero nunca sin el concurso de su pertinaz voluntad, que no lo abandonaba ni siquiera en esos momentos en que su ausencia es tan frecuente. No supo cómo reaccionar. Se sentía herido en el amor propio y al mismo tiempo relajado por la intensidad del placer.

El silencio pervivió entre ellos durante los días que siguieron. No se hablaban pero se miraban con fruición. Ella le buscaba los ojos y él los muslos. Chelo sabía que tardaría varias sesiones en ablandar la contumacia de Francho. Su principal preocupación era dejarle la impronta del regreso del modo que fuera, con un gesto de insinuación, una sonrisa de provocación, la promesa de un grado de lascivia todavía por venir. Un mensaje que él guardara en la memoria y se activase al día siguiente después de comer, como la alarma de un enorme imán que despertase su atracción a la hora programada.

7
Del magnetismo del hechizo

Francho seguía comportándose como un extraño para Hortensia. No la acompañaba a la cafetería ni a la hora del almuerzo ni a la de la comida. Se había sumido en un enigmático mutismo aunque no parecía deprimido ni cansado. Daba la sensación de que no hablaba porque no tenía nada que decir. O no debía decir lo que podía o no podía decir lo que debía. Su estado se asemejaba a la metamorfosis de un insecto. Puede que no fuera precisamente una ninfa de mariposa, pero sí podría ser un capullo de saltamontes, un grillo o una cucaracha. Hortensia conocía la esquivez de su mirada en esos sagrados momentos de introspección. De nada habría servido preguntarle qué le ocurría. Francho era un ermitaño de sí mismo.

Lo que ella no sabía era que Francho había abandonado sus prácticas onanistas, tantas veces ejercitadas allí mismo, en los baños para empleados de la oficina. Su silenciosa metamorfosis lo estaba alejando de sus patrones habituales de conducta. Desde la tarde en que eyaculó por primera vez entre los muslos de Chelo despreciaba la asepsia de los preservativos en favor del calor y el tacto de la carne ajena, el aliento del momento álgido y el aroma cercano de un semejante del sexo contrario. Chelo había logrado embrujarlo para que regresara cada tarde hasta su lecho, se recostara junto a ella, admirara las curvas de sus prendas íntimas y se dejara llevar hasta el orgasmo guiado por sus muslos, sus pechos o sus manos.

A Chelo le sorprendía que Francho no hubiera mostrado

aún ningún afán por conquistar intimidades más recónditas de su anatomía, ni siquiera por tocarlas o gustarlas. Ella guardaba sus genitales con el celo de quien sabe que un día tendrá que jugar su última baza, sin abrigar ninguna seguridad de que una vagina lubricada pudiera resultar más atractiva que unos muslos calientes para aquel idólatra de las formas y colores de la lencería femenina.

Aun así Chelo sabía que Francho disfrutaba con ella, junto a ella. Las horas transcurrían velozmente para él, como corresponde al tiempo del placer. En el futuro recordaría esas veladas como pequeños momentos de intensa dicha a medio camino entre un recuerdo y un sueño. Chelo en cambio vivía horas de inacabables minutos. Advertía con enervante impaciencia lo despacio que progresaba su relación con Francho. Podría continuar deleitándolo por tiempo indefinido sin obtener el botín que perseguía. Y, mientras, su hija seguía en manos de Koyak, prostituyéndose por y para él, sin dejar de ser una lúgubre sombra de lo que había sido.

Koyak permitía que se vieran una vez por semana, normalmente los lunes por la tarde, que es la de menor demanda en el mercado de la carne. Chelo recogía a Irene en el portal en que vivía y trabajaba, detrás de la plaza de Santa Isabel, en la torre del homenaje donde Koyak la mantenía cautiva. Solían dar un pequeño paseo para alejarse del barrio en busca de una cafetería tranquila. Chelo pedía un plato combinado, muy combinado, que tuviera el mayor alimento posible para compensar las carencias nutritivas de su hija durante el resto de la semana. Irene comía sin apetito, sólo por agradar a su madre, consciente de que aquella eucaristía de proteínas era el ritual más importante de la tarde. Hablaban poco. Chelo le contaba chascarrillos intrascendentes. Una vez estuvo a punto de hablarle de Francho pero se contuvo a tiempo. Su relación podía ser cualquier cosa menos intrascendente. Irene terminaba de comer y pedía dos o tres cafés, que se tomaba mientras fumaba otros tantos cigarrillos. Siempre los excesos. Demasiado guapa, demasiado esbelta, demasiado adicta, demasiado cruel.

Ambas evitaban referirse al futuro. Como dos ancianas o dos náufragas todo lo que poseían era presente y distintas longitudes de pasado. Tampoco hablaban de Koyak ni por descontado de sus respectivos trabajos, así que acababan charlando de los famosos que salen por televisión: un recurso a la desesperada por verter palabras sobre el silencio, conversación rápida y fácil, como una hamburguesa con queso en un local de fast food. Y por último un beso en la mejilla ante el portal de la torre del homenaje. Un simple roce para Irene, una caricia para Chelo. Y los ojos chapoteando entre lágrimas, y el estómago atado con un nudo, y los puños cerrados e impotentes como rebeldes guerreros encarcelados.

La ansiedad de Chelo se convertía entonces en una mezcla de rabia y melancolía que acababa licuada en forma de llanto. Pasaba unos minutos llorando en su cuarto, a veces sin lágrimas, simplemente arrugando la frente y apretando los párpados sobre sus ojos, como si quisiera enterrarlos en sus órbitas y no volver a ver a su hija en aquel lamentable estado. Después advenía la lucidez y con ella el razonamiento. Era evidente que no podían huir juntas, como frecuentemente hacían en sus sueños. Entre otras cosas, la niña necesitaba su dosis de metadona y todo cuanto ella podía ofrecerle era un lecho y un poco de cariño. Y además aunque pudieran huir, allá donde fueran encontrarían a otro Koyak de quien depender, tal como sucede en otros órdenes animales en que el macho domina a las hembras de su territorio. Era inútil fantasear con empresas imposibles. Las fantasías son trampas que acaban atrapando al incauto que las preparó. Sin embargo, el sobre de Francho no era ninguna fantasía.

Decidió aventurarse un poco más lejos y esa misma tarde recibió a Francho con su habitual silencio, sólo que desnuda en el lecho. Francho miró a su alrededor buscando sus bragas y su sostén. Ella se disculpó alegando haberse quedado sin ropa limpia. Él dudó e hizo la velada mención de marcharse, pero ella lo retuvo aprovechando que había comenzado a desabrocharle el cinturón. Francho elevó la vista al techo. El cuerpo de Chelo sólo era admirable cuando las bridas de la lencería lo amarraban. Sin ellas era etéreo y amorfo como un fluido en suspensión. Con soltura no exenta de cierta precipitación ella le bajó las bragas y le desató el sujetador. Francho no emitió queja alguna, seguramente porque intuyó a tiempo que la intención de Chelo era vestirse con su ropa interior, como la primera noche que pasaron juntos.

Se tendieron en la cama. Francho la admiró con aquel descaro inquisitivo suyo, más propio de un entomólogo que de un cliente de la plaza de Santa Isabel. Después fue ella quien tomó la iniciativa como solía hacer. Colocó el pene del entomólogo entre los muslos y lo presionó con suavidad. Mantuvo esa caricia por espacio de unos minutos, transcurridos los cuales se incorporó y se puso de rodillas en el lecho. Francho se asustó. Chelo se detuvo en seco, inmóvil como una fotografía. A esas alturas de la escena cualquier movimiento podía ser mal interpretado. Ella sabía que estaba jugando una de sus últimas bazas. Respiró sin emitir ningún sonido, como si lo hiciera a escondidas. Se recogió el pelo con una mano, tomó el pene con la otra y lo condujo hasta su boca. Francho se tensó como un condenado en la sala de torturas, pero esta vez ella no se inmutó. Él se rindió al vaivén propuesto, como el condenado que delata su crimen, pasando de la resignación al deleite, cerca de la gratitud. Era la primera vez que se sentía inmerso en el calor y la humedad de una boca humana.

Chelo por el contrario había ejecutado aquel servicio mil y una veces, buena parte de las cuales con el disgusto de sentirse fornicada por vía bucal, tal era el brío con que algunos clientes acometían aquel lance del sexo, convencidos de que en lugar de dejarse acariciar debían embestir. Francho no cometió esa torpeza. Se dejó hacer sin moverse, con los ojos muy abiertos. Cuando no pudo resistir más trató de apartarse, pero Chelo se lo impidió apretando sus labios. Francho se vació con un gemido de alivio y unas convulsiones musculares. Sólo entonces fue liberado. Chelo se tendió en la cama, junto a él, y rezó para que su osadía provocara el efecto deseado. Transcurridos unos minutos de tregua abrió nuevamente la boca y dijo:

—Mañana trae el sobre.

Francho no pudo conciliar el sueño aquella noche, una vez que regresó a casa y se metió en la cama. Era consciente de que el idilio vespertino que vivía junto a Chelo dependía más que nunca del sobre de Koyak. Se restregó los ojos con los puños e hizo acopio de la lucidez necesaria para analizar el problema. En su cabeza se cruzaron el sentido del deber profesional y la necesidad de mantener aquella relación de culto al placer. Tras su metamorfosis se había convertido en un rendido y ciego hedonista sin voluntad para dominarse. Quería más y más placer, y estaba seguro de que si entregaba el sobre de Koyak perdería sus recién adquiridos privilegios de alcoba, además de quebrantar su firme y tal vez ridículo prurito vocacional.

Trató de calmarse y adoptó en vano su postura preferida para dormir. Con los ojos cerrados —quizá cegados por la impotencia— reconoció que vivía sentimentalmente de prestado. Chelo lo agradaba con la paciencia de una mujer desesperada pero lo desairaría tan pronto como recuperase a su hija. No podía seguir así. Se levantó de la cama y abrió su armario. No buscaba lencería, sino la caja donde había guardado el sobre. Lo colocó sobre la cama y lo miró como si fuera un objeto desconocido. Tal vez había llegado el momento de abrirlo y comprobar si su contenido era canjeable por la hija de Chelo. Era la opción más sencilla, pero no iba a poder llevarla a cabo. Sólo el hecho de pensarlo le provocó un acceso de tos nerviosa. La angustia brotaba de su interior en forma de esputos, como si estuviera enfermo. Fue a la cocina, se administró dos ansiolíticos y un vaso de leche caliente y regresó a su dormitorio. Se sentó sobre la cama y respiró en cuatro tiempos tal como le habían enseñado en un curso de yoga. Cuando creyó hallar parte de la templanza perdida, agarró con firmeza el sobre y buscó una esquina libre de contenido para rasgarlo. Se sentía igual que si tuviera el cañón de una pistola en la boca y el gatillo en su dedo índice. En su fuero interno sabía que era incapaz de abrirlo, del mismo modo que habría sido incapaz de apretar el gatillo de la pistola. La amenaza de angustia volvió, aunque esta vez acompañada del efecto de los ansiolíticos, y el malestar se desvió hacia los lagrimales. Francho sólo era capaz de llorar si se dopaba con fármacos. En caso contrario su angustia lo hacía cerrarse como una ostra amenazada, impidiendo que la luz de la vigilia lo ofendiera.

En momentos así, cuando la debilidad se hacía llanto, era cuando se acordaba del club de los estrellados. Tal vez pensó en llamar a algún amigo y sincerarse con él. Pero igual que le faltaba valor para rasgar un sobre o descerrajarse un tiro, carecía de la locuacidad que habría requerido una sincera confesión. En lugar de eso prefirió recoger el sobre en la caja, la caja en el armario, cerrar todas las compuertas de ese incierto tesoro y seguir actuando como si nada sucediera. Se cobijó bajo el caparazón, adoptó una posición fetal y se sumió en las tinieblas de las sábanas, esperando que la inacción de la química conquistara su cuerpo y le permitiera dormir.

8
De la ralentización del tiempo

Hortensia va a ingresar en el hospital mañana a primera hora. Es de noche y estamos en el portal de su casa, apurando los últimos minutos de nuestra libertad condicional. Me pide que la visite alguna vez. Más de una vez porque prevé una larga y aburrida estancia. Luego se detiene un instante y me mira con curiosidad. Supongo que advierte que ante un tipo como yo —entrado ya en años y prejuicios— debe ser más explícita, casi literal.

—No hace falta que llames antes —insiste—. Ven cuando quieras.

Luego cree haber ido demasiado lejos y se ve obligada a matizar.

—O cuando puedas.

Prometo hacerlo, aunque mi promesa es estrictamente lingüística. Respondo al estímulo de una amable sugerencia sin considerar que tras el telón de las palabras se desarrolla el drama de los actos. He olvidado que los actos pueden ser trágicos, cómicos o una siniestra mezcla de ambos; y temo haber traspasado la frontera de mis potencias.

No es que no desee visitarla —más bien al contrario—, aunque no puedo evitar una inoportuna sensación de intrusismo cuando pienso en ello, lo que debe de ser un prejuicio más de la edad. Ni siquiera he franqueado aún el umbral de su hogar, de manera que acudir al hospital sería como adelantar el reloj de nuestra amistad girando la saeta de las horas a la velocidad angular del segundero. La encontraría en bata o en camisón, sin maquillar ni peinar, tumbada lánguidamente en una cama. Accedería al aroma de su cuerpo en estado puro, sin los perfumes que nos camuflan de nosotros mismos en el mundo exterior. Violaría mi código de amante cortesano, arriesgándome a ver la aguja de un gotero penetrando en una vena de su muñeca o una sonda brotando del interior de las sábanas. Y todo ello evidenciaría su condición biológica. Hortensia aparecería ante mis ojos como un animal malherido, un organismo sujeto al procedimiento médico, en manos de la ciencia. Y eso la alejaría de cualquier idealización posible y la traería de vuelta al reino de la corporeidad, donde habitamos los seres mortales.

Me abstengo de hacer ningún comentario para no desvelar mis remilgos. Por toda respuesta esbozo una holgada sonrisa. Su invitación me halaga. Ella se acerca a mí y deposita un beso en mi mejilla con la misma devoción que se depositan las monedas en los cepillos de una iglesia. No me parece un melodramático beso de despedida, sino más bien uno de bienvenida, como si me hallara en el umbral de su hogar, a la hora de la cena, con una botella de vino bajo el brazo.

Duermo a trompicones como quien tropieza con las sábanas. Me despierto varias veces con la huella de los sueños en la memoria. Son episodios convulsos, plenos de acción y surrealismo, regresiones temporales y sobreactuaciones de la mente. Un espectáculo digno de proyectarse en una pantalla y ser admirado por un público crítico, ducho en cine de vanguardia y representaciones oníricas. Aun así me levanto relajado y con cierto grado de optimismo, como el melindroso que espera algo terrible y descubre que la realidad es más amable de lo esperado.

Paso la mañana entretenido detrás de la barra del café, primero con los desayunos, luego con los almuerzos y por último con los aperitivos y las comidas. A las tres de la tarde me tomo un descanso y salgo a la calle a respirar un poco de aire urbano. Es entonces cuando el optimismo me abandona, justo cuando me doy cuenta de que a esa hora suele llegar Hortensia.

Francho se sintió más solo que nunca en el trabajo. Valdivieso lo citó a primera hora de la mañana y le informó de la baja laboral de Hortensia. No le cabía duda de que Francho estaba enterado de todo, igual que él, pero actuó como el superior aséptico y eficaz que era, sin dejar que los sentimientos se infiltraran en la reunión. Juntos repasaron las tareas diarias de Hortensia al objeto de repartirlas entre los demás funcionarios —Valdivieso incluido si fuera necesario—, aunque no resultó ser más que un reparto de intenciones pues casi todo el trabajo recayó en Francho. Ninguno de los dos declaró cuándo iría a visitarla, ni qué regalo le llevaría. Se limitaron a solventar su ausencia con eficacia y oficio, pero durante toda la reunión evitaron mirarse a los ojos.

Francho no acudió a su cita diaria en la plaza de Santa Isabel. Fue la primera vez en mucho tiempo que salió de trabajar sin rumbo predeterminado. Pensó en dar un paseo por los alrededores de la oficina, como hacía de vez en cuando, deteniéndose ante el escaparate de alguna tienda, acaso tratando de recobrar su olvidada y balsámica rutina. Pero no lo hizo. Tal vez su aparente indolencia fuera sólo un disfraz bajo el que cobijar su lucha interior. Francho se debatía entre el placer y el deber. Y lo hacía además siguiendo un movimiento armónico, decidiéndose ahora por el placer, dentro de un minuto por el deber, sucesiva y alternativamente. Ésa fue la razón que lo indujo a hacer la compra semanal en el supermercado de su calle, llevar al tinte dos americanas sucias, recoger la ropa del tendedor y ejecutar con meticulosidad otras labores del hogar que no tenía previstas. Cuando las terminó trató de ver una película que pasaban por televisión.

No pudo acabarla. Su atención se veía constantemente alterada por su inquietud. Era incapaz de concentrarse. Su única escapatoria era acudir al armario ropero, vestir sus minúsculas galas e interpretar un número de Liza Minnelli o Donna Summer, tal vez algo más contemporáneo de Diana Krall, acompañado por la orquesta que sonaba en su karaoke, mientras se contorneaba buscando la lascivia de un roce entre sus puntillas o un descarado tocamiento con la mano que no sostenía el micrófono. Sin embargo no logró excitarse. Sus ojos se habían acostumbrado al volumen de las prendas en un cuerpo femenino de verdad, no importaba que estuviera entrado en años y lorzas. Su masculinidad adolecía de exceso de vello y falta de curvas. Echó de menos el aroma de Chelo, sus largos suspiros, la forma en que se recogía el cabello, las uñas pintadas de sus pies, las pecas de su escote, la canal de sus pechos, su nuca, sus hombros. Recogió el micrófono, apagó el karaoke y se tumbó en la cama. Todo lo que veía ante sí era el techo de su habitación, que aquella noche le pareció una alambrada infranqueable al final de un callejón sin salida.

Llevo toda la tarde ordenando cámaras frigoríficas, haciendo inventario, rellenando pedidos, actualizando mis registros contables, inmerso en una estrategia evasiva para alejar a Hortensia de mi pensamiento. Vuelvo a casa caminando muy despacio, moviéndome sobre una gravedad extraterrestre como un astronauta durante un paseo espacial. Creo que inconscientemente deseo ralentizar el tiempo. No quiero darme de bruces conmigo mismo, encontrarme solo en casa, con mis cosas, mi música, mis planisferios. Me siento afligido. Me asusta admitir hasta qué punto me he acostumbrado a la presencia de Hortensia. Temo perder el beneficio de mi soledad, como si ella pudiera ser rival de mi compañía y sintiera celos de mí mismo.

La jornada siguiente se anuncia idéntica, sin inflexiones ni sorpresas, la estricta rotación de un planeta sobre sí mismo con la escrupulosa monotonía de un reloj. No soy capaz de desbloquearme, todavía inmerso en los protocolos de la rutina diaria, concentrado en ocupar los huecos del tiempo y amordazar así cualquier atisbo de reflexión. Tiene que pasar un día más para que Francho se decida por fin a entrar en el café con noticias sobre la intervención de Hortensia. Valdivieso le ha informado a primera hora de la mañana. Los cirujanos han logrado limpiar la zona afectada y el pronóstico es favorable, al menos por el momento. Recibo la noticia como una estocada a traición. Esa zona afectada es uno de los hermosos pechos de Hortensia y la operación de limpieza consiste más bien en un ejercicio de corte y confección.

—Gracias, Francho.

Me fijo en sus manos mientras disuelve el azúcar en el café. El sonido de una cucharilla orbitando en una galaxia de loza es más explícito que muchos gestos y palabras. Cuando carece de armonía indica problemas de motricidad en la mano y ello implica un conflicto interno aún sin resolver.

—¿Estás bien? —pregunto lo obvio.

No me responde salvo con un fugaz movimiento de cejas, el gesto que se usa para dar a entender que ni bien ni mal y que invariablemente significa esto último. Continúo observando la cucharilla. Si dejara de dar vueltas le preguntaría algo más, pero sigue transmitiendo al café un innecesario y violento remolino, lo cual me hace comprender que mis preguntas serían inútiles. Francho no ha venido a hablar de sus problemas. Sólo me trae noticias de Hortensia. Incluso cabe la posibilidad de que su verdadera intención sea animarme a visitarla. O tal vez sólo pretenda tomarse un café a media mañana. Lo cierto es que su actitud termina con mi absurda resistencia y esa misma tarde, cuando la cafetería registra una menor concurrencia, me encamino hacia el hospital.

Hortensia está ingresada en una habitación de la quinta planta, al fondo de uno de esos largos pasillos hospitalarios que brillan con el lustre de los zapatos nuevos. Me detengo ante su puerta. Me atuso el pelo, recompongo el ramo de margaritas que he comprado, carraspeo, suspiro, cierro los ojos con fuerza, aprieto el puño de la mano libre de flores y llamo a la puerta. No obtengo respuesta. Acciono la manilla y abro unos grados. Atisbo en silencio. Veo una televisión colgada de la pared por un soporte metálico y las puertas de un armario ropero. Sigo abriendo hasta que los pies de la cama se manifiestan. Escucho una respiración profunda intercalada en un silencio cósmico, la señal de un remoto púlsar estelar.

Lo primero que me sorprende es que Hortensia lleva el pelo recogido con una cinta morada. Ese toque colorista quiebra la unidad cromática de las sábanas y el almohadón. Parece una solitaria flor en una pradera, una estrella en un cielo de tormenta. Luego me fijo en los goteros y el drenaje. Por último reparo en que está sola. Y dormida, respirando en efecto con la cadencia de un púlsar. Escudriño los alrededores como si fuera a tomar nota en mi cuaderno de observaciones. La mesilla metálica con el termo de agua, la ausencia de bombones, flores o cualquier otro tipo de obsequios, un libro cerrado con unas gafas encima, un teléfono móvil, un paquete de pañuelos de papel. Y los párpados de Hortensia. Hasta ahora no había tenido el privilegio de contemplarla con los ojos cerrados. Es como asistir al eclipse de sus ojos, un espectáculo de sombras, la desaparición estelar de dos objetos luminosos.

Se remueve y compone un gesto de dolor. Siento el perentorio y párvulo deseo de huir. Creo estar actuando como un voyeur sin escrúpulos y no puedo evitar una sensación de incomodidad, pero afortunadamente en ese instante termina el eclipse. La luz vuelve a sus ojos, yo con ella. Hace el ademán de sonreír, aunque sólo consigue achinar los ojos. Mueve el brazo y abre la mano derecha. Tengo la sensación de que me ha estado esperando desde que entró en el hospital.

9
De lo que se desea

Un cartero puede acceder a cualquier inmueble de la ciudad sin levantar sospechas, igual que un superhéroe dotado de poderes sobrenaturales. Francho había urdido un plan para encontrar la dirección exacta en que se hallaba cautiva Irene, la hija de Chelo. Lo único que sabía por el momento era que se trataba de una calle cercana a la plaza de Santa Isabel. No era mucho pero bastaba para empezar. Se dirigió al departamento de clasificación de la oficina de correos, accedió a los envíos postales destinados a esa zona y se ofreció voluntario para entregarlos. Por fortuna este tipo de calles no recibe mucho correo: de lo contrario la empresa habría sido inviable por prolija.

Nunca había estado en la plaza por la mañana y, como suele suceder en estos casos, se sorprendió de encontrarla distinta. No hay que olvidar que la luz es el vestido de todas las cosas. La diferencia entre un lugar visto por la mañana o por la tarde es tanta como la de una mujer vestida y desnuda. O un hombre. Francho también se había caracterizado para la ocasión, aunque no creía posible que nadie lo reconociera dado que la luz del sol también viste a los transeúntes. Por si acaso llevaba el uniforme de correos: unos pantalones oscuros y una camisa con el anagrama de la institución bordado en el bolsillo del pecho. Lástima que ya no se estilara el uso de las gorras de plato que tan propiamente habían caracterizado a sus antecesores. A su atuendo añadió el carro de ruedas con las cartas y unas gafas de sol a modo de antifaz.

Así embozado fue entrando en los portales, subiendo a los rellanos y entregando las cartas en mano, como si fueran envíos certificados en lugar de correo ordinario. Ningún destinatario se sorprendió de la presencia del cartero a la puerta de su casa, ni tampoco de la clase de ayuda que iba solicitando.

—Perdone que le moleste —decía blandiendo un sobre matasellado en el que los datos del destinatario se hallaban parcialmente ilegibles—. Estoy tratando de entregar esta carta desde hace días y aún no lo he conseguido.

—Déjeme ver.

Casi todos los consultados tomaban el sobre y leían las palabras que Francho había dejado claramente a la vista. Eran la ciudad, el código postal y el nombre de Irene. Los apellidos, la calle, el número del portal y el piso habían sido emborronados por la acción de un disolvente.

—No conozco a ninguna Irene que viva por aquí cerca.

A veces una frase, un simple movimiento de cabeza o un gesto con los hombros más propio de la indiferencia que del desconocimiento. Incluso alguna mirada de asombro al rostro de Francho, pero ningún indicio digno de mención. Así hasta que se llevó el primer portazo a modo de respuesta. Y luego el segundo, ambos en la misma escalera, posible señal de que se hallaba cerca de su objetivo. Se trataba de un portal antiguo aunque bien conservado en una calle peatonal que daba a la plaza. Decidió bajar al patio y repasar los nombres de los buzones. Mientras se dedicaba a este singular pasatiempo, la cabeza alejada unos centímetros de los rótulos por culpa de su presbicia, escuchó el abrir y cerrar de una puerta, el rumor de unos pasos y dos sonoras carcajadas prorrumpidas al unísono en el eco de la escalera. Dos hombres bajaban. Francho se concentró y comenzó a contar mentalmente: sesenta y cinco pasos cuando aparecieron frente a él acometiendo el último vuelo de las escaleras. Eran dos cuarentones encorbatados. Lo saludaron con un rutinario movimiento de cabeza y salieron a la calle, donde se despidieron con unas amistosas palmadas en la espalda. Sesenta y cinco escalones eran aproximadamente los que separaban el patio del tercer piso, tal como pudo comprobar Francho cuando volvió a subir por la escalera.

Examinó el rellano. La puerta de la izquierda no parecía haberse abierto en semanas. En la de la derecha había un postigo con forma de puño cerrado y un timbre cuya edad no correspondía con la puerta. Lo pulsó dos veces. Mientras esperaba a que alguien acudiera eligió una carta del carrito, esta vez no la que iba dirigida a Irene, sino una del portal contiguo. Pronto escuchó unos pasos, se sintió escudriñado desde la mirilla y la puerta se abrió.

—Buenos días —Francho saludó con indiferencia, mientras tendía la carta.

Un hombre se hallaba apostado al otro lado del umbral. Tomó la carta de Francho con un gesto de extrañeza. No estaba acostumbrado a recibir correspondencia. Negó con la cabeza.

—Te has confundido —dijo con acento extranjero—. Éste es el número 37.

El hombre señaló con el dedo la dirección, pero Francho no le prestó atención y miró hacia el interior del pasillo que arrancaba allí mismo. El hombre sonrió y frunció las cejas.

—¿O tal vez no te has confundido?

Francho devolvió la carta al carrito.

—¿Puedo pasar?

Hortensia me ofrece su mano abierta en señal de bienvenida.

—Perdona que no haya venido antes. Ayer no quise llamarte, supuse que preferirías descansar. Francho me ha informado esta mañana de que todo ha ido bien. Me alegro mucho. No estaré mucho rato, no quiero incomodarte.

Es un parlamento atropellado e inoportuno, como un violento arranque de tos en mitad de un concierto de música clásica. Hortensia mueve la cabeza para restar importancia a mis remordimientos y me señala el butacón que hay junto a la cama. Dejo las flores sobre la mesilla y tomo asiento. Miro alrededor cabeceando de admiración, como un imbécil que se sorprende de las instalaciones de un hospital, especialmente si se encuentra frente a la mujer de sus sueños y se siente incapaz de expresar sus emociones.

—Tienes de todo —digo para rematar la vulgaridad de mis actos.

—Me falta un pecho —replica Hortensia con la voz ronca.

La sangre acude a maquillar mis mejillas. Parezco el payaso tonto recibiendo una sonora bofetada del listo.

—Sólo estaba bromeando —rectifica ella al ver el pavor en mi rostro—. En realidad no sé si lo tengo o no. El médico me dice que no, pero yo lo siento ahí, como siempre.

El rubor persiste en mi rostro, sin ánimo de desaparecer al escuchar aquel atisbo de intimidad. Salvo mi ex esposa, ninguna mujer me ha hablado nunca de sus pechos. Hortensia lo hace con los ojos entrecerrados, demostrando su franqueza y camaradería. Me está tratando como a un hermano. Tal reflexión me hace pensar en su familia. No pretendo ser indiscreto pero tampoco quiero resultar despreocupado. Le pregunto si ha recibido alguna visita.

—Ha venido mi hermana mayor en representación de toda la familia —responde sin levantar la vista de las sábanas—. Es la única que me llama de vez en cuando. Se ha ido hace un rato y no creo que vuelva hasta mañana. Si es que vuelve.

Como la primera vez que me habló de su familia, me pregunto qué clase de falta, ofensa o pecado habrá cometido Hortensia para que la repudien con esa cruel contundencia. Yo mismo mantengo escasas relaciones con mis dos hermanas y no habría dudado un instante en ir a visitarlas en una situación semejante. Niego para mis adentros con rotundidad: no es el momento de dirimir asuntos graves. Me quito la chaqueta, la coloco en el respaldo del butacón y me dispongo a distraer a Hortensia.

Le hablo de la visita de Francho. Le describo su comportamiento huidizo y su mirada esquiva, expresando mis sospechas de que esté tomando alguna medicación especial, tal vez antidepresivos o ansiolíticos. O algo peor. Hortensia asiente o ladea la cabeza, según esté completa o parcialmente de acuerdo conmigo. En realidad no hago más que jugar con una baraja de conjeturas, como un político en un debate electoral. Llegados a un punto de mi juego ella deja de manifestar cualquier juicio y se sume en un pacífico sueño, lo cual agradezco con un gemido de alivio pues mi capacidad para la oratoria había alcanzado ya su límite. Me recuesto en el butacón y dejo que la paz de Hortensia me irradie, mientras contemplo absorto cómo los visillos de la ventana se mecen con la brisa que se cuela del exterior.

No llego a dormirme pero arribo a ese primer estadio del sueño —llamado alfa— que se caracteriza por la armonía respiratoria que precede al verdadero letargo. Tal vez las ondas eléctricas que emite el cerebro dormido de Hortensia estén induciendo mi estado de calma. Da igual. Los ruidos del mundo vuelven con su habitual familiaridad cuando dos enfermeras entran en la habitación para atender a Hortensia. Apenas reparan en mi presencia porque, en cuanto las veo, me levanto del butacón y salgo al pasillo. Todavía me duran los efectos del estado alfa y tengo que frotarme los ojos y la frente para recobrar la conciencia. Por suerte no tardan mucho en abandonar la habitación e invitarme a volver adentro. Cuando lo hago compruebo que el gotero más grande ha sido reemplazado.

—Me he quedado dormida —dice Hortensia a modo de disculpa.

—Es lo mejor que puedes hacer.

—No creas —objeta—, si duermo demasiado durante el día me arriesgo a pasar la noche en vela.

Miro de soslayo la bolsa más pequeña que pende de la percha del gotero y niego con una discreta mueca. Dormirá como un tronco. Consulto la hora. Hortensia me pregunta si tengo que irme.

—Aún no —digo.

Y compruebo con deleite que esboza una sonrisa de alivio.

Francho esperaba en el recibidor del tercero derecha del número 37 de una calle cercana a la plaza de Santa Isabel. Ante él apareció una mujer impropiamente vestida para ser una simple ama de casa. Le sonrió con estudiada dulzura, como si quisiera transmitirle un doble mensaje de comprensión y discreción, y se sentó a su lado.

—¿Qué es lo que deseas?

Francho se sintió inesperadamente violento. Tal vez olvidó que la violencia es una frecuente reacción cuando un tímido se halla en una situación difícil. Estuvo a punto de levantarse con intención de marcharse pero se contuvo. No sabía si sacar la falsa carta y preguntarle a la madama por Irene o solicitar un *book* con fotos de las chicas disponibles para ver si lograba identificarla. No sabía si responderle de tú, como había hecho ella, o de usted. No sabía lo que deseaba.

La mujer vislumbró la clase de cliente a que se enfrentaba y se levantó dejando que su mano derecha compusiera un significativo gesto. «Espera y verás», pretendió decir. No tardó en regresar trayendo de la mano a una mujer joven, delgada y fibrosa, de cabellos claros y cejas oscuras, que no era Irene. Francho dirigió su mirada a la madama para denegar su proposición pero sus ojos no se encontraron.

—Te presento a Rita —dijo ella con innecesaria ceremonia—. Estoy segura de que será de tu agrado.

Rita hizo una inclinación de cabeza a modo de saludo. Francho tendió su mano derecha en un inoportuno gesto de cordialidad. Fue a decir algo, tal vez que volvería otro día o alguna simpleza parecida, pero no sólo no logró abrir la boca sino que comenzó a caminar por el pasillo, sujeto firmemente por la mano de Rita, hasta que se detuvieron ante una de las puertas. En ese momento Francho miró hacia el principio del pasillo y —esta vez sí— encontró los ojos de la madama. Y su voz.

—No te preocupes por el carro, cartero —le oyó decir—. Aquí estará seguro.

10
De la primera noche

A la hora de la cena una auxiliar del hospital entra en la habitación de Hortensia portando una bandeja con un tazón de caldo. Lo deja en la mesilla y se dirige a mí.

–Lo he traído por si le apetece tomar algo caliente –me dice refiriéndose a Hortensia–, pero no es necesario que lo haga. Si quiere otra cosa, salga y dígamelo.

Afirmo comprensivo y se marcha. Hortensia y yo sonreímos recíprocamente como si estuviéramos ante sendos espejos. Ella sonríe mi sonrisa y yo la suya. La auxiliar me ha tomado por un familiar allegado –o incluso su propio cónyuge– en lugar de un simple amigo y admirador secreto. Me sitúo al lado de la cama.

–Huele bien –digo invitándola–. ¿Quieres un poco?

Asiente pero advierto que el color de su rostro emprende una carrera hacia el rojo, como el espectro luminoso de un astro que se aleja del observador. Ignoro si se perturba por culpa de mi solícita actitud o por el trance de tener que incorporarse para beber el caldo. No me doy tiempo para averiguarlo. No hay nada más gratificante para quien acompaña a un enfermo que tener algo que hacer, en especial si se trata de lo que uno sabe realmente hacer. Tomo la servilleta y la despliego con un certero latigazo para disponerla sobre el regazo de Hortensia. Alzo la cama, doblo el almohadón y acerco el tazón del caldo sobre su platillo sin derramar una gota. Ni provocar un tintineo. Ella se siente reconfortada. El caldo está bueno, ni frío ni caliente, y el servicio es de un verdadero profesional.

Se lo termina con una sonrisa final de satisfacción, quizá de alivio. Deposito el tazón en la mesilla. Desdoblo el almohadón, bajo la cama y retiro la servilleta. Antes de dejarla sobre la bandeja no puedo reprimir un gesto automático y obvio, pero al tiempo osado y puede que inoportuno. Coloco mis dedos bajo el paño y paso la servilleta por los labios de Hortensia al objeto de secarlos. Ella cierra los ojos, lo cual interpreto como una señal de agradecimiento, pero puede que lo haga para ocultar la vergüenza que acaso siente. Luego tomo asiento en el butacón y dispongo las manos sobre mi regazo. Percibo el regusto del trabajo bien hecho, como un sacerdote después de cumplir con el laborioso ceremonial de bendecir el pan y el vino y dar la comunión a los feligreses. Sin embargo mi cuerpo reacciona con virulencia rompiendo a sudar, exactamente igual que si la habitación se hubiera convertido en una sauna, mientras mi corazón galopa por las praderas del encantamiento.

Rita era una mujer de hermosa flaqueza: los hombros rectos, las caderas romboides, las piernas fusiformes hasta y desde las rodillas. Se había sentado sobre la cama y estaba desnudándose. Francho no sabía cómo decirle que se detuviera. Lo que en realidad quería era hablar con ella pero no encontraba las palabras adecuadas. Se hallaba hechizado por sus movimientos. Como un niño ante un regalo concienzudamente envuelto en papel y atado con lazos, esperaba impaciente el momento de vislumbrar la calidad de su ropa interior. Rita no se había percatado de aquel supremo grado de expectación. Acabó de quitarse el vestido y se sentó sobre la cama. Por fortuna su ropa interior era del todo inexpresiva, un conjunto barato de colores primarios y ornamentos vulgares, que al menos era de su talla. Francho respiró aliviado. No habría podido centrar sus pesquisas si se hubiera enfrentado a la visión de aquel cuerpo fibroso adornado por lencería verdaderamente fina.

Se acercó a ella, le puso una mano en el hombro y le preguntó por Irene. Ella lo miró sin comprender. Francho tuvo que recurrir al circunloquio de la mentira, haciéndose pasar por un cliente encoñado que la estaba buscando. Rita negó con una mueca de extrañeza. No sólo no conocía a Irene, sino que ni siquiera hablaba su idioma. No había tenido tiempo de aprenderlo pues acababa de llegar del extranjero. Francho compuso una mueca de fastidio. Sólo podían comunicarse por medio del lenguaje corporal, un idioma que Francho no dominaba salvo en la más estricta intimidad. Sin dar pie a más preámbulos, Rita se tumbó en la cama y palmeó el colchón para que Francho se acostara junto a ella. Lo último que deseaba era causar problemas o desairar a su madama en sus primeros días de estancia en el burdel.

Francho no quería sexo. Tomó asiento a los pies de la cama y se dispuso a contemplar sus movimientos. Rita había comenzado a estirarse y retorcerse sobre las sábanas con estudiada soltura, como una verdadera profesional del estriptis. Francho no prestaba la terca atención de un verdadero voyeur de la morfología femenina, sino más bien la de un alumno con ganas de aprender, tratando de memorizar algunos movimientos para practicarlos luego ante el espejo de su dormitorio. Cuando transcurrió un rato y Rita entendió que el espectáculo debía terminar, se acercó a Francho y depositó un beso en su mejilla. Él lo recibió con la frialdad que causa lo inoportuno, sin entender su significado. Puede que fuera un beso de despedida, o tal vez de gratitud. Quizá formara parte del espectáculo que acababa de ver. Abandonó la habitación y se dirigió hacia la puerta de salida, donde permanecía su carro de cartero, junto al cual se encontraba la solícita e inevitable madama.

Sigo sentado junto a Hortensia mientras ella descansa. De tanto en cuanto veo asomar uno de sus tobillos por entre las sábanas y el recato me paraliza. No puedo evitar un sentimiento de culpa. Me siento un aprovechado, un mirón disfrazado de amigo, un farsante renegado de la ética de la amistad que no pierde detalle de los exiguos movimientos de un cuerpo abatido por la enfermedad.

Consulto mi reloj: es tarde y debo irme. Carraspeo un par de veces para que mis palabras de despedida no comiencen bruscamente, pero no se me ocurre nada que decir. No es sólo que no quiero irme, es que además no sé cómo hacerlo. Por suerte una auxiliar irrumpe en la estancia con su acostumbrado tejemaneje. Sustituye la jarra del agua, recompone las sábanas y deja una manta sobre la cama.

—Si va a quedarse a pasar la noche —me dice—, lo mejor será que se abrigue con esto. No vaya a resfriarse.

Hortensia y yo nos trabamos en una mirada difícil de calificar. Hay una parte de asombro, otra de halago y puede que una última de ruego, pidiendo y dando permiso para que tal posibilidad, expuesta por la auxiliar con el oficio que proporciona la rutina, pueda convertirse en realidad.

—Creo que definitivamente te han tomado por mi marido —dice Hortensia sonriendo.

—Eso parece —respondo sin poder devolverle la sonrisa—. No quisiera molestarte más.

No encuentro la manera de decirle que me gustaría compartir la noche con ella.

—Yo a ti tampoco —replica ella—. Mañana tendrás que madrugar.

—Así es.

Parecemos dos adolescentes en la penumbra de un portal, deseando que las palabras sean silenciadas por los primeros besos. Ninguno de los dos se atreve a proponer la idea con claridad, pese a que en los oídos de ambos resuenan las palabras de la auxiliar. Trato de buscar el lado práctico de la cuestión.

—¿Llegas al pulsador para llamar a la enfermera?

Hortensia eleva su brazo derecho por encima de la cabeza y palpa a tientas hasta que da con él.
—No te preocupes —dice—. Si necesito ayuda, lo pulsaré.
—¿Por qué no le has pedido a tu hermana que se quedara contigo esta noche?
No puedo contener la sugerencia. Es lo que suele pasar cuando uno busca el lado práctico de las cosas.
—Ella no se ha prestado a hacerlo —responde Hortensia—. Y además no necesito a nadie. Estoy en un hospital con personal de guardia para ayudarme.
—Pueden ayudarte pero no hacerte compañía.
—Eso no.
Mis palabras han dado en el centro de la diana.
—¿Quieres que me quede?
Por fin logro articular la pregunta, no sin un lastimoso esfuerzo que enrojece mis mejillas y salpica mi frente.
—¿Quieres quedarte?
—No quiero incomodarte.
—No me incomodas.
—Nunca he cuidado a un enfermo.
—No tienes que cuidarme, sólo tienes que ofrecerme tu compañía.
—Eso sí puedo hacerlo.
Y vuelvo a sentarme en el butacón, envuelto de nuevo en un baño de sudor. Nuestra conversación ha sido un torrente de palabras en medio de un desértico silencio, un brusco intercambio de frases impropio de una convaleciente recién operada y un tímido con tendencia a la parquedad expresiva. Hortensia cierra los ojos. Al esfuerzo de las palabras se suma el alivio de haber espantado la soledad nocturna. Su rostro refleja perfectamente ese estado de ánimo a medio camino entre el cansancio y el relax. Yo en cambio me encuentro muy tenso, intentando trazar un itinerario en un terreno que desconozco por completo. No puedo quedarme a pasar la noche tal como estoy. Ne-

cesito ir a casa y hacerme con lo imprescindible. Y darme una ducha. Sin embargo me atemoriza abandonar aquel lugar de sombra y silencio. Temo que al salir del hospital se quiebre el encantamiento en beneficio de la adusta realidad. No tengo más remedio que traicionarme a mí mismo por el banal pero eficaz método de pensar en voz alta. Nada hay más apremiante para un tímido que acatar sus propios compromisos, especialmente si son adquiridos en público.

Declaro ante Hortensia todo lo que me propongo hacer con la intención de obligarme a hacerlo, preservando mis oídos de la cautela, que seguramente me hablará en el exterior en nombre de la decencia y las normas sociales. No creo que sea muy habitual que un simple conocido vele el sueño de una enferma durante su estancia en el hospital. Ella asiente a mis intenciones con los párpados cerrados. No quiere que sus ojos se conviertan en los visores de sus lentes y espejos internos, el foco que amplifique sus sentimientos o sus deseos. Me conoce y no desea influir en mis planes, menos aún cuando estoy a punto de convertirme en su supuesto esposo.

Salgo por fin del hospital y me zambullo en el ruido urbano, que se intensifica en mis oídos por comparación con la quietud de las últimas horas. Tomo un taxi y doy mi dirección. Durante el trayecto tengo recuerdos de mi lejana adolescencia. Me encuentro tan atropellado y nervioso como un joven ante una prometedora cita nocturna. Llego a casa y dispongo una bolsa abierta sobre la cama. No sé con exactitud qué debo llevarme. Mientras lo decido, entro en la ducha y dejo que el agua caliente irrigue mi rostro. Inmediatamente me siento renacer, como si mi naturaleza fuera de orden vegetal y el agua me devolviera la vida. Meto ropa de repuesto en la bolsa y un neceser con enseres de aseo. Cojo dinero, un par de libros, pañuelos, una revista de divulgación científica y un pequeño reproductor de música cargado hasta los topes de buena lírica.

Cuando estoy a punto de salir, mientras hago inventario

de lo que llevo encima, suena el móvil. Es Francho. En el café le han informado de mi visita al hospital y quiere saber cómo está Hortensia. No me atrevo a confesarle que voy a pasar la noche con ella, aunque estoy seguro de que le transmito mi inseguridad de alguna manera. Pese a que haya otras formas más explícitas y deliberadas de hacerlo, no decirle a un amigo toda la verdad es una forma de mentir. Tal vez por eso no me propone salir a tomar una copa o acercarse a casa para charlar conmigo. Tengo la impresión de que quería verme para desahogarse. Chasqueo la lengua en señal de fastidio. He perdido la oportunidad de saber qué diantres le está sucediendo. Es curioso cómo los acontecimientos se superponen unos sobre otros en lugar de concatenarse ordenadamente en el tiempo.

Vuelvo al hospital una hora y media después de haberme ido, en un estado de ánimo más entero y consecuente, vestido con ropa limpia: unos pantalones de algodón y una camisa nueva delatada por sus dobleces en ángulo recto, igual que el joven ante su prometedora cita.

Francho colgó el teléfono con una sombra de sospecha en el entrecejo. Algo extraño le estaba sucediendo a su mejor amigo. Era evidente que no se encontraba en las mejores condiciones para escuchar todo lo que tenía que contarle, empezando por la celda común, el sobre, Koyak, Chelo, Irene, Rita y su madama, y terminando por la firme decisión que había tomado de encontrar a Irene, una vez constatado lo mucho que extrañaba el cuerpo de su madre envuelto en las prendas de la suya, valgan los posesivos huérfanos de referencia.

Se tumbó en el sofá y encendió la televisión con la intención de zapear aleatoriamente por los distintos canales. Vio un surtido de imágenes incoherente y al mismo tiempo irrepetible y exclusivo. Fue un relajante ejercicio que dejó su mente en un estado de inacción ideal para convocar el sueño, pero no consiguió dormirse.

Se dirigió al dormitorio y abrió el armario ropero. Hacía semanas que no se hacía el amor. Con la ayuda de una banqueta exploró en la hondura del estante más alto. Allí guardaba cajas de la mercería que nunca había abierto, mercancía descartada por falta de interés fetichista. Buscaba prendas que no hubiera compartido con Chelo porque por alguna sutil aunque ridícula razón le parecía deshonesto amarse con ellas encima. Sacó unas cuantas cajas y las depositó sobre la cama. Contenían bragas de lycra y algodón sin apenas adornos, prendas cómodas que no invitaban a la lujuria pero que Francho valoró aquella noche por novedosas. Se probó varias antes de decidirse finalmente por un modelo blanco y liso, ribeteado por una discreta puntilla, que hacía pareja con un sujetador. Trepó a la cama y se colocó de forma que los espejos le proporcionaran dos planos de sí mismo. Pretendía realizar su propio programa de televisión, zapeando del uno al otro reflejo según lo exigiera la postura. Se concentró en el recuerdo de Rita y ejecutó los movimientos que ella le había enseñado, estirándose y retorciéndose sobre la colcha, componiendo atrevidos planos en las lunas del espejo, mientras su entrepierna rozaba la cama en busca de placer. Una vez agotado su repertorio, se puso un condón y llegó hasta el final boca abajo. Luego permaneció inmóvil y dejó su mente en blanco. Cuando intuyó que el sueño advenía, se deshizo del condón y buscó la almohada. Cerró los ojos y se durmió, pero se despertó varias veces entre sueño y sueño echando de menos el aroma de Chelo, el roce de sus cabellos y el peso de sus piernas.

11
De Armando

Apenas puedo dormir. Durante toda la noche me siento eufórico y jovial, excitado e inestable como el núcleo de una galaxia activa. La taquicardia y el sueño son principios antagónicos: no puede darse el uno con la otra ni supongo que a la inversa. Mis sensaciones de adolescente han evolucionado hacia un sentimiento más elaborado y adulto. Sentado en el butacón, con las manos en el regazo y los ojos en el cuerpo de Hortensia, me creo el guardián de un tesoro, el eunuco de una diosa o el monaguillo de una virgen. Con una mezcla de devoción y deleite miro alternativamente su cuello cubierto de cabellos, su tobillo resbalando por un extremo de la cama, su gotero grande, su antebrazo pinchado, su hombro desnudo, su gotero pequeño, sus labios entreabiertos y la curva de su cadera en medio de la cama. Siento el regocijo de la propiedad. Hortensia es débil y depende enteramente de mí. Es mía. Puedo cuidar de ella, arroparla y velar su sueño o arrancarle los goteros y dejar que el dolor la torture. Puedo acercarme a sus labios y robarle un beso e incluso aprovechar su letargo para tocarla sin escrúpulos. Hasta ese colmo de negrura llega en ocasiones el delirio de los sentimientos.

Se mueve y destapa con frecuencia, lo que me obliga a levantarme y arroparla sobreponiéndome a la parálisis que me causa su cercanía, evitando mirar hacia el interior de las sábanas por si me topo con uno de sus muslos, su vientre o su único pecho. No quiero aprovecharme de su debilidad, pero deseo que vuelva a destaparse para acudir a arroparla con la misma prontitud, sintiendo el temblor de mis manos mientras recompongo las sábanas y la colcha, temerosas y ansiosas de rozar accidentalmente una de sus piernas o uno de sus brazos.

Ya de madrugada, cuando el sueño me ha vencido durante unos minutos, escucho su voz entrecortada. Me levanto creyéndola sonámbula de las palabras, pero sus ojos se hallan abiertos. Tiene ganas de orinar. El latigazo de un escalofrío me lleva al borde del desvarío, pues tengo la grotesca idea de acompañarla al baño, entrar con ella y asistirla en el inodoro. No habría sido un acto obsceno sino la confirmación de mi absoluta posesión: algo tan osado e improbable como acompañar a un objeto estelar en su rotación sobre el centro de una galaxia o un cúmulo globular. Por suerte la cordura acude a socorrerme y doy en pulsar el interruptor para avisar a la enfermera. Ésta entra con una torva de las que se introducen bajo las sábanas, mientras yo salgo al pasillo para no coartar la micción. Cuando vuelvo a la habitación Hortensia ya se ha dormido de nuevo, así que puedo seguir contemplándola a mi aire, con la única limitación de la escasa luz que se filtra por la ventana. No es un gran impedimento para alguien acostumbrado a rastrear el cielo en busca de objetivos que apenas alcanzan a distinguirse sobre la oscuridad de la noche.

Al día siguiente Francho reemprendió la búsqueda de Irene. Volvió a prestarse voluntario para repartir el correo de la plaza de Santa Isabel y fue recorriendo los portales con la exhaustiva e infatigable paciencia de un científico. En una calle perpendicular a la del día anterior encontró otro piso burdel. Lo supo porque se cruzó con unos animados clientes que acudían a su cita. Los siguió, esperó a que entrasen y llamó a la puerta. Abrió un hombre de mediana edad, adornado con largas y afiladas patillas. Blandiendo de nuevo la carta dirigida a Irene preguntó por ella.

—Todas mis sobrinas son extranjeras.

A tal contundencia lingüística siguió un portazo no menos expresivo. No había nada que replicar, salvo tal vez el esbozo de una sonrisa para premiar el ingenioso eufemismo. Salió a la calle y terminó de repartir el contenido de su carro. No hubo más pisos sospechosos aquella mañana pero sí había prostitutas repartidas por las aceras, aunque en menor cantidad que a las horas de máxima concurrencia.

Se detuvo junto a un portal, sacó una libreta del bolsillo y simuló repasar una lista de datos, mientras aprovechaba para estudiar a las presentes calibrando las posibilidades de que conocieran a Irene, sin olvidar que también era posible que conocieran a Chelo. Debía andarse con cuidado para no ser descubierto. Se cambió de calle en busca de alguna sobrina más joven, hasta que dio con una bien entrada en carnes, apoyada sobre unos finos tacones que le proporcionaban un grotesco aire de inestabilidad. Parecía a punto de caerse y comenzar a rodar, según pudo advertir Francho mientras se acercaba y extraía la carta del carro.

—¿Irene? —repitió ella en voz alta—. Conozco a una Irene, pero no creo que puedas entregarle la carta en persona.

Al oír aquello el pecho de Francho se aceleró hasta hacerlo tartamudear.

—¿Por...?, ¿por qué no?

La mujer retrocedió un par de pasos extrañada por el impropio comportamiento de aquel cartero. O quizá buscara cierta perspectiva para contemplarlo de cuerpo entero, agrupando sus particularidades físicas en una sola imagen.

—La Irene que yo conozco sólo recibe por encargo —añadió, esbozando una sonrisa que nada tenía de jovial—. No anda por las calles como las demás.

Después de soportar con notable estoicismo los embates del sueño durante toda la noche caigo en su tentación al amanecer. Cuando Hortensia se despierta tiene la oportunidad de observarme con toda indiscreción, como he hecho yo con ella durante buena parte de la velada. Ignoro si también alberga algún sentimiento de tinte posesivo hacia mí o si la visión de mi cuerpo le provoca alguna clase de delectación, aunque presumo que no. Lo más probable es que su mirada tenga una intención fraternal de casta gratitud.

Así nos encontramos —ella mirándome y yo durmiendo— cuando aparecen una enfermera y una auxiliar atropellando el silencio de la estancia con su cantinela matutina, mitad instrucciones para el enfermo y su acompañante, mitad chismorreo privado entre las dos. Me despierto como un recluta que escuchase el toque de corneta, me levanto de un salto y, sin tenerlo previsto, me acerco a la mesilla, tomo la jarra del agua y lleno un vaso. Supongo que estoy tratando de demostrar que no dormía, que es lo propio cuando alguien es sorprendido durmiendo a pierna suelta. Me siento prendido in fraganti. No es para menos. Las tres mujeres se han detenido a admirar mi actuación. Allí estoy, de pie, con un vaso de agua en las manos sin saber qué hacer. Por suerte veo sobre la mesilla el ramo de flores que traje la tarde anterior y lo dispongo en el vaso descongelando la imagen de las tres mujeres, que prosiguen con sus quehaceres: las dos advenedizas haciendo y Hortensia dejándose hacer.

Consulto mi reloj y me acerco a Hortensia.

—¿Cómo te encuentras? —le pregunto con la voz ronca y grave que me caracteriza por las mañanas.

—¿Serviría de algo quejarse? —dice ella en tono retórico.

—Tengo que irme —digo con la voz más atiplada—. Esta tarde vendré a verte.

Hortensia asiente. Recojo mis cosas en la bolsa, pliego mi americana sobre mi brazo izquierdo y me vuelvo hacia la cama.

—Gracias —dice ella.

Tomo la mano que me tiende y la aprieto con dulzura. «Gracias a ti», quiero decirle.

Sin pasar por casa me encamino directamente al café. Pese a no haber descansado lo suficiente despliego una intensa actividad laboral, atendiendo muy diversos asuntos a la vez, espoleado por el vigor que ha provocado en mi organismo la noche que he pasado junto a Hortensia. Me encuentro pleno de facultades, como el joven de la cita al día siguiente si la cita ha dado sus frutos.

A la hora acostumbrada aparece Francho. Su presencia me brinda la oportunidad de enmendar mi silencio de la noche anterior, aunque para ello debo hacer acopio de una naturalidad que estoy lejos de sostener. Mientras le sirvo el café le confieso que he pasado la noche en el hospital.

—Su hermana no podía quedarse —añado a modo de excusa.

Temo que Francho esboce un gesto de extrañeza —incluso de reprobación—, pero por contra asiente varias veces, como si le pareciera una idea práctica y acertada. La escala de lo que nos produce extrañeza es subjetiva e inversamente proporcional a lo que nos atormenta. Francho debe de estar tan preocupado por cuanto le sucede —sea lo que sea— que se halla en óptimas condiciones para aprobar las rarezas de los demás.

Francho había decidido abandonar su papel de cartero en busca de la desconocida destinataria de una carta y convertirse sencillamente en un hombre necesitado de compañía. Sólo había visto a Irene una vez en la fotografía que le había mostrado Chelo el día que se conocieron, pero se sentía capaz de describir y reconocer sus rasgos. No en vano era un integrante del club de los estrellados, un poco díscolo tal vez, pero entrenado como todos ellos para la observación exhaustiva. Y para la fugaz. Abandonó el café y regresó a la oficina de correos para terminar su jornada laboral. Después fue a casa, comió muy frugalmente, se tumbó frente al televisor a modo de siesta y a media tarde se encaminó —por este orden— a un cajero automático y a la plaza de Santa Isabel.

Una vez más se fijó con cuidado en las prostitutas que rondaban las aceras. Puede que Irene no hiciera la calle pero su madre sí, y todo su plan se malograría si se topaba con ella. Y eso que lo más probable era que a esas alturas, después de varios días sin aparecer por su habitación, Chelo aceptara de nuevo su compañía. Pero, aunque así fuera, el sobre de Koyak se interpondría entre ellos tarde o temprano, lo que significaba que debía encontrar a su hija.

Sorteó a dos chicas que intentaron abordarlo y entró en El Tenderete. Se sorprendió de la numerosa clientela que registraba el local a esa hora de la tarde, sin duda porque desconocía el alto número de sobremesas de negocios que terminan en un burdel. Se abrió camino hasta la barra y pidió una cerveza. En cuanto tuvo oportunidad solicitó el *book* de las chicas.

—¿El qué? —la camarera no había comprendido.

Tal vez no estaba familiarizada con el término o quizá fuera una extranjera poco ducha en los anglicismos de nuestro idioma. O puede que Francho estuviera pidiendo algo inexistente. En todo caso no se amilanó.

—¿Puedo hablar con el encargado?

Francho era consciente de que se arriesgaba a encontrarse con el mismo Koyak, aunque esperaba que, como en la mayoría de los negocios, existiera algún mando intermedio entre la dirección y la clientela. A los pocos minutos la camarera le hizo un gesto para que la acompañase. Francho apuró la cerveza. Salió por una puerta que se hallaba junto a los aseos, atravesó un pequeño patio al que daban varias puertas y entró en un almacén que olía intensamente a humedad. Un hombre moreno, hablando con marcado acento hispanoamericano, acudió a su encuentro.

—Me dicen que has pedido el *book* —dijo, tuteándolo y aclarando que la camarera lo había comprendido perfectamente—. ¿Qué buscas?

—Algo especial.

—¿No te gustan las chicas que hay en la barra?

—Siempre compro por catálogo.

El encargado pareció estudiar la actitud de Francho, preguntándose si se hallaba ante un policía, alguna clase de investigador privado o simplemente un chiflado.

—Esto no es un hotel ni una agencia —concluyó—. No tenemos *book*. Si no te gustan las chicas de la barra, tendrás que irte a otro sitio.

—Quiero una mujer delgada —sentenció Francho—. Todas las chicas que he visto están demasiado rellenitas para mí.

El encargado sonrió. Debió de parecerle gracioso que un esperpento como Francho, carente de toda esbeltez y toda gracia, mostrara gustos tan exquisitos a la hora de echar un polvo. Asintió un par de veces. Se encontraba ante uno de esos reprimidos que solicitan una chica especial y luego se limitan a masturbarse delante de ella, incapaces de ponerle una mano encima.

—Busca en otro sitio —le aconsejó, señalando la salida—. Esta zona está bien surtida. Hay gordas, flacas, rubias, morenas, altas y chaparras. No creo que tengas problemas para elegir.

Francho comprendió que había llegado el momento de apelar a una instancia superior.

—No tengo ganas ni tiempo para perderlo por la calle —dijo, sacando su cartera del bolsillo interior de la americana—. Lo único que tengo es dinero.

En su mano derecha, prendido entre dos dedos como un valioso salvoconducto, blandió un billete de cincuenta euros.

—Toma —añadió—, considéralo un adelanto sobre tu comisión.

El encargado frunció el ceño y dudó. El dinero es enemigo de soluciones fáciles. No iba a ser fácil librarse de aquel fantoche si traía una billetera bien provista. La tentación pudo con él. Tomó el billete con cierta violencia y se lo metió en el bolsillo trasero del pantalón, lo que provocó un mohín de satisfacción en el rostro de Francho.

—Quiero una chica delgada, de pelo liso y ojeras pronunciadas, que no supere los treinta años, no sea extranjera y no haga la calle.

Su interlocutor estuvo a punto de sacar el billete, devolvérselo y echarlo de allí. No había muchas mujeres que respondieran a aquella exigente y detallada descripción. Francho era consciente de la singularidad de su petición.

—No es necesario que sea ahora mismo —matizó, abriendo las manos—. Te doy un par de horas.

—No va a ser fácil.

—Si la encuentras, te recompensaré —concluyó.

Y se encogió de hombros, insinuando que no podía ser más espléndido. Dio media vuelta, cruzó el patio y el salón de El Tenderete y salió a la calle en busca de una avenida próxima en la que había unas salas de cine donde matar el tiempo.

Poco antes del anochecer paso por casa con intención de cambiarme de ropa. Es entonces cuando percibo lo cansado que estoy. Resuelvo darme una ducha bien fría y tomarme un té helado. No hay nada más efectivo contra la fatiga que la ausencia de calor, una sorprendente característica de la termodinámica que los médicos deberían estudiar. Mientras me afeito me pregunto si no resultará pretencioso e inoportuno volver al hospital con la bolsa de mis pertenencias, como la noche anterior. Tal vez Hortensia me tome por un entrometido. O tal vez no, y es peor no acudir dispuesto a compartir de nuevo la noche con ella. Ignoro cuál es el alcance de nuestra amistad y hasta dónde nos ha unido la noche anterior. Opto por una solución intermedia. Elijo sólo lo que me parece imprescindible y lo guardo en un neceser que pueda llevar colgado del hombro a modo de bolsito. Así doy pie a la ambigüedad de las intenciones. Si hay oportunidad dispongo de lo necesario para pasar la noche y, si no, puedo volver a casa dignamente. Me parece un plan pueril, que denota además un absurdo temor por hacer el ridículo, pero me siento incapaz de abordar la cuestión de otra manera. Ser consciente de nuestras limitaciones no nos exime de padecer sus consecuencias.

Llego al hospital con la misma ansiedad que el día anterior. Quizá más. Volver suele ser más comprometido que llegar. Tomo el ascensor y subo a la planta de Hortensia. Al pasar junto al mostrador de enfermería, reconozco a una de las auxiliares y la saludo. Ella me devuelve el saludo y me insufla una inesperada dosis de ánimo. Llamo a la puerta con los nudillos y entro. Esta vez no traigo flores sino un periódico del día y una revista recién publicada. Siempre me ha parecido que la desconexión de un hospitalizado con la actualidad no es nada beneficiosa, dado que su aislamiento no es voluntario. Hortensia recibe mis obsequios con una tímida sonrisa. Tal vez habría preferido más flores.

—Éste es Armando —anuncia con solemnidad.

Miro hacia donde indican sus ojos y me topo con un sujeto alto y corpulento, entrado en años y canas, que me tiende formalmente la mano. Le ofrezco la mía y un gesto de cortesía.

—Mucho gusto —digo escuetamente.

—Le he hablado de ti —aclara Hortensia.

Siento un fuego interno a la altura del estómago, fruto de la indigestión que me provoca saber que Hortensia habla de mí a terceras personas. Disimulo mi pánica reacción depositando el periódico y la revista sobre la cama.

—No conviene que te aísles del mundo —manifiesto con una mueca de sonrisa—. ¿Estás mejor?

—Me han quitado uno de los goteros —responde ella, señalando la percha que tiene a su derecha.
—Eso es buena señal.
El sujeto se revuelve a mi espalda.
—Tengo que marcharme ya —se excusa.
—Por mí no se moleste —balbuceo yo, presa de un ataque de intromisión—. Sólo quería ver cómo seguía Hortensia.
—No es por usted, no se preocupe —replica con una dulce inflexión de voz que inmediatamente me cautiva.
Se acerca a Hortensia y le toma las manos. Entre las suyas resultan pequeñas, pálidas y carentes de vida, como una estrella del tipo enana marrón a punto de extinguirse. Se las estrecha despacio, en silencio. Está tratando de transmitirle algo difícil de expresar con palabras, un flujo de energía positiva, un campo magnético que atraiga la bondad y la salud. Luego se dirige hacia mí, se despide educadamente y se marcha. En el aire queda el eco de sus pisadas y en nuestras manos un contagioso rastro de calor humano. El silencio no es incómodo todavía aunque puede llegar a serlo.
—Es un amigo de la familia —dice Hortensia, que ha debido de llegar a la misma conclusión que yo—. No lo vemos muy a menudo, pero le tenemos mucho cariño.
Asiento con la cabeza, elevando las cejas, como es preceptivo cuando alguien recurre a una vaguedad inconcreta para explicar algo concreto. Comprendo que sería una inconveniencia interesarme por él en aquel momento, así que le pregunto si ha recibido alguna noticia de los médicos. Vuelve a eludir una respuesta coherente.
—¿Tienes prisa?
—¿Por qué lo preguntas?
—Antes has dicho que sólo querías ver cómo estaba.
Miro a derecha e izquierda sin saber qué contestar.
—¿O lo has dicho porque estaba Armando?
Abro las manos, me siento y recuesto contra el respaldo

del butacón encogido de hombros. No estoy dispuesto a que una inoportuna palabrería arruine mis intenciones. No pienso abrir la boca.

—Sé que no tengo derecho a pedirte nada —prosigue Hortensia—, pero me gustaría que te quedaras conmigo esta noche. Otra vez.

No esperaba un grado semejante de sinceridad. Seguramente por eso el corazón se me arranca en furiosa galopada, la sonrisa estira con fuerza de mi boca y las cejas se me arquean como tildes ortográficas sobre los ojos. Puede que incluso resulte cómico, aquí sentado, inmóvil, tratando de recobrar el control de mi mandíbula y mis músculos faciales. Parezco una fotografía de mí mismo: el autorretrato de una sonrisa. Hortensia se coloca de medio lado en la cama, adoptando la postura y la intención de contarme un secreto.

—Me asusta la soledad.

Pongo cara de no comprender. Inclino mi cuerpo hacia delante para aproximarme a ella, como si la exigua distancia que nos separa pudiera ser un obstáculo para entendernos.

—Pero si vives sola... —le recuerdo.

—No es lo mismo —contesta—. En mi casa no me siento sola, pero aquí sí. Llevo todo el día esperando que venga alguien. Me alegra incluso que entren las auxiliares, las enfermeras y los médicos. Esto es una cárcel.

Su parlamento anda lejos de reconfortarme, pues evidencia que cualquier ser humano puede consolarla. No soy el único. Uno tiene su corazoncito y siempre cree merecer una alusión especial, sobre todo de quien es dueño de ese corazoncito. Hortensia ladea la cabeza sin dejar de mirarme. Ha debido de leerme el pensamiento porque toma aire para añadir algo más, probablemente la anhelada alusión, pero se lo impido pisándole las palabras.

—De acuerdo —digo—. Me quedaré con una condición.

Su rostro compone un gesto de sonriente reprobación,

como quien pretende mostrarse cariñosamente severo ante la travesura de un niño. O de un perro. Guarda silencio a la espera de mis palabras.
 —Dime quién es Armando.

12
Del horario musical

Francho pasó buena parte de la tarde en una confortable sala de cine, recostado en una butaca forrada de terciopelo y ajeno a todo lo que no fuera la intriga policiaca que se desarrollaba en la pantalla. Cuando la película terminó y la sala se iluminó, tuvo que hacer un esfuerzo para centrarse en su propia intriga. El cine siempre le causaba una poderosa aunque por fortuna fugaz impresión, a medio camino entre una catarsis religiosa y un sueño recurrente. Volvió a El Tenderete tomando las consabidas precauciones para no ser descubierto por Chelo. Se sorprendió al comprobar la menor concurrencia que registraba el local. Buscó a la camarera en la barra. En cuanto ella lo vio, le hizo un gesto con la mano para que saliera al patio. Recorrió el camino que ya conocía y llegó al almacén, donde aguardó acontecimientos apoyado contra unas cajas que contenían botellines de cerveza. A punto estuvo de abrir uno para templar el ánimo.

—Acompáñame.

La voz salió de detrás de las cajas y le provocó un escalofrío de sorpresa. Era su interlocutor latino. Lo siguió hasta el final del almacén y juntos salieron a la calle por una pequeña puerta metálica. Recorrieron un trecho de acera, doblaron una esquina y entraron en un portal.

—Te esperan en el primer piso —dijo su interlocutor, señalando las escaleras—. Confío en que sea de tu agrado.

—Toma —replicó Francho con otro billete en la mano.

Sin atender a su respuesta de agradecimiento subió al primer piso y llamó a la puerta. Al hacerlo se dio cuenta de que estaba entreabierta. Respiró hondo y entró con cautela, como quien teme caer en una emboscada. Carraspeó con fuerza para dar señales de vida.

—Pasa —escuchó decir al final del pasillo—. Estoy en la cocina.

Era una voz femenina con acento local y timbre grave pero juvenil. No resultaba dulce ni desdeñosa, más bien indiferente. Francho avanzó por el pasillo en pos de la luz fluorescente que salía de una de las estancias. Una mujer se hallaba sentada de espaldas a la puerta con un café en una mano y un cigarrillo en otra.

—Siéntate —le dijo, casi le ordenó—. He preparado café.

Francho pasó junto a ella y se colocó enfrente. Esperó a que la joven elevara la cabeza para poder admirar su rostro. Era hermosa, dos ojeras subrayaban la claridad de sus ojos, como dos pares de cejas inferiores. Tenía la nariz y los labios rectos, en perfecta perpendicularidad, pero no era Irene.

—¿Cómo te llamas? —preguntó ella.

—Curro —respondió Francho—, ¿y tú?

—Sandra.

Francho esbozó una sonrisa que trató de disimular con su mano izquierda. Cada vez que ocultaba su verdadero nombre sentía la cándida perversión de la mentira.

—¿Es tu verdadero nombre? —preguntó él, sabiéndose indiscreto.

—Por supuesto que no —respondió ella sin inmutarse—. ¿Prefieres otro?

—Yo tampoco me llamo exactamente Curro.

Ella cabeceó un par de veces. En otras circunstancias habría sonreído ante aquella innecesaria aclaración, pero nunca se relajaba delante de clientes extraños, menos aún si parecían familiares del mismísimo hombre lobo. Francho percibió su mirada inquisitiva y perdió un ápice de energía. A modo de desagravio ella le sirvió café y le señaló el azucarero con el cigarrillo.

—¿Tienes dinero?

Francho sacó la cartera y la abrió por la billetera.

—Diego me ha dicho que buscas una chica nacional que no haga la calle.

Francho asintió mientras sorbía el café, los ojos atisbando tras las cejas como bandoleros ante un botín cercano.

—Entre semana sólo estoy libre los martes por la tarde hasta las nueve. Los fines de semana no estoy en la ciudad. Te cobraré quinientos euros al mes, siempre por adelantado. Hago casi de todo: francés, griego, posturas y disfraces. Paso de sado y rollos raros. Estoy sana. Tengo papeles. No me drogo y apenas bebo.

Francho cruzó los brazos y frunció el ceño. Nunca había recibido una oferta igual: honesta, tentadora y razonablemente bien de precio. En apenas unos segundos comprendió el rol de una prostituta de piso, género que nunca había frecuentado y del que apenas había oído hablar. Era como una querida pero con la ventaja de que disponía de su propio piso y la desventaja de que había que compartirla con otros hombres. Sin duda una forma indulgente de afrontar unas relaciones sexuales basadas en la sinceridad, la higiene y —por qué no decirlo— el cariño mutuo. Muchas parejas legalmente unidas no alcanzan jamás un grado tal de honestidad.

Hortensia acepta mi propuesta esbozando una mueca de resignación que tal vez oculta su primera reacción de sorpresa. Carezco de las habilidades necesarias para sorprender a los demás, lo cual hace que mis comentarios inoportunos o indiscretos resulten el doble de sorprendentes. Armando me ha parecido una de esas personas que encubren su verdadero protagonismo, como una fulgurante estrella que tratase de pasar desapercibida tras su doble de menor magnitud. Hortensia ha sido muy poco explícita al describirlo. Un «amigo de la familia» es un eufemismo que implica un alto grado de indefinición. Demasiado borroso para un astrónomo bregado en mil noches a la intemperie separando estrellas dobles con un Schmidt-Cassegrain de doscientos milímetros de apertura. Y además no hay ninguna razón para que un ser así definido ilumine la mirada de la mujer cuyas manos sostiene, ejecutando un silencioso pero efectivo exorcismo contra la enfermedad y el dolor.

No es el momento de hablar de él. Tácitamente decidimos dejarlo para más adelante. Con la intención de compensar mi arranque de curiosidad me apoyo sobre la cama y despliego el periódico que he traído. Voy pasando las páginas muy despacio, requiriendo el consentimiento de Hortensia cada vez que lo hago por si hay alguna noticia que le interese en particular. Si es así me acerco un poco al periódico y la leo en voz alta, consciente de que la letra pequeña es ilegible desde donde ella mira. Resulta un ejercicio relajante y conciliador. Me sorprende que se detenga en las páginas deportivas y me haga leerle la crónica del partido de baloncesto jugado la noche anterior. Me confiesa ser una ferviente seguidora del equipo local, en cuyas categorías inferiores jugó hace años, cuando era una estudiante. Asiento estupefacto. Tengo dificultades para ubicar a Hortensia en la sudorosa realidad del deporte. En todo caso sonrío. Nunca me han entusiasmado los deportes −seguramente porque no he sido apto para ninguno−, pero el baloncesto siempre me ha parecido un soberbio espectáculo de estrategia, puntería e intrepidez.

La lectura de la contraportada del periódico termina con las escasas fuerzas que le quedan. Se disculpa y me pide que la ayude a recuperar su posición de paciente hospitalaria, decúbito supino sobre la cama, los párpados cerrados, los brazos extendidos, el rostro relajado, el tobillo asomando una vez más por debajo de las sábanas. Me retiro al butacón en silencio, tomo la bolsa y saco mi reproductor de música. Me ajusto los auriculares y selecciono una sonata para violín de Beethoven, una pieza idónea para escuchar por la tarde, especialmente si en la misma estancia descansa la mujer de tu vida y la brisa del exterior vuelve a manifestarse en forma de visillo danzante al compás de la partitura.

A Francho le sorprendió la ausencia de premura que denotaba el comportamiento de la prostituta. Tanto en los burdeles de carretera como en la habitación de Chelo la prisa jugaba el papel que debe cuando el tiempo es oro, más aún si se divide en fragmentos de veinte minutos o media hora, que es lo que suele durar un encuentro íntimo en estos lugares. Pero Sandra imponía un ritmo distinto, sin acelerarse ni mostrar ninguna ansiedad, como corresponde a quien se encuentra cómodamente en su casa.

Charlaron durante un buen rato mientras seguían compartiendo el café y las pastas. Sandra se interesó por el trabajo de Francho. No era ninguna clase de formalidad o requisito, ni tampoco pretendía someterlo a ningún examen.

—Es simple curiosidad —reconoció, sorbiendo su taza.

—Soy funcionario de correos.

Francho fue innecesariamente sincero, tal vez cautivado por la hogareña atmósfera que se respiraba en aquella cocina. Durante unos minutos habló de su ocupación con intensidad pero sin arrobamiento, demostrando que le gustaba su trabajo pero circunscrito a su horario laboral. Sandra asentía sin mirarlo a la cara, como si no le estuviera prestando atención. Puede que se hallara inmersa en sus propios pensamientos y hubiera accionado el piloto automático que había desarrollado con los años siendo una pareja de alquiler. Llegado el momento que ella consideró oportuno, se levantó y se disculpó para ir al baño.

—Tardo sólo unos minutos —dijo.

Francho no quiso contradecirla. Ignoraba si la visita al baño formaba parte del protocolo que precede al sexo o si realmente se trataba de una necesidad orgánica. Decidió esperar a que volviera, lo cual sucedió no mucho después.

—¿Aún estás aquí? —dijo ella, asomándose a la cocina—. Acompáñame al dormitorio.

—No es necesario —Francho se puso en pie—. Entra, por favor.

Sandra se dejó iluminar por la pálida fluorescencia que dominaba la estancia. Estaba deslumbrante. Francho se sentó de golpe con la brusquedad de quien en realidad se derrumba sobre una silla a causa del precioso salto de cama que ella se había puesto: una pieza de seda y encaje en dos colores bien casados, por debajo de la cual se transparentaba una ropa interior de impecable factura. Francho no había visto nunca nada tan sensual y femenino al natural. Era como si estuviera delante de una de las modelos que aparecían en los catálogos de ropa íntima que su madre guardaba en la mercería. De ahí la flaqueza de sus piernas y el temblor de sus labios. Y el sudor de sus sienes. Tuvo que hacer un titánico esfuerzo para recomponerse, concentrándose en los ojos de Sandra y posando las dos manos abiertas sobre la mesa para no perder el equilibrio.

—No te ofendas si te digo que no me interesas —dijo. Y sin dejar que ella reaccionara prosiguió casi con rudeza—. Eres un encanto, la chica más sexy que he visto en mi vida, pero sucede que estoy buscando a alguien en particular.

Ella suspiró. Se cerró el salto de cama sobre el pecho como si pudiera abotonarlo. Las palabras de Francho debieron de sonarle a cuento chino.

—Si es por el precio, podemos llegar a un acuerdo.

Hortensia descabeza un sueño ligero como el que sucede a una buena comida o un buen coito. Yo continúo escuchando sonatas para violín y piano. Cuando ella se despierta me mira con curiosidad durante unos segundos y se interesa por la música de mis auriculares.

—Es música de tarde —respondo con naturalidad.

Ella compone una deliciosa mueca de incertidumbre y se incorpora lo suficiente para apostar una mejilla en la palma de la mano en ademán receptivo.

—Hay distinta música para cada parte del día —me explico.

—¿En serio?

—Los oratorios, las cantatas y la música coral en general son géneros musicales de mañana. La mayoría de esas composiciones tienen un propósito religioso y fueron concebidas para ser interpretadas en la misa matutina.

—¿Y por la tarde?

Ignoro si a Hortensia le interesa el tema en sí mismo o si lo considera un simple vehículo para conducir una eventual conversación.

—Por la tarde prefiero las sonatas, los cuartetos, la música de cámara: melodías que no saturen el sonido ambiente, sobre todo si uno está en buena compañía y quiere charlar relajadamente.

Ella asiente con una sonrisa indefinida. Lo mismo puede ser de aprobación que de burla.

—Por la noche, sin embargo, el oído se abre de nuevo a la orquesta entera, a la voz humana, al coro. Es la hora de la lírica, la ópera, las grandes voces, la expresión de los sentimientos, las confidencias, la intimidad.

Para ilustrar el contenido de mi discurso coloco los auriculares en sus oídos y elijo cuidadosa pero ágilmente varios fragmentos musicales de mi reproductor, a los que ella responde murmurando si le parecen de mañana, tarde o noche. Resulta ser un divertido ejercicio que Hortensia parece encontrar muy estimulante. Incluso propone añadir una categoría más a mi clasificación, que sería la música para escuchar en directo en un teatro o un auditorio, en la que incluye obras sinfónicas o conciertos para un instrumento y orquesta.

Gracias a este pasatiempo logramos comprimir la duración de la tarde hasta que escuchamos un estruendo de voces, puertas y cacharrería que se acerca por el pasillo protagonizado por dos de las auxiliares que ya conocemos. Traen la cena, esta vez algo más consistente que la noche anterior. Nuevamente adopto mi papel de camarero experto con una naturalidad incontestable. Despliego la servilleta, acerco la bandeja, sostengo el tazón del caldo para que no se derrame, deshueso la pata de pollo guisado, sirvo agua, abro el panecillo, dejo que Hortensia mastique sin apremios y retiro posteriormente el plato con las sobras, no sin antes pasar la servilleta por sus labios, todo acompañado por una de esas sonrisas cordiales sin llegar a joviales que los camareros dedicamos a nuestra clientela.

Cuando las auxiliares entran de nuevo para recoger la bandeja me preguntan si logré descansar la noche anterior.

—Tuve que echarme la manta por encima —confieso a modo de agradecimiento—, de lo contrario me habría resfriado.

—Es usted un marido modelo —declara una de ellas, la que no lleva la voz cantante. Luego se dirige a Hortensia y añade—: Tiene usted motivos para estar orgullosa de él...

Termina su frase con una cómica suspensión que desemboca en la carcajada de su compañera, seguida de la más moderada de Hortensia y una simple sonrisa por mi parte. Cuando se marchan Hortensia aún conserva restos de aquella sonrisa. Siento la tentación de ir por la servilleta para limpiarla pero no es necesario. Su mueca risueña se diluye como en agua cuando comienza a hablar.

—Armando —dice, buscando mis ojos— es músico.

13
De los singulares frankestein

Francho se tumbó en la cama completamente exhausto. Creyó que iba a quedarse dormido al instante pero fue incapaz de relajarse. A los ojos de su memoria volvía una y otra vez la majestuosa imagen de Sandra vestida con sus galas de lencería. Ese recuerdo le humedecía las palmas de las manos y le aceleraba el corazón, haciendo imposible la inmersión en el sueño. Se levantó un par de veces en busca de remedio para su fatiga. Tomó leche templada, hizo sus ejercicios respiratorios y se dio un masaje en los pies. Y todo fue inútil. No logró dormirse hasta que no recurrió a la química somnífera. Aun así no pudo librarse de la impronta estética de Sandra y soñó con maniquíes de rotundas curvas, generosos bustos de plástico, tersas pieles de escayola y expositores de bragas como los que había en la mercería de su madre. Imaginó que Sandra era un maniquí de miembros articulados y tronco fijo vestido con las prendas más sofisticadas de la tienda. Las acarició con la conciencia de un ciego, como si leyera un texto escrito entre organdí y puntillas de encaje. Movió el maniquí obligándolo a adoptar sus posturas eróticas preferidas, las mismas que Chelo había compuesto para él mientras duró su idilio de afecto y lujuria. Todo ello le provocó un insano estado de agitación cuando se despertó. Su cabeza y su cuerpo no lograban ponerse de acuerdo. Mientras aquélla pugnaba por recuperar la conciencia para volver a la plaza de Santa Isabel, éste respondía a la sedación química y exigía seguir tumbado sobre la cama.

Decidió prepararse un café bien cargado. Posiblemente aumentaría su agitación mental pero tal vez entonara su estado físico. Después de tomarse la segunda taza comprendió que no podía ir a trabajar. Las tareas que le esperaban en la oficina eran mucho menos urgentes que sus secretas pesquisas, especialmente cuando comenzaba a percibir la cercanía de Irene. Resolvió llamar por teléfono al departamento de personal para comunicar que se encontraba indispuesto por un inoportuno y feroz proceso vírico. Así compensaba a sus compañeros por tener que hacer su trabajo, pues a cambio les ahorraba la posibilidad de un desagradable contagio. Colgó el teléfono, suspiró con la boca hinchada como un globo y se sintió inmediatamente liberado. Y estimulado. Los efectos secundarios de los sedantes habían desaparecido, quién sabe si por efecto de la cafeína o por la exención de acudir al trabajo.

Lo primero que hizo al salir de casa fue dirigirse a la sucursal bancaria donde guardaba sus ahorros. Debía cancelar un fondo de inversión para obtener liquidez en su cuenta. Tuvo que aludir a un viaje al extranjero para no escuchar nuevas posibilidades de inversión. Se iba de vacaciones a un destino exótico. El bancario que lo atendía lo miró elevando las cejas en un pretendido gesto de asentimiento que resultó ser de envidia. Acaso lo creyó embarcándose rumbo a un lejano paraíso de turismo sexual. Y en cierto modo no se equivocó, porque la necesidad de Francho provenía de la plaza de Santa Isabel, que no era un lugar lejano −ni mucho menos un paraíso− pero sí un destino indudablemente sexual.

Para evitar toparse con algún compañero de trabajo decidió tomar un taxi, lo cual es un sacrilegio para cualquier cartero que se precie, aun estando fuera de servicio. De ese modo evitaba también su temido encontronazo con Chelo. Llegó a la plaza pasado el mediodía solar. La persiana de El Tenderete se hallaba a media asta. Tuvo que agacharse para acceder a un salón vacío y recién fregado que no se parecía en nada al que había visto el día anterior. Miró alrededor. No había nadie, ni siquiera el autor de las brillantes pinceladas a medio evaporar que mostraba el suelo. Con cuidado para no resbalar, cruzó el salón y el patio y entró en el almacén. Al fondo escuchó el taconeo de unas pisadas.

—Armando comenzó a cantar en bodas y fiestas de empresa —relata Hortensia, una vez que la acomodo sobre la almohada doblada—. Tenía voz y buena planta. Ya has visto lo alto y fuerte que es. Pasó por varias orquestas pequeñas de las que tocan en fiestas populares antes de recalar en una de mayor prestigio con doce músicos, tres cantantes y dos bailarinas. Es una gran orquesta que ha llegado a actuar varias veces en televisión. Armando empezó siendo el segundo cantante, enseguida pasó a ser el primero, luego el encargado de seleccionar los temas, el director de los ensayos, el responsable de fichar al personal y finalmente el dueño de la orquesta.

Asiento interesado. No tengo la más ignota idea de adónde pretende conducirme. Me parece estar caminando tras ella con los ojos vendados.

—Armando es mi padrastro —confiesa, respondiendo a mis inquietudes—. Se casó con mi madre poco antes de comprar la orquesta, cuando él era la primera voz y mi madre la segunda.

Arrugo el entrecejo en señal de sorpresa. No me sorprendo de que Hortensia tenga un padrastro sino de que su madre sea una cantante. No puedo explicar por qué reacciono así. Hortensia no me ha hablado nunca de su madre, así que no tengo ningún prejuicio sobre ella. Por alguna razón la había supuesto una mujer dulce y retraída, como la propia Hortensia, y no una profesional del mundo del espectáculo, a quien se le presupone un desparpajo casi innato. Abro la boca con intención de decir algo pero he de volver a cerrarla.

—Mi madre ha cantado desde siempre —sigue Hortensia—. Ha ganado premios en la radio y ha trabajado en muchas orquestas. Tiene un registro de voz increíble y, además, es muy guapa.

Pronuncia un silencio y se arrellana un poco más en la cama buscando acomodo para apoyar su cabeza.

—Hace años que no la veo pero seguro que sigue estando guapa.

No me cabe duda de que así es, aunque me guardo de expresar un comentario tan zalamero que podría ser mal entendido.

—Mi madre enviudó poco después de nacer yo, que soy la pequeña de tres hermanas. No tengo recuerdos de mi padre. Sólo lo he visto en fotografías. También era muy atractivo, aunque no pertenecía al mundo del espectáculo. En cierto modo se parecía a Armando. Supongo que por eso mi madre se enamoró de este último. Si se comparan las fotografías de las dos bodas parecen la misma. Es como si mi madre se hubiera casado dos veces con el mismo hombre, lo cual no tiene nada de extraordinario porque todos tenemos un prototipo de pareja en la cabeza. Y cuando encontramos a alguien que concuerda con él la cabeza envenena todo el cuerpo con su elixir de amor.

Dicho lo cual me pide que desdoble el almohadón y se tumba en la cama. Cierra los ojos y parece descabezar uno de sus sueños diurnos, un obligado receso después del esfuerzo empleado en sincerarse conmigo. Me reclino contra el butacón, velando su descanso, sin dejar de pensar en lo que acabo de escuchar. Es posible que Hortensia tenga razón y exista un ideal de pareja para cada uno de nosotros compuesto por una sutil mezcla de nuestros progenitores, los héroes de nuestra infancia, profesores, amigos y quién sabe cuántas influencias más. Sin duda se trata de un complejo proceso de modelado antropológico que nos convierte en singulares frankestein preocupados por elegir la forma del rostro de aquí, los ojos de allá, el cabello de otro lado, lo mismo que la voz, el carácter y el olor personal. Así hasta completar un modelo condicionado y un tanto arbitrario, pues depende tanto de nuestra querencia natural como de nuestra experiencia vital.

Trato de imaginar cómo será la madre de Hortensia. Puede que se parezca a su hija y yo mismo estuviera predispuesto a enamorarme de ella. Suspiro de impaciencia. Presumo que me falta por conocer un buen trecho de aquella historia que ha sido interrumpida por la flaqueza, pero de algo estoy ya seguro: el hombre que he visto frente a Hortensia no se ha comportado como un padrastro visitando a su hijastra.

—¿Qué quieres a estas horas?

Diego se amoscó al encontrarse con Francho a media mañana. Tal vez creyó que pretendía reclamarle su comisión. Para no andarse por las ramas y seguro de que un billete valía más que mil palabras, Francho sacó su cartera y le tendió cincuenta euros.

—Aquí tienes otro adelanto —dijo como quien le da una propina a un niño—. Si encuentras lo que busco te daré tres billetes más.

Esta vez era una oferta en firme, más seria y tentadora. Diego cogió el dinero y lo guardó en la primera página del cuaderno que llevaba entre manos.

—¿No estaba suficientemente delgada la chica de ayer? —preguntó, mientras seguía haciendo inventario de botellas, latas y botellines.

—Sandra es un encanto —sentenció Francho—, pero no es lo que busco.

Diego eludió la pregunta consiguiente. Se detuvo, cerró el cuaderno y se cruzó de brazos, seguro de que iba a recibir un encargo difícil de cumplir.

—Quiero ver a Irene —dijo Francho con la voz firme y clara, vocalizando como si hablara un idioma extranjero.

Diego no se inmutó.

—No conozco a ninguna Irene —respondió, comenzando a perder la paciencia.

Francho estuvo tentado de sacar otro billete, creyendo que había llegado ese momento de las negociaciones en que el interrogado recupera la memoria a golpe de machacante.

—Irene es una chica alta, delgada, con ojeras y mechas en el pelo. Tiene los ojos claros y recibe por esta zona. No intentes hacerme creer que no la conoces. Si no puedes ayudarme, me lo dices y punto.

Diego elevó una ceja en señal de interrogación, casi de alarma incipiente.

—¿Te refieres a la chica de Koyak? —musitó con el hilo de voz que queda tras un corte de suministro.

Ni remotamente esperaba que un tipo tan insignificante y malcarado como Francho persiguiera una empresa tan osada, lo cual le produjo una turbación cercana al miedo. Éste es causado a menudo por el sobresalto de una osadía. Dio dos pasos hacia atrás y abrió el cuaderno con intención de devolverle su dinero. Francho avanzó hacia él con las palmas de las manos abiertas en señal exculpatoria.

—No soy un poli, ni un detective privado, ni nada por el estilo.

Diego siguió retrocediendo hasta que se topó con una pila de cajas de plástico. En su cabeza se mezclaba el afán de avaricia con el sentido del deber y el tremolar del miedo. No podía creer que aquel fantoche pretendiera mantener relaciones sexuales con Irene. Le pareció una idea ridícula. Y peligrosa. Seguramente decía la verdad y no era un policía, pero cabía la posibilidad de que perteneciera a una facción rival de Koyak y buscara vengarse de él a través de una de sus chicas predilectas.

Francho aguzó su mirada y su ingenio. Se hallaba en un

momento delicado y debía actuar con la contundencia necesaria si quería demostrar la naturaleza de sus intenciones.

—Tan sólo soy un pervertido —dijo desabrochándose el cinturón—, y si busco a Irene es porque me muero por verla con estas braguitas puestas.

Se bajó los pantalones y dio un par de torpes pasos hacia atrás para que Diego admirara su elegante prenda de lycra y encaje. Era una estampa digna de enmarcarse y colgarse en la pared de un museo del ridículo: un tipo mostrándole las bragas a otro para certificar el calibre de su chaladura. Y sin embargo Francho se sintió como el intrépido agente secreto que había sido tantas madrugadas en los burdeles de carretera.

Hortensia me recibe por la tarde con la gratitud de quien se ha sentido desolado y presiente el final de su agonía. Me acerco a su cama. Tengo ganas de tomarle las manos, como vi hacer a Armando, pero en el último instante aborto este gesto y lo sustituyo por otro más prosaico, que es tenderle el periódico abierto por la página de deportes. Su equipo de baloncesto acaba de cerrar la contratación de un nuevo jugador extranjero, noticia que nos permite charlar despreocupadamente durante un rato. Después de la merienda, cuando el tiempo en un hospital se ralentiza hasta la abominación, me dejo llevar de nuevo por mi curiosidad.

—¿Por qué ha venido a verte tu padrastro y no lo ha hecho tu madre? —pregunto, tratando de que mi voz no suene cándida ni amable.

Hortensia me mira en actitud suplicante. «No me preguntes eso», parece decirme. Mi pregunta es certera y directa, puede que indiscreta y quién sabe si cruel. Cierra los ojos unos segundos, los mismos que mi mente emplea en atormentarse por haber provocado el sufrimiento de una convaleciente. Cuando los abre percibo un brillo blanco en su mirada, ignoro si fruto de alguna catarsis anímica o simple reflejo del fluorescente que preside su cama.

—Armando y mi madre se separaron hace unos años —dice con la gravedad de quien se confiesa.

Asiento repetidamente para tratar de compensar mi indiscreción. Parezco una de esas figuras perrunas que cabecean con el traqueteo de los vehículos. Su confesión resuelve parcialmente el misterio, aunque lo hace al precio de generar nuevos interrogantes. Pese a todo sello mis labios y esbozo la mueca del cordial desenfado que adopta quien satisface su curiosidad. Por nada del mundo deseo seguir hurgando en lo que parece una herida todavía abierta.

—Fue una sorpresa —continúa ella—. Hacían muy buena pareja y nadie esperaba que su matrimonio fuera a durar tan poco tiempo.

Hortensia me busca los ojos mientras habla. El brillo fluorescente se clava en mis retinas como si me encontrara expuesto al fulgor de una estrella cercana. Es inútil fingir que no me interesan sus palabras. Decidido a no abrir la boca, me propongo al menos devolverle la mirada y seguir asintiendo.

—Seguro que te estás preguntando lo que sucedió entre ellos —aventura con una media sonrisa encantadora.

—No es necesario que me cuentes nada —contesto venciendo momentáneamente mi moratoria lingüística.

—Apareció otra mujer —añade ella a renglón seguido.

No sé si Hortensia pensaba llegar tan lejos en su confesión o si han sido mis palabras de falso desinterés las que la han catapultado hacia la sinceridad. Tengo poca experiencia en el trato íntimo con mujeres, así que prefiero creer que iba a contármelo de todos modos.

—Otra mujer de la orquesta, claro —prosigue—, que era el único ámbito que frecuentaban Armando y mi madre. Su vida transcurría entre un escenario, un hostal, una furgoneta y un montón de kilómetros de carretera.

Por fin tengo la oportunidad de dejar de asentir como un demente, circunstancia que aprovecho para cambiar de postura y acomodarme en el butacón.

—Es como si el mundo se comprimiera a una escala diminuta tanto geográfica como demográficamente. Los sentimientos y las relaciones humanas se reducen al ámbito de los músicos de la orquesta, los montadores, los organizadores del concierto o los empleados de los alojamientos donde se duerme o se come. Es una densidad diferente en la que las sensaciones se vuelven más intensas y más, mucho más fugaces.

Me emociona escucharla hablar así. Es el lenguaje que mejor entiendo: el espacio, el tiempo, la densidad de la materia y la fugacidad de ciertos fenómenos. Ella percibe mi complicidad. O tal vez la busca a propósito adornando su lenguaje con metáforas cósmicas para captar mi atención y regalar mi oído.

—Mi madre cantaba cada noche junto a Armando, aparentemente concentrada en la interpretación de un dúo o haciendo coros, pero siempre atenta al cruce de miradas de su hombre con las chicas de la orquesta. Sospechaba que algo no marchaba bien, aunque ignoro si había visto u oído algo concreto o sólo se dejaba llevar por uno de esos sentidos premonitorios que tenemos las mujeres. No sé si me entiendes.

—Te entiendo.

Le sigo la corriente por pura cortesía. La presunción de la fatalidad nunca me ha parecido una cuestión de orden genérico.

—El escenario se había convertido en un haz de líneas rectas que partían de unos ojos con destino a otros, como las trayectorias de unas flechas con sus dianas. Y, en efecto y tal como mi madre sospechaba, buena parte de esas trayectorias iban de los ojos de Armando a una de las bailarinas y viceversa.

Al escuchar estas palabras tengo la certeza de que Hortensia es una poetisa encubierta en su disfraz de funcionaria de correos. Inmediatamente siento el ímpetu de hacérselo saber. Me parece un cumplido sincero, exento de segundas intenciones y muy halagador. Sin embargo no lo hago porque en ese momento alguien llama a la puerta de la habitación.

14
De las posibilidades ridículas

Después de haber delegado el asunto en las inciertas pero necesarias manos de Diego, Francho no tenía nada más que hacer el resto del día salvo vagar erráticamente por el páramo de la impaciencia. Se sintió perdido. No sabía a qué dedicar su inesperado tiempo libre. Lo único que sabía era que no deseaba atormentarse dándole vueltas a la cabeza. Le convenía hablar con alguien para no precipitarse por una espiral de ansiedad, expectativas y temores, así que tomó el autobús y se presentó en el hospital con una florida maceta envuelta en un celofán y atada con un lazo.

No se extrañó al ver a su amigo sentado en el butacón. Ambos actuaron con entera naturalidad, algo que no debería haberle sorprendido y sin embargo lo hizo. Besó a Hortensia, le dio una palmada en el hombro a su amigo, dejó la maceta junto a la ventana y se apostó contra la pared a los pies de la cama. Miró a Hortensia de frente, como hacía cada día en la oficina de correos, compuso una mueca de familiaridad y asintió.

—Estás muy guapa —dijo.

Hortensia se ruborizó al instante. Puede que fuera la primera vez que Francho la obsequiaba con un requiebro semejante. El halago más eficaz de todos es el menos esperado. Francho demostró saber comportarse en aquella difícil situación, frente a una mujer con serias dudas sobre la decadencia de su hermosura.

Luego se volvió hacia su amigo y sonrió abiertamente.

—Tú no —añadió.

Rieron los tres. El presentimiento de que sus pesquisas lo estaban acercando a Irene le otorgaba un aplomo que hasta entonces sólo había experimentado cuando interpretaba su papel de agente secreto. La risa de Hortensia desembocó en un acceso de tos. Su rostro se contrajo en un gesto de dolor y sus manos palparon el pecho inexistente en busca de alivio. Inmediatamente su amigo se levantó y se acercó a ella. No se atrevió a cogerle las manos. En su lugar le retiró el cabello de la cara y le tocó la frente para comprobar si tenía fiebre. Ella elevó una mano en señal de alivio. El dolor estaba remitiendo. Cuando el improvisado enfermero volvió a sentarse, Francho lo miró esperando en vano un gesto de camaradería. Entre ellos no sólo sobraban las palabras, también las miradas. Se conocían mejor que dos hermanos gemelos.

Francho espera a que Hortensia se serene antes de ponerle al día de los chismes del trabajo. Creo que se esfuerza para no hacerla reír. Es tanta la jovialidad que ha traído que debe reprimirse. No sé qué le ocurre, pocas veces lo he visto actuar así. Sospecho que se está medicando de nuevo. Tal vez se ha pasado de la raya con la dosis de antidepresivos. Hablan animadamente de Valdivieso y sus rarezas, pero en ningún momento traspasan el umbral de la admiración y el respeto que le profesan. Poco a poco el sonido de sus palabras se va haciendo más lejano. A mis oídos dejan de llegar la sonoridad de las vocales. Sólo escucho chasquidos de la lengua, golpes en el paladar, abrir y cerrar de labios. Es un rumor de agua, un apacible arroyo de consonantes. La habitación entera desaparece poco a poco de mi vista. El mundo se apaga y me rindo a un plácido sueño de butacón.

Cuando despierto Francho ya se ha marchado. Hortensia

lee el periódico con unas gafas dispuestas en la punta de la nariz. Es un dulce despertar, quizá el más dulce. No puedo evitar una sensación de ensueño: por un momento es domingo, una mañana de primavera, el sol entrando hasta la cama, mi esposa leyendo junto a mí, yo enredado entre las sábanas como un chiquillo remolón. No es una idea descabellada: Hortensia y yo somos ya marido y mujer a los ojos de las auxiliares del hospital.

—Tienes que irte a casa a descansar —me pide Hortensia en cuanto descubre que me he despertado.

—Primero debo pasar por el café —respondo levantándome.

—Pero luego vete a casa.

Deja el periódico sobre su regazo y me tiende las dos manos. Me acerco con la inseguridad de los sonámbulos, atraído y temeroso de aquel gesto de despedida. Ella toma mis manos y las junta, componiendo un racimo de dedos cálidos y algo trémulos.

—No sabes cuánto agradezco tu compañía —dice—. Estoy en deuda contigo de por vida, pero no puedo consentir que sigas durmiendo en ese incómodo butacón.

—Duermo estupendamente —alego sin mucho convencimiento.

—No es cierto —me reprende ella, dando un cariñoso apretón al racimo de dedos—. Además ya estoy mejor y puedo quedarme sola. Tú debes dormir en casa, aunque seguiré agradeciendo tus visitas diurnas, si es que no te cansas de venir a verme.

Sonrío tímidamente: que una mujer como Hortensia me hable de ese modo me produce una inevitable melancolía. Por un instante añoro ser de nuevo el joven ante la prometedora cita en perspectiva. Reniego de mi edad y mi pasado. Deseo morir y reencarnarme en una criatura juvenil, no importa de qué especie siempre que sea de sangre caliente.

Hortensia contempla el rubor de mis mejillas y subraya sus

palabras con una amplia sonrisa. Quiere ser cordial y mostrar su gratitud tratándome como a un viejo amigo, un amigo de la familia. Su última intención es seducirme. Lo sé, lo comprendo, pero no puedo eludir la presunción de que sus ojos tratan de decirme algo más, sin duda un mensaje inexistente que procede de la precariedad de mi estado físico. La falta de sueño provoca paranoias así.

–Está bien –consiento.

Francho volvió por El Tenderete cada tarde de las que siguieron, siempre embozado tras sus gafas de sol para que su rostro pasara inadvertido. Diego lo esperaba en el almacén que había junto al zaguán de la parte trasera y le comunicaba el estado de sus gestiones. Francho lo miraba con ojos incrédulos, sin acabar de confiar en él, pero con la doble convicción de que no había otra forma de ver a Irene y de que no valía la pena aumentar la comisión que habían pactado previamente: Diego no quería más dinero sino más tiempo. Hasta que, por fin, una tarde cambió su suerte.

–Te he conseguido una cita matutina –le anunció Diego–. Es lo único que quedaba libre. Es más cara de lo que te dije y corres el peligro de encontrarte a Koyak.

Francho estudió el rostro de Diego. Tenía la frente ancha y ojos rasgados de ultramar. En su mandíbula había indicios de firmeza y su boca era la de una persona franca y alegre. De sus palabras se desprendía un atisbo de suspicacia. Quizá no lo creyera un pervertido en busca de un cuerpo donde admirar su ropa interior y por eso le advertía de la posible presencia de Koyak. Por enésima vez sacó la cartera y pagó lo convenido, anotó en un papel la dirección y la hora de la cita y se despidió precipitadamente de Diego, que fue requerido por otros clientes. Al salir a la calle se detuvo un momento. Necesitaba recuperar el aliento y el compás de su ritmo cardiaco antes de seguir caminando. Se apoyó contra la pared y respiró con los brazos en jarras, como aquejado de un inoportuno flato, mientras comenzaba a planear su cita con Irene.

Se tomaría el día siguiente libre. No podía volver a ausentarse del trabajo por cuestiones de salud pero le quedaban vacaciones pendientes de disfrutar. Trató de recordar el rostro de Irene y se prometió a sí mismo no hablarle de su relación con su madre. Tampoco le nombraría a Koyak. No harían el amor ni dejaría que ella le tocara. No se haría pasar por un agente secreto ni se inventaría ningún otro cuento. No sucedería nada potencialmente cierto como en los burdeles de carretera. Al contrario, sería sincero en todo lo que dijera e hiciera, recurriendo al silencio y la inacción cuando algo no pudiera ser dicho o hecho. Fue la primera vez que Francho encaraba así la visita a un burdel. Tal vez por eso y contra todo pronóstico, aquella noche durmió de un tirón sin la asistencia de la farmacia.

Hortensia ha mejorado notablemente hasta recobrar su color habitual y su movilidad. Libre de goteros y dolores ha comenzado a recorrer los pasillos del hospital, paseando sola o acompañada de algún otro enfermo. Parece encontrarse bien de ánimo pero no hay que confiarse. Al menos no tan pronto. Prueba de ello es el nuevo gesto que —curiosa aunque no inexplicablemente— se ha incorporado a su repertorio de expresión corporal. Sucede cuando mantiene una conversación, sea con quien sea. Su brazo derecho se encoge lentamente hasta que sus dedos alcanzan su mentón, como si tuviera barba y deseara mesarla. No es sin embargo un gesto de reflexión sino de defensa, pues el brazo doblado cae justo delante de su pecho inexistente y camufla su ausencia. Puede que haya estado ensayando delante de un espejo o quizá sea la inconsciente respuesta de su cuerpo ante su recién adquirido complejo de mutilación. Supongo que todos recurrimos a estos tics cuando queremos disimular un defecto físico. Sin ir más lejos, Francho suele hablar con la cabeza ligeramente inclinada para ocultar las imperfecciones de su rostro y yo uso grandes gafas de sol con el mismo fin.

Armando no ha vuelto a visitarla. Y su hermana se dejó caer por el hospital una mañana muy temprano, hace ya unos días, aprovechando que tenía que visitar a otro enfermo. Hortensia me lo contó sin adornos ni eufemismos. Da por hecho que un solitario como yo es capaz de comprender su singular ostracismo familiar, pero se equivoca. Un enjambre de molestas preguntas me asedian sin descanso, especialmente por la noche, cuando me tumbo sobre la cama, mientras contemplo las sombras del techo de mi dormitorio, que se mueven al compás del tráfico de la calle como masas gaseosas en un universo todavía joven. Es entonces cuando hago cábalas mentales en un vano intento por encontrar respuestas que acaben con el molesto enjambre. Tal vez su madre se halle internada en un manicomio, aquejada de mal de amores. Tal vez se haya marchado del país huyendo de algo o de alguien. Quizá se encuentra en prisión después de haber atentado contra la vida de la bailarina. O incluso es posible que la bailarina no sea más que una de las metáforas de Hortensia y la historia tenga un sentido figurado.

Por extraño que parezca estas cábalas no aumentan mi ansiedad sino, al contrario, actúan como hipnóticos naturales, tan eficaces como contar ovejitas, aunque algo menos inofensivas porque cada noche, sin datos objetivos que sostengan mis hipótesis, me adentro un poco más en el delirio y la fantasía hasta imaginar posibilidades ridículas.

Supongo que todo ello me impulsa a dar el siguiente paso. Hortensia va a recibir el alta médica muy pronto, lo cual no significa que haya terminado de recuperarse. Todavía le esperan semanas de reposo y convalecencia, unas cuantas citas médicas y un implacable tratamiento de quimioterapia. No es un panorama muy halagüeño, aunque hasta el momento la suerte no se ha mostrado completamente esquiva. Y nada hace pensar que vaya a cambiar. Lo único evidente es que ella sola no podrá soportar el estrés físico y mental de su recuperación. Sin miembros de la familia con quienes contar, ni otros amigos conocidos, yo soy su única alternativa. Y ella la mía.

15
De la elegancia mórbida

Al día siguiente Francho se levantó optimista y hambriento, con la inquietante sensación de haber rejuvenecido durante la noche, quizá porque iba a encontrarse con una joven que podría ser su hija pero no lo era. A veces nuestras sensaciones dependen de premisas aparentemente paradójicas. No tenía nada apetitoso para desayunar en casa, así que decidió bajar a una cafetería cercana. Mientras daba cuenta de su cruasán, su zumo de naranja y su café con leche, hojeó con despreocupación la prensa deportiva que yacía desencuadernada sobre la barra. No se comportaba como quien por fin consigue una cita largamente anhelada. No quería que su inquietud se tradujera en torpes gestos o inoportunas prisas. Pretendía actuar con deliberada calma, disfrutando incluso de aquellos momentos previos a la acción, que son a veces más agradables que la propia acción, cuando la imaginación es libre de presumir a priori lo que luego certificará la memoria. Y posteriormente idealizará el recuerdo.

Terminó su desayuno y se encaminó hacia la plaza de Santa Isabel. La dirección que le había indicado Diego no quedaba lejos de la zona que había rastreado como intrépido cartero. Llamó al portero automático con energía, provocando un zumbido metálico algo afónico al que siguió otro más grave que abrió la puerta. Dudó entre esperar el ascensor o subir por las escaleras. Si esperaba se arriesgaba a sufrir una taquicardia de ansiedad y si subía andando la sufriría a consecuencia del esfuerzo. Optó por esto último, se plantó ante una vetusta puerta de madera oscura y llamó al timbre.

—Buenos días —dijo con voz queda y entrecortada—. Vengo a ver a Irene.

—¿Tiene usted cita? —le preguntó una anciana al otro lado de la puerta.

Francho sacó la cartera y mostró el papel que él mismo había escrito con la dirección y la hora. No puede decirse que fuera una citación fehaciente, pero bastó para ganarse la confianza de la portera y lograr que le franqueara el paso hasta una salita que se abría junto al vestíbulo. Era el mismo protocolo que se encuentra en la consulta de un dentista. Incluso la salita parecía la de un consultorio, con unas cuantas sillas dispuestas alrededor de una mesita repleta de revistas. La única diferencia era que las revistas mostraban una temática abiertamente pornográfica, según pudo constatar Francho cuando se sentó y hojeó una de ellas. Su función era ir elevando la temperatura del cliente para ahorrar el precioso tiempo de las prostitutas.

Escuchó pasos y la puerta de la salita se abrió.

—Irene le está esperando —anunció la anciana—. Es la última puerta a mano izquierda.

Un largo pasillo de altos techos y suelo de mosaico se extendía ante sus ojos. Lo recorrió con la inestabilidad de quien se siente mareado —casi beodo—, como si estuviera caminando por el pasillo de un vagón de tren en movimiento.

En mi casa dispongo de un dormitorio para las visitas. Es la primera puerta a la derecha. Allí acomodo a Hortensia cuando sale del hospital, después de vencer su natural rechazo a vivir conmigo. No es una reacción de disgusto, ni mucho menos de decencia. Se trata del temor a resultar una carga para mí, un fundado sentimiento que comparten todos los convalecientes.

En mi caso, la carga de trabajo y responsabilidad que supone cuidar de Hortensia es indeciblemente menor que el beneficio que obtengo de su compañía, de modo que si alguien debe doblegarse al temor soy yo. No ella. Así se lo manifiesto en varias ocasiones, ninguna de ellas de palabra dicha o escrita, sino por medio de mis gestos de complacencia, mis constantes muestras de casto cariño y el buen humor que me gasto. Hortensia responde a mis gestos sumiéndose en un misterioso y recurrente silencio, fruto de alguna cábala o reflexión interior. Puede que esté barajando la hasta entonces remota posibilidad de considerarme un hombre dotado de carga genérica, en lugar de un amigo sin masa ni carga. O quizá se trate simplemente de un gesto de gratitud, admirándome sin decir nada, como quien pierde el habla ante un objeto estelar aún sin catalogar.

Me siento en plenitud, igual que un muchacho adolescente, un profesional en la cumbre del éxito o un hombre enamorado. Duermo unas pocas horas pero no me levanto cansado ni soñoliento. Más bien al contrario, estoy lleno de energía y nada se me hace trabajoso ni difícil. Mi fuente de energía se halla al principio del pasillo, en ese dormitorio de invitados que muy ocasionalmente ha tenido la oportunidad de justificar su nombre. Allí sueña por la noche y descansa por el día el cuerpo alrededor del cual orbita el mío.

Exceptuando el poco tiempo que duró mi matrimonio, nunca he convivido con nadie, por lo que he olvidado el protocolo necesario para no molestar ni ignorar a una compañera de piso. Actúo según me va dictando la intuición, dejando que Hortensia disfrute de ratos de intimidad —sola en el dormitorio o en el salón—, y prestándole mi compañía durante el resto del tiempo que paso en casa.

Por culpa de la cafetería raramente desayunamos o comemos juntos. Sería inoportuno e irresponsable delegar mis obligaciones laborales para compartir más tiempo con Hortensia, pese a lo que mi fuero interno reclama con insistencia. Puede que además fuera contraproducente. A veces la calidad de una relación entre dos personas es inversamente proporcional a su cantidad. Cuanto menos, más. Así que mi trabajo no sólo no se interpone entre nosotros, sino que depura nuestra convivencia.

El único hábito laboral que cambio es el que concierne al fin de mi jornada. Entonces sí, delego mi cometido en uno de mis camareros de confianza, que desde entonces se convierte en el encargado de cerrar el local, gracias a lo cual llego a casa a tiempo para cenar con Hortensia. Normalmente tomamos las sobras del menú del café, que empaqueto con esmero antes de salir de trabajar, pero a veces Hortensia se empeña en cocinar y me obsequia con una cena especial, que compartimos en el salón, charlando sobre los asuntos del día. Es en esos momentos cuando más intensamente vivo la ficción de estar casado con ella.

Luego, antes de dormir, preparamos una infusión y nos sentamos en el sofá para escuchar música, ver una película o seguir charlando. Muchas veces trato de desviar la conversación hacia el asunto de Armando y la bailarina de la orquesta, pero no lo consigo. Es como si el hecho de vivir juntos hubiera saturado nuestro nivel de intimidad y reprimiera cualquier atisbo de seguir intimando. Resulta curioso. El hospital ha sido un escenario aséptico y objetivo, el reino de la verdad, casi siempre cruel —a veces trágica—, en el que no pueden guardarse los secretos porque a veces esconden el camino hacia el alivio. Pero en cambio mi hogar no es objetivo, ni mucho menos aséptico. Está lleno de connotaciones personales y es además un lugar más reducido que sólo nos guarece a los dos, lo que eleva la densidad de la materia a un estado altamente inestable. Una palabra inoportuna podría causar el equívoco, el embarazo, la doblez del pensamiento y —quién sabe— tal vez el final de nuestro doméstico idilio. Así pues, contengo mis ansias de conocimiento y me concentro en aprovechar la grandeza cósmica de mi suerte.

La mayoría de las noches Hortensia se queda dormida en el sofá a mitad de película, sinfonía, cantata o concierto. Su cabeza reposa entonces contra su cojín favorito, permitiendo que el cabello se derrame por el respaldo del sofá. Ésa es la grandeza de mi suerte: tener la posibilidad de contemplar la espléndida cabellera de un cometa sin necesidad de usar ningún instrumento óptico, simplemente mirando a mi lado, junto a mí, en mi propia casa. Con la sustancial diferencia de que, además, los instrumentos ópticos no transmiten aromas.

La primera reacción de Francho cuando abrió la última puerta a mano izquierda y se encontró con Irene fue el silencio. Ni siquiera emitió un suspiro o un murmullo. Tan sólo permaneció inmóvil y mudo a la espera de que los acontecimientos se sucedieran por sí mismos. Irene lo imitó, puede que por pura simpatía o por la sorpresa que le causó su velludo rostro. Ambos compusieron un fresco viviente, como si posaran ante un pintor representando una alegoría de la bella y la bestia.

Irene se parecía a su madre. Tenía su nariz y su mandíbula, su pelo y sus hombros. Los ojos y la boca procedían de otra rama familiar. Vestía una bata abierta que dejaba al descubierto sus muslos y su vientre, ambos separados por una prenda de lycra de color negro. Francho ancló allí su mirada, hasta entonces vagabunda, y creyó estar viviendo un episodio de ciencia ficción, como si hubiera viajado en el tiempo para contemplar los muslos de Chelo tal como eran veinte años antes. Y su cadera y sus pechos y sus brazos y sus pantorrillas y sus pies.

Pronto comprendió que no podía seguir allí plantado sin hacer ni decir nada. Se quitó la americana y la colgó en un perchero que vio junto a la puerta. Irene se deshizo de la bata y se tumbó en la cama dejando sitio para Francho. Al hacerlo desveló que su prenda de lycra no era un tanga, como Francho había supuesto, sino una braga completa que no se ajustaba a sus glúteos. No era de su talla. Saltaba a la vista que Irene estaba enfermizamente delgada. Las curvas de su feminidad se habían afilado al contacto con su osamenta, como una radiografía expuesta a la luz de un fluorescente.

Su rostro parecía el sudario de una calavera, según pudo comprobar Francho cuando se fijó en su maquillaje. Lo que en un principio le pareció un brochazo de colorete a la altura de los pómulos resultó ser el relieve de los pómulos. Lo que parecía una capa de sombra de ojos era la sombra de sus ojos. Todo era lo que parecía, no había maquillaje alguno, pero nada mermaba su belleza, su aura de elegante morbidez. Irene era una sílfide sensual, inaccesible y prohibida. Una diosa. Habría sido un pecado que Francho hubiera sentido deseos de acostarse con ella. En realidad era pecado que cualquier otro mortal lo hiciera, sobre todo con dinero de por medio. Y que Koyak la explotara sexualmente era motivo suficiente para levantarse en armas y declarar una guerra santa.

Francho sintió un inesperado fervor, un arrobamiento casi místico que le congestionó el rostro, a consecuencia del cual rompió a sudar. No podía dejar de mirarla. Se hallaba en idéntico trance que quien dice haber visto la aparición de una virgen o un fantasma. Tragó saliva trabajosamente y carraspeó. Se había prometido a sí mismo que no le mentiría pero no pudo cumplir su palabra.

—Tu madre está en el hospital —le dijo—. Y quiere verte.

Ella se incorporó y se sentó en el borde de la cama. Parecía haber despertado de un sueño sin la seguridad de haber acabado de soñar. Miró a los ojos de Francho.

—¿Qué le ha pasado? —preguntó.

Su voz era grave y sensual, igual que la de Chelo, aunque las palabras se sucedían con una cadencia regular, sin apenas inflexiones ni entonación, como si las pronunciara un autómata.

—Ha sufrido un desvanecimiento y la han ingresado en el hospital —siguió mintiendo Francho—. Tienen que hacerle unas pruebas.

—¿Y tú quién eres?

La pregunta era esperable.

—Un amigo de tu madre.

Irene se puso en pie y se dirigió hacia el armario.

—No te conozco —replicó—. ¿Para quién trabajas?

Francho se hizo a un lado mientras ella sacaba del armario unos vaqueros y una camiseta. Su corazón se aceleró hasta las inmediaciones de la dicha, cerca de la euforia. Si pensaba vestirse era porque había decidido acompañarlo.

—Para Valdivieso —dijo esta vez sin mentir.

—No sé quién es —contestó Irene, comenzando a ponerse los pantalones—. ¿Conoces a Koyak?

Francho compuso el gesto de quien escucha una obviedad.

—Pues más vale que Koyak no se entere de que he salido sin su permiso —añadió, acercándose a él—. De lo contrario vamos a tener un problema los tres. Yo por irme, tú por venir a buscarme y Valdivieso por hacerte venir.

Francho se envalentonó, alentado por las prisas de llevarse a Irene.

—Olvídate de Koyak y acompáñame.

Ella compuso un atisbo de mueca que pretendió ser de burla.

—Acompáñame tú a mí —lo corrigió—. Sólo hay una manera de salir de aquí sin que nos vea la vieja.

16
Del sudoku de las palabras

Abandonaron la habitación como dos intrusos. Tras franquear una puerta cercana accedieron a una terraza en la que había un tendedor con ropa interior recién lavada, aún goteando. Francho tuvo que hacer un esfuerzo para no detenerse a contemplarla. Siguió a Irene por una escalera de caracol que partía de un extremo de la terraza y llegaba a la azotea. Allí ondeaban varias sábanas igualmente tendidas, blancas como la piedad que solicita un ejército vencido. Cruzaron entre ellas para que les sirvieran de camuflaje hasta que alcanzaron otra escalera metálica idéntica a la anterior. Bajaron y de nuevo se encontraron en una terraza, esta vez sin prendas tendidas. Desde allí accedieron a un piso similar al que habitaba Irene pero exento de muebles e inquilinos. Recorrieron el pasillo y llegaron a la puerta principal, que se hallaba clausurada por dos cerrojos. Irene los descorrió y la puerta se deslizó con alguna dificultad evidenciando el tiempo transcurrido desde la última vez que se había abierto. Se encontraban en el rellano de una escalera. Irene miró a Francho esforzándose por mostrar cierto aplomo. «Ya casi está», quiso decirle.

Bajaron las escaleras y llegaron a un patio oscuro y desolado, muy parecido al del portal donde vivía Irene. Debía de pertenecer al mismo edificio. Después de comprobar que nadie les había visto salieron a la calle. Al recibir el aire de la mañana en el rostro no pudieron seguir manteniendo su cautelosa actitud y echaron a correr hacia una parada de taxis cercana.

Tomaron uno. Francho dio su dirección. Irene se volvió hacia él con intención de replicar algo, probablemente que allí no había ningún hospital, pero él negó con la cabeza mientras apretaba los labios y enarcaba las cejas en señal de fingida despreocupación, adoptando el papel de simple recadero a quien es inútil preguntar nada porque nada sabe.

Pese a vivir conmigo, en mi casa, Hortensia pasa largas horas sola, la mayor parte de ellas en el salón, sentada en el sofá escuchando música de Bach. A todo el mundo le gusta la buena música —sea clásica o contemporánea—, pero no todo el mundo tiene la oportunidad de acceder a las obras completas de un maestro de la composición. Hortensia la tiene y ha decidido aprovecharla. Escucha las piezas atentamente mientras lee las circunstancias en que fueron compuestas o el lugar donde fueron estrenadas. Según dice, encuentra en ese minucioso ejercicio el mismo placer que halla el turista cuando visita un monumento de la mano de un buen guía.

Yo he recorrido ya ese itinerario guiado, lo que me facilita compartir sus descubrimientos y resolver sus dudas. Como a cualquier principiante le aburren los recitativos y le agradan los dúos y las arias, aplaude las brillantes melodías orquestales y se emociona con los coros. Le gusta leer los textos de sus piezas favoritas, dejándose sorprender por el origen ordinario, prosaico, en ocasiones vulgar del que surgieron estas obras de arte, como el cumpleaños de un aristócrata, la conmemoración de una fiesta pagana o un encargo particular para musicar un libreto lírico. Incluso descubre que algunas piezas no fueron compuestas por el auténtico Johann Sebastian Bach, aunque nunca abandonaron el número que les había correspondido en el catálogo conocido como BWV *(Bach Werke Verzeichnis)*, que comprende más de mil obras perfectamente ordenadas por géneros musicales y al que ella se refiere como el BMW.

La primera vez que usa este retruécano tengo la oportunidad de demostrar mi vocación cosmopolita.

—Hay quienes dicen que BMW significa *Be My Wife* —digo aludiendo a la notoriedad que proporcionan esos coches a los hombres que los conducen.

—¿Y si el coche es de una mujer? —replica Hortensia con impertinencia.

Es evidente que no estoy acostumbrado a hablar con mujeres, mucho menos si son más jóvenes que yo. De lo contrario me habría reservado esta francachela para la intimidad genérica y noctámbula del club de los estrellados.

—Era una broma, tonto —me reprende enseguida cariñosamente—. A veces me recuerdas a Armando. Él tampoco sabe encajar una broma.

La comparación me hace aún menos gracia que la réplica. Tengo la agorera sensación de que no voy a salir bien parado si me compara con él. Sin embargo, la alusión me permite volver a sacar el tema con la esperanza de que Hortensia recupere aquel tono solemne y sincero que había adoptado en el hospital.

—¿No va a venir a verte? —le pregunto, más bien le asevero.

Ella se encoge de hombros.

—¿Sabe que vives aquí, conmigo? —insisto.

Hortensia camina los pasos necesarios para llegar hasta el equipo de música, gira unos grados su mando más voluminoso y deja que un grandioso coro responda por ella.

—*Warum betrübst du dich, mein Herz*? —articula en un tosco alemán.

Que es tanto como tildarme de inoportuno y subrayar la improcedencia de mi pregunta, aunque afortunadamente y pese a ello no se enfada. Su dominio del catálogo BWV es innegable. Se ha referido a la cantata 138, cuyo título traducido significa «¿Por qué te afliges, corazón mío?». Y las contadas ocasiones que tiene de demostrarlo la transmutan al reino del buen humor, como presumo que nos sucedería a cualquiera, pues todos aceptamos el reto de superar nuestros límites aprendiendo nuevas habilidades, especialmente cuando nuestro organismo manifiesta su decrepitud física, como es su caso.

Nada más apearse del taxi, Francho le pidió a Irene que lo acompañara a casa. Tenía que recoger algo importante. Sería sólo un momento. Irene compuso un automático gesto de protesta, como quien ya ha vivido esa situación otras veces. Sin embargo Francho no la sujetó del brazo ni la obligó a seguirle, lo cual aumentó su incertidumbre. Ella sólo quería saber cómo se encontraba su madre. Tal vez aquel singular recadero pretendía echar un polvo antes de llevarla al hospital, de modo que accedió a acompañarlo. Tan pronto como cruzaron el umbral de la puerta y ésta fue cerrada con llave, Francho expuso sus verdaderas intenciones.

—Tu madre no está en el hospital —dijo con notable parsimonia—. Siento haberte mentido, más aún preocupándote por su estado de salud, pero tengo mis razones.

—¿Qué significa esto? —preguntó ella— ¿Quién coño eres realmente?

—Será mejor que me acompañes.

La guió hasta el salón y sirvió dos copas. Ella no reaccionó con violencia. No trató de escapar, ni exteriorizó sus sensaciones. Tan sólo miró a Francho fijamente. Se hallaba en un estado de choque similar al que sufre un incauto protagonizando una broma de mal gusto.

—Conocí a tu madre hace unas semanas —prosiguió Francho una vez que apuró su vaso de un trago—. Desde entonces nos hemos visto unas cuantas veces y me he encariñado de ella. Hace años que vivo solo y nunca antes había sentido la necesidad de compartir mi vida con nadie. Tal vez sea cosa de la edad. No sé. Y no importa. Siempre he sido autosuficiente en todas las facetas de la vida, incluida la sexual. He gozado de mi cuerpo sin más ayuda que las prendas que heredé de la mercería de mi madre. Puedes verlas si quieres, las guardo en el armario de mi dormitorio, cuidadosamente ordenadas por tallas y colores, como si todavía estuvieran expuestas en los estantes de la tienda.

—¿Por qué me cuentas todo esto? —le interrumpió Irene sin dejar de mirarlo.

Francho no pareció dispuesto a dejarse interrumpir. O quizá creyó que la mejor manera de responder a su pregunta era continuar hablando.

—Con esas prendas, un espejo de grandes dimensiones y algo de fantasía me he proporcionado gozo carnal, me he guardado fidelidad y he sido razonablemente feliz. No creas que sigo el dictado de una promesa o un voto de castidad. Me gustan las mujeres en general, pero no me agrada follar con desconocidas, por muy profesionales que sean y por mucho o poco dinero que medie de antemano. Aunque te parezca ridículo, confieso que prefiero masturbarme antes que acostarme con una mujer que no sienta nada por mí.

—¿Y eso qué tiene que ver con mi madre?

—Tu madre sintió algo por mí, aunque no fuera más que la urgente necesidad de agradarme —dijo esta frase sin respirar, como si se sintiera sofocado—. Sé que ése es el comportamiento habitual entre una prostituta y su cliente, pero ella no quería dinero, sino una cosa de Koyak que por casualidad tengo yo.

Irene frunció el ceño y se llevó una mano a la sien. No estaba acostumbrada a recibir tanta información en tan poco tiempo.

—Lo siento. No puedo decirte de qué se trata, entre otras razones porque ni yo mismo lo sé, aunque sospecho que no es dinero. Durante unas cuantas semanas tu madre y yo nos vimos a diario. Poco a poco, con infinita paciencia y devoción, demostrando el alcance de su perseverancia y su grado de necesidad, ella fue ganando mi voluntad y consiguió lo que ninguna mujer había logrado hasta entonces: que disfrutara del sexo en pareja y me sintiera heterosexual. Por tales motivos, y aun a riesgo de parecerte exagerado, confieso que no puedo vivir sin ella. A pesar de lo cual he tenido que dejar de verla. Era inevitable. Llegado el momento que ella consideró oportuno me planteó una disyuntiva a modo de ultimátum: o le entregaba el botín de Koyak o no podía seguir recibiéndome en su cuarto. Una firme postura que no admitía réplica. Era el comportamiento de una madre en apuros tratando de defender la vida de su hija a cualquier precio. Supongo que eres consciente de lo mucho que tu madre sufre por ti.

Irene movió la cabeza con desgana.

—Para ella eres una cautiva sin posibilidad de escapatoria. No sólo quiere alejarte de la prostitución, sino sobre todo de las drogas, la malnutrición y el abandono en que vives. En resumen, quiere alejarte de Koyak. Por eso tuvo que recurrir al ultimátum. Si la hubieras visto aquella tarde te habrías sentido orgullosa de ella. Desde entonces he pasado por distintas fases de la desesperanza y la ansiedad, y todas ellas han confluido en un punto no muy alejado de la demencia o la irresponsabilidad, pues la única solución que he encontrado para resolver el conflicto ha sido contestar el ultimátum de tu madre con otro mayor. Si ella tiene algo que yo deseo y Koyak desea algo que yo tengo, no me quedaba otra alternativa que conseguir algo que deseara tu madre, mejor aún si se trataba de su máxima aspiración. Por eso te he buscado, te he mentido, te he traído hasta aquí y no voy a permitir que te marches. No puedo considerarte mi invitada, no quiero engañarte, aunque tampoco eres una prisionera. Tendrás que entregarme ahora mismo los objetos personales que lleves encima. No te dejaré salir, pero te daré libertad para que disfrutes de mi hogar como más te plazca. Te agasajaré con buena comida, buena lectura y buena música. Te cederé mi cama para que descanses cuanto quieras. Te mostraré la lencería de mi madre para que elijas los conjuntos que más te gusten y nunca, escúchame bien, nunca tendrás que acostarte conmigo.

Fue el discurso más largo que jamás había pronunciado Francho. Sin duda el resultado de un largo proceso digestivo, si es que la dialéctica puede asemejarse a la digestión de las palabras. Cuando concluyó había perdido la noción del tiempo y creyó marearse. Se encerró en el baño y permaneció sentado en el inodoro durante tres cuartos de hora, sin pensar en nada, ausente de sí mismo, mientras su organismo certificaba el final de aquel sesudo proceso orgánico.

Hortensia acude regularmente al hospital para someterse a diversos análisis y pruebas médicas. Suele ir sola, en taxi o dando un paseo si el tiempo es bueno, pero el día de su primera sesión de quimioterapia decido acompañarla. Es mi deber ineludible considerando el grado de terror que produce lo desconocido, en especial si se introduce en nuestro cuerpo por una aguja inyectada en vena.

Nunca he vivido una situación parecida. Nadie a mi alrededor ha estado enfermo de gravedad. Hortensia es mi primera paciente y, aunque ya he recorrido con ella un buen trecho de su enfermedad, me hallo igualmente aterrorizado. Y por tanto —igual que ella— trato de mantener una insostenible actitud de pretendida indolencia que no lograría engañar a nadie.

Nuestro mutuo desconocimiento del protocolo médico nos ayuda a superar el primer impacto. A veces la curiosidad es más fuerte incluso que el temor. Hortensia se tumba en una cama emitiendo un largo aunque casi inaudible suspiro y se deja pinchar un brazo para recibir el contenido del gotero que pende a su lado. Por unas horas volvemos a ser un matrimonio compartiendo la rutinaria estancia en un hospital: ella tumbada con los ojos cerrados, respirando profundamente, y yo sentado en un butacón, con un ojo pendiente de su respiración y el otro percibiendo la conmovedora frialdad de aquella gota —siempre distinta pero siempre idéntica— que no cesa de presentarse antes de caer, rodar por el tubo de plástico y desaparecer fluyendo hacia el mismo infierno.

A la mitad del segundo gotero Hortensia parece dormirse. Me acerco a ella y coloco el dorso de mis dedos sobre una de sus mejillas. Temo encontrarla demasiado caliente. O demasiado fría. Salgo al pasillo y me dirijo a la sala de espera, donde saludo a otros acompañantes que matan el tiempo entre sudokus y lecturas de prensa. Inmediata e ineludiblemente me toman por el esposo de Hortensia. Los hospitales encierran una magia especial para corroborar lo obvio, sin someterlo al juicio de lo singular ni tener en cuenta ninguna particularidad, como si el hecho de sufrir la misma enfermedad impusiera cierta coincidencia en la biografía de los enfermos, condenándolos a reunirse en la misma planta de un hospital.

Hablo durante unos minutos con el marido de otra paciente, que resulta ser un experto en el arte de cuidar enfermos. La larga dolencia de su esposa lo ha entrenado para la conversación casual pero entretenida, el pasatiempo de la espera, el sudoku de las palabras. Es capaz de pasar de lo banal a lo trascendente en una décima de segundo, como accionado por el resorte de un automatismo. Después de un rato de charla intrascendente, tiene la decencia de sincerarse conmigo y hablarme del curso de la enfermedad. Evita descripciones escabrosas y detalles macabros, pero me hace comprender el grado de deterioro físico y estético que le espera a Hortensia en los meses siguientes.

Ignoro si ella se ha documentado sobre el tema o si —como yo— se ha encontrado con algún experto que tuviera la oportunidad de informarla. En todo caso me siento contrariado. Me disgusta saber algo que ella pueda ignorar. No deseo convertirme en el espectador de su deterioro físico y, por encima de todo, no quiero que ningún sentimiento de lástima, simpatía o compasión adultere la admiración que genuinamente me inspira Hortensia.

Vuelvo junto a ella con la inquietud de la distancia, como si hubiera transcurrido un largo periodo de tiempo desde que salí de la habitación. O me hubiera marchado muy lejos y acabara de regresar. Ella percibe mi precipitación y me tiende su mano libre para que se la estreche con calidez. O tal vez es ella quien estrecha la mía.

—*Ich habe genug* —dice con la voz quebrada que sucede al ensueño.

Se refiere a la BWV 82, titulada «Tengo suficiente», una obra sobria, exenta de coral, envuelta en un tono íntimo y limpio, como su mirada.

17
De la valía del botín

Francho evitó reflexionar sobre el discurso que acababa de pronunciar por el siempre efectivo aunque pueril procedimiento de la hiperactividad. Se afanó en hacer tantas cosas a la vez que no tuvo literalmente tiempo de repasar lo que había dicho. De lo contrario habría sufrido un ataque de feroces remordimientos o un menoscabo anímico de hondo calado. O incluso es posible que el miedo hubiera llegado a paralizarlo, exponiéndolo a la tentación de deshacer su osadía y devolver a su dueño lo que acababa de robar.

Recorrió el pasillo de su casa un número indeterminado de veces cargando con su ropa y objetos personales desde su habitación al dormitorio de invitados. Había decidido que Irene se instalase en el dormitorio principal. Era más espacioso y disponía de baño propio, lo que entre otras cosas demuestra que Francho no consideraba a su cautiva como una verdadera invitada, pues de haberlo hecho la habría instalado en el dormitorio al que estaba mudándose él mismo con el trajín de un ave migratoria.

Mientras tanto Irene se había recostado en el sofá del salón con los ojos abiertos, en un estado de inacción a medio camino entre la catalepsia y el sueño. Sin entender cómo ni preguntarse por qué, no se sentía amenazada. Las palabras que acababa de escuchar no la habían atemorizado. Puede que aquel bicho raro fuera un desequilibrado mental, solitario, maniático, tal vez lunático —y desde luego un fetichista sin posibilidad de redención—, pero hablaba con coherencia, miraba con ternura, olía bien y tenía un piso moderno y funcional digno de aparecer en una revista de decoración. Considerando que había pasado los últimos meses de su vida encerrada en una habitación de techos desconchados y paredes húmedas, vigilada por una vieja insobornable y teniendo que atender a la clientela de Koyak, no es de extrañar que la primera reacción de su organismo fuera rendirse al presente y relajarse.

Un buen rato después, cuando hubo terminado sus labores migratorias, Francho se detuvo a pensar en el alcance de sus actos. De pie ante la mitad del armario ropero que acababa de vaciar se percató de que Irene no había traído consigo ningún equipaje. En el frigorífico no había suficientes provisiones para dos personas, ni en el baño enseres femeninos. Regresó al salón y se sentó en un sillón, al lado del sofá en el que se había recostado Irene. La observó con un atisbo de culpa, como si mirar a una mujer inmóvil fuera un acto obsceno. Suspiró un par de veces y se sinceró consigo mismo. Nunca creyó realmente que fuese capaz de raptar a la hija de Chelo. Durante el tiempo que había invertido en dar con ella había ido alimentando su ficción, que era una mera ilusión de la realidad, como los cuentos potencialmente ciertos que se inventaba para entretener a las prostitutas. En todo momento había actuado con la impunidad que proporciona saberse inmerso en un divertimento, protagonizando un videojuego de aventuras, igual que si estuviera formado por píxeles de colores y obedeciera las órdenes de un mando a distancia. Sin embargo, el cuerpo que yacía a su lado no estaba formado por píxeles y mucho menos de colores.

«No», se dijo. No estaba protagonizando ningún juego. Se levantó y salió del salón en busca de una de las cintas métricas que usaba su madre en la mercería. Cuando regresó, Irene se incorporó en el sofá componiendo la estampa de una maja vestida. Miró a su alrededor con la dudosa expectativa de quien no se deja engañar fácilmente por el embrujo de los ensueños, aunque éstos sean intempestivos y arrogantes, casi rea-

les. Al final de su barrido visual se topó con Francho. Llevaba el metro al cuello. Parecía un sastre. O un enterrador.
—Levántate —le ordenó.

Hortensia lleva dos días tumbada en la cama, sin poder levantarse, aquejada de una fatiga difícil de describir: una mezcla entre cansancio físico, desarreglo gástrico y choque postraumático.
—Me siento como si me hubieran envenenado —dice varias veces.
Y en cierto modo eso es exactamente lo que le han hecho. Curiosidades del destino, los médicos tienen que envenenarla para salvarla. Así es en ocasiones la existencia, un sinsentido con aspiraciones cómicas, un vodevil repleto de chistes malos y escenas de forzados malentendidos y situaciones equívocas. Me dan ganas de esbozar la sonrisa que acude a mi rostro, pero prefiero sustituirla por un calmoso parpadeo conscientemente ejecutado a cámara lenta para hacerle comprender que debe ser paciente. Y valiente.
—*Weinen, Klagen, Sorgen, Zagen* —replica.
Alude a la cantata BWV 12, titulada «Lágrimas, lamentos, tormentos, dudas», una obra que genera una atmósfera de inevitable inquietud, debido a sus escalas que ascienden y descienden varias veces como la señal de radio de un quasar. A fuerza de interpretar sus jeroglíficos sobre el catálogo BWV no me ha quedado más remedio que repasar su contenido y releer mi vieja guía de audiciones, la misma que hace años me ayudó a identificar las primeras cantatas que reclamaron mi atención. Nunca pensé que un día volvería a consultarla para comunicarme con la mujer de mi vida, entre otras razones porque nunca creí que después de mi divorcio una mujer pudiera ser así considerada.
Al siguiente día —el tercero desde que se sometió a la quimioterapia—, Hortensia comienza a recuperar parte de las fuer-

zas perdidas. Permanece levantada toda la tarde y casi accede a dar una vuelta a la manzana conmigo para librarse, aunque sólo sea durante unos minutos, de la claustrofobia que acecha el lecho de los enfermos. Finalmente el paseo lo damos al cuarto día, tomados del brazo, como un venerable matrimonio de edad y clase media.

A lo largo de la semana Francho compró un ajuar completo para Irene. Vestidos, faldas, pantalones, camisetas, blusas, zapatos y diversos productos de aseo y cosmética. Ella lo recibió todo en un estado de inexpresión absoluta, como quien ve llover en tierra extranjera, ajena al regocijo, la ilusión o la gratitud. No estaba acostumbrada a recibir regalos. Y además tampoco eran exactamente regalos sino bienes de primera necesidad, lo que por un instante la hizo creerse perdida en una isla desierta, rodeada por los restos de su barco naufragado.

Obvia decir que Francho no compró ropa interior. Ni siquiera unos simples calcetines. En vez de eso fue al dormitorio con Irene, abrió el armario y comenzó a rebuscar entre las cajas de su madre hasta que hubo seleccionado y dispuesto unas cuantas sobre la cama, después de lo cual se alejó un par de pasos y pidió a Irene que se probara su contenido.

–Sólo te impongo una condición –añadió.

En ese instante ella enarcó imperceptiblemente las cejas a modo de remilgo, lamentándose por creer que un tipo así pudiera colmarla de regalos sin pedir nada a cambio, por mucho que le hubiera confesado no poder vivir sin su madre.

–No elijas ninguna prenda que no sea de tu talla –dijo Francho, sumiéndola en el desconcierto que sucede al equívoco–. Y como no creo que en este momento tengas tu verdadera talla, te recomiendo que no cojas más de lo necesario. Pronto recuperarás peso y podrás elegir de nuevo.

Irene entendió aquel discurso como una manifestación de

intenciones, además de la confesión de una manía probablemente nunca antes confesada. Francho se disponía a retenerla con el inaudito propósito de restaurar su peso, tal vez porque creía que una hija en buen estado valía más que una enfermiza a la hora de un trueque emocional. O quizá estuviera dando rienda suelta a alguna clase de velada filantropía.

Francho se preguntó entonces si debía abandonar la habitación para que Irene se probase las prendas a solas. Fue una reflexión galante que provino de su sentido del deber, pero que pronto se topó con el deseo de ver las bragas y los sujetadores de la mercería dispuestos en un cuerpo realmente femenino —y hermoso— tan distinto al suyo. Anduvo errante sin intención de marcharse y se sentó junto a la ventana, en una mecedora que apenas usaba salvo para apilar ropa. Recogió los pies sobre el asiento y se sujetó las rodillas con los brazos, activando así el suave balanceo de los patines de la mecedora. Irene comprendió que el propósito de su captor era de orden estrictamente estético. No quería tocarla, tan sólo deseaba mirarla.

Abrió las cajas y extendió su contenido sobre la cama haciendo casar los sujetadores a juego con las bragas. Decidió comenzar por una pieza blanca con blonda elástica por delante y raso por detrás. Puede que en un pasado no muy lejano le hubiera sentado bien, pero sus actuales medidas requerían menos talla. Recordando la advertencia de Francho se la quitó y la depositó de nuevo sobre la cama. Tomó la que estaba a su lado, un modelo del mismo color más alto de cintura y exento de blondas. En cuanto la dispuso entre sus manos Francho supo que había dado con su talla. Conforme la prenda ascendía por las piernas, la mecedora iba deteniendo su vaivén hasta que Irene se ajustó la parte trasera y se contempló en la luna del armario. Luego se volvió hacia Francho y descubrió que él no la miraba directamente sino a través del mismo espejo, extasiado por la simetría que el raso componía sobre sus nalgas. Irene lo imitó, volviendo la cabeza hacia el espejo y —entonces sí— se topó con su mirada. No había lascivia en ella, ni deseo, ni ansiedad. Francho la observaba como si fuera una imagen de su juventud o un recuerdo de su infancia. Había apoyado el codo en el brazo de la mecedora y la barbilla en la palma de la mano. Parecía un artista contemplando su obra. O un modelo posando para un artista.

Irene se puso el sujetador, una pieza de medias copas de algodón bordado a juego con el patrón de la braga. De nuevo se volvió sobre sí misma y las miradas se encontraron en la distancia, al fondo del espejo. Ella se dio la vuelta muy despacio para verse desde otros ángulos. O tal vez lo hiciera a modo de agradecimiento, para que él pudiera repasar todos sus perfiles, componiendo en su cabeza una imagen en tres dimensiones imposible de asimilar de otro modo. En cualquier caso este gesto provocó en Francho una triste sonrisa: en ese mismo escenario había actuado él infinidad de veces, posando como Irene, girando sobre sí y admirando sus distintos ángulos en un frustrado intento por dotar de vida y movimiento a aquellas prendas que desfallecían en sus cajas sin forma ni volumen.

El perfil lateral de Irene era grácil y enclenque pero contenía la promesa de lo sublime. Su cuello erecto, su pecho, su vientre recogido, su nalga, sus piernas rectas todavía enflaquecidas, sus tobillos. Era un trazo continuo, curvo, fácil incluso de dibujar aunque imposible de imaginar sin la objetividad del espejo que lo reflejaba. Francho lo contemplaba con la respiración contenida, igual que un chiquillo ante las evoluciones de un domador de leones o un encantador de serpientes.

Un inédito sopor se fue adueñando de él. Se sentía enajenado, incorpóreo, como si un arrebato místico hubiera logrado disociar su cuerpo de su alma. Tuvo que reunir fuerzas extraordinarias para no caer en un inoportuno sueño que le habría impedido seguir admirando el volumen que adquirían sus prendas. O quizá se hallaba ya desde hacía rato inmerso en un mar de sueños.

18
De la coherencia del sueño

Hasta la semana siguiente Hortensia no advierte los primeros y devastadores efectos secundarios del veneno que le han administrado en el hospital. Sucede en el baño, mientras se peina. Me sorprende que no reaccione con la cándida sorpresa que causa lo que se pretende ignorar, ni con la rabia habitualmente contenida que deja en nosotros lo esperado, de modo que no sé hasta dónde conoce el infierno de su tratamiento. Atendiendo a su carácter, me inclino a pensar que no quiere atormentarse antes de hora. Hortensia no es una de esas personas neuróticas que padece los síntomas antes de la enfermedad que los causa. Así me lo hace saber en varias ocasiones.

—*Mit Fried und Freud ich fahr dahin.*

«Sigo mi camino en paz y con alegría», título de la BWV 125, una de las cantatas religiosas de Bach. Lo que significa que Hortensia se ha resignado a cuanto tenga que sucederle, una de las opciones más cabales que puede elegir un enfermo, aunque quizá no la más frecuente, dada la rebeldía que suele mostrar la naturaleza ante la enfermedad.

Su cabello se desprende de su cabeza en forma de hebras confusamente enredadas en el cepillo o el peine. Hortensia las extrae de las cerdas o las púas con todo cuidado, como si fueran hilos de un noble metal, y las deposita en una cesta de mimbre hasta que termina de peinarse. No quiere atascar las cañerías del lavabo pero tampoco se resigna a tirarlas al deshonroso cubo de la basura, así que las arroja al inodoro emitiendo a la vez un suspiro de despedida.

Desde que el hombre del hospital me informó sobre el curso y las particularidades de la enfermedad hay algo que me preocupa sobremanera, pero hasta pasados unos días de hebras y suspiros no reúno el valor necesario para compartirlo con ella.

—Creo que deberíamos encargar una peluca —digo.

—Aún no es carnaval —replica Hortensia con una insolente mueca que pretende ser de ironía.

Francho no sabía cocinar, ni había querido aprender nunca. No tuvo más remedio que recurrir al menú de la cafetería de su amigo para alimentar a Irene. Cada día se llevaba dos raciones completas de primer y segundo plato empaquetadas y listas para servir. La primera vez que lo hizo se vio obligado a dar una explicación ante aquella repentina y novedosa necesidad. No mintió. Dijo que tenía una invitada en casa.

—Es la hija de una amiga que no conoces. Estará conmigo una temporada, hasta que se reponga de una amarga experiencia por la que ha pasado.

Todo cierto, si bien olvidó mencionar que, además de un buen menú que rellenase su volumen corporal, su invitada necesitaba dosis de metadona para desintoxicar su organismo. Tampoco se detuvo a explicar cómo se las arregló para conseguirla. En el club de los estrellados hay profesionales de todos los sectores, como por ejemplo médicos capaces de conseguir cualquier medicamento, incluso los que no se dispensan en las farmacias.

Irene se levantaba tarde, cuando el sol de la mañana impedía la prolongación de su sueño disparando ráfagas de luz contra sus párpados. Sola en casa, sin posibilidad alguna de salir, no tenía más elección que sentarse en la cama y dar cuenta del apetitoso desayuno que Francho le dejaba cada día sobre la mesilla. Parecía el ritual de una gran señora: desayunar en la cama con cruasanes, tostadas, zumo de naranja y café con leche, este último provisto de una resistencia para recuperar su temperatura original en apenas un minuto. Después de lo cual la esperaba una ducha caliente, las prendas íntimas más sofisticadas que había poseído hasta entonces y la lectura de las revistas que Francho compraba para ella. Más tarde disponía la mesa del salón con el esmero de quien espera invitados. Y por fin, cuando a primera hora de la tarde llegaba Francho, lo recibía con agrado, hastiada ya de su forzosa soledad y quién sabe si aquejada de los primeros indicios del síndrome de Estocolmo. Intercambiaban una mirada fugaz, un parco saludo —casi una sonrisa— y se sentaban a la mesa. Actuaban como los dos únicos moradores de un castillo encantado, uno enfrente del otro, mirándose de hito en hito, degustando los platos de la cafetería.

—¿Cuánto tiempo voy a seguir encerrada? —preguntaba ella de vez en cuando.

Pero por toda respuesta, Francho tomaba la botella de vino y le llenaba la copa, en un gesto que podía significar cualquier cosa. No lo sabía y, además, no quería responderle. Una vez finalizada la comida se levantaban para recoger la mesa, fregar los platos y limpiar el salón, complementándose como si hubieran vivido juntos durante años.

La misma escena se repetía cada día hasta constituir una de esas rutinas que parecen eternas, aunque realmente no obedezcan más que al capricho de un accidente. Gracias a ello Irene iba ganando peso y el trazo de su perfil se iba haciendo más curvo. Y más difícil de dibujar.

Siguiendo el consejo de la diligente propietaria de la peluquería, Hortensia y yo encargamos dos pelucas: de quita y pon.

A los pocos días paso a recogerlas y se las presento envueltas en el más desenfadado papel de regalo que logro encontrar. Ella agradece mi esfuerzo con un apretón de manos. Su rostro es incapaz de disimular la inconfundible mueca del llanto. Se sienta en el sofá, a mi lado, y se desahoga durante unos minutos. Es la primera vez que manifiesta su angustia delante de mí, lo que por extraño que parezca me produce un escalofrío de placer.

Por unos instantes me siento el centinela de su dolor, un caballero andante investido de alguna categoría de favor real. Y aunque tengo muchas ganas de abrazarla me limito a acariciarle las manos. No quiero aprovecharme de su debilidad. Trato de contagiarle el ritmo de mi respiración, inspirando y espirando profunda y ruidosamente. Ella responde a mis estímulos y regresa poco a poco de las tinieblas, primero devolviéndome las caricias de las manos, luego enjuagándose las lágrimas con un pañuelo y, por último, levantándose del sofá para probarse las pelucas.

Debo decir que no existe en el mundo melena capaz de reemplazar el portento de oscuras pero brillantes imbricaciones que Hortensia ha lucido en su cabeza hasta hace poco, de manera que la peluca no es más que un simple atrezo, un espejismo sin vocación de superar al original, tan sólo destinado a paliar su carencia y permitir que Hortensia pueda salir a la calle sin levantar incómodas miradas a su paso.

En su cuero cabelludo todavía queda alguna hebra obstinada que no cede a los embates del cepillo. Su aspecto sin peluca ha ganado por ello un aire fantasmagórico cruelmente inoportuno, así que le propongo acabar con ellas de la forma más expeditiva posible. Hortensia asiente sin protestar, lo que demuestra la solidez de su resignación. Se sienta en el taburete del baño con una inexpresiva docilidad. Empuño mi maquinilla de afeitar y la deslizo impunemente por su cráneo, sin que nada —ni siquiera mi habitual prudencia— se interponga en mi camino. Luego le aplico una toalla húmeda, me aparto a un lado y dejo que se examine en el espejo del lavabo. Ironía mayúscula, broma perversa: el cometa ha perdido su cabellera helada. Sin ella no puede considerarse más que un simple asteroide exento de brillo y leyenda.

Se mira sin reconocerse, como quien examina el busto de un extraño. Se busca los perfiles y, con la ayuda de otro espejo, descubre la lisura de su cogote. Sus manos ascienden despacio para palpar la desnudez de la piel, pero sus ojos se cierran evitando que la visión interfiera en el tacto. Hortensia es consciente de que está viviendo una experiencia única. Y trágica.

–*Ich will den Kreuzstab gerne tragen* –dice, una vez que da por terminado el examen.

Esa misma noche hace sonar la cantata BWV 56, cuyo título traducido es: «Llevaré con gusto la cruz». Luce un gracioso pañuelo anudado en la nuca. Se sienta a mi lado en el sofá y, justo cuando los bafles reproducen una elegante aria con acompañamiento de oboe solista, vuelve a llorar, esta vez en silencio para no interferir con la grandeza de la música.

El tiempo transcurría con inmutable lentitud en casa de Francho, dejando en evidencia que lo sucedido entre Irene y él no pertenecía a ninguna categoría de lo real. Su relación era producto de la ficción, como una película o un cuento literario. Ni siquiera podía calificarse de potencialmente cierta, porque hasta ese momento las potencias de la certeza habían sido invenciones de la mente de Francho. Y aquella relación podía no ser real, pero tampoco era inventada.

Cada tarde Irene se cambiaba de ropa en el dormitorio principal, lenta y armoniosamente, ejecutando una coreografía sensual –aunque exenta de erotismo–, más próxima al tai-chi o al ballet que a la pornografía. Era una representación destinada a un único espectador que la observaba embelesado, silencioso, acunado por los vaivenes de la mecedora. Ése era el acuerdo tácito que habían alcanzado, una de esas convenciones a las que se llega por la vía de lo inevitable, sin tener que recurrir al farragoso uso de las palabras. Tú me muestras el volumen que ganan las prendas en tu cuerpo femenino y yo te contemplo. Tú me alimentas y purificas mi organismo y yo me desnudo y me visto para ti.

Junto a los perfiles y las puntillas de las prendas, Francho admiraba la lisura y las curvas del cuerpo de Irene. Ambos conceptos unidos —perfiles y curvas— adquirían a sus ojos la categoría de composición artística, razón por la que su actitud estaba lejos de la ansiedad, el deseo o la lascivia. Francho experimentaba el éxtasis que proporcionan las obras de arte a los individuos susceptibles de apreciarlas. Más intensamente ahora que el cuerpo de Irene evidenciaba su mejoría, sobre todo a la altura de las nalgas y por tanto, para mayor deleite de Francho, realzando el volumen de las bragas de la mercería.

Alguna vez Irene le sorprendía con nuevos y estimulantes espectáculos, como cuando se pintaba las uñas de los pies o se depilaba las axilas o las piernas. Eran oportunidades de descubrir ángulos hasta entonces desconocidos del cuerpo de su cautiva. A la visión de ambas piernas estiradas, cruzadas y dobladas, se sumaba el calor y el aroma de la cera o la laca de uñas, lo que contribuía a sumirlo en un trance de orden esotérico, casi místico, similar al que provoca un derivado del opio, una lectura reveladora o la aparición de un ser celestial. Así se comportaba Francho, como si un ángel hubiera descendido de los cielos para mostrarle prodigios que hasta entonces sólo había imaginado. Por eso vivía esos momentos dudando de la realidad, igual que un incrédulo sin convicción, porque en el fondo de toda creencia se esconde la conciencia de la duda, que es precisa y paradójicamente de donde surge la fe.

La realidad se abrió paso en aquel idilio atemporal en forma de turbulento sueño, a mitad de camino entre erótico y angustioso. No podía ser de otro modo. El sueño es también parte de la vida aunque pertenezca a un nivel distinto de conciencia. Francho soñó una noche con Chelo e indirectamente también con Koyak. Fue un sueño coherente, casi lógico. Koyak lo amenazaba con violencia por haber secuestrado a Irene. Chelo aparecía a su lado, cautiva como lo había estado antes su hija, luciendo la lencería que se había puesto Irene aquella misma tarde: un conjunto de encaje negro con atrevidos adornos rojos, lo que al final redujo el sueño a una polución mansamente eyaculada en el pantalón del pijama.

Francho se despertó de inmediato por culpa de la incomodidad de sentirse mojado. Tardó un poco en comprender la naturaleza de la humedad. Y su causa. Hacía años que su cuerpo no se desbordaba por la noche sin el concurso de su voluntad. Se dio una ducha y se cambió de pijama. Era madrugada, todavía disponía de un par de horas para retomar el sueño pero no consiguió hacerlo. La cama se le antojó un potro de tortura. No podía permanecer allí tumbado. Sentía el reclamo de un poderoso encantamiento. Volvió a levantarse y cruzó el pasillo en dirección al dormitorio principal. Entró con el sigilo reglamentario y se sentó en la mecedora para contemplar a Irene mientras dormía. Reparó en la elegancia con que la escasa luz de la noche iluminaba su cuello, sus hombros y el principio de su espalda, que quedaba enmarcada entre los dos finos tirantes de su camisón. Más abajo no se veía nada por culpa de la colcha. Francho deseó tener visión de rayos equis para traspasar esa colcha y comprobar si, como él imaginaba, el camisón se hallaba arrugado por encima de las nalgas de Irene, dejando que la tersura de sus piernas se confundiera con la de las sábanas de raso.

19
De la piel lampiña

Las dos pelucas de Hortensia resultan tan eficaces como los disfraces que tienen por objeto deformar la realidad en perjuicio de la crueldad. No obstante sólo las usa durante el día. Por la noche las coloca sobre sus peanas y se anuda el pañuelo en la cabeza. Lo hace con un gesto de dócil incertidumbre, dando a entender que no sabe cuánto tiempo tendrá que seguir ejecutando ese ritual de quita y pon.

El resto de su vello corporal no tarda en ir cayendo sobre la almohada —como caen las lágrimas—, o sobre el lavabo del baño —como hacen las canas—, o sobre el mismo suelo —como las hojas de los árboles—. La química que entra en su organismo cercena cualquier elemento piloso de su cuerpo hasta que no le quedan pestañas ni cejas ni pelusa en el bigote o en las axilas.

—Ni siquiera en el pubis —me confiesa con desenvuelta resignación.

Es como si su cuerpo soltara lastre para ganar altura, tratando de superar la cota de una inoportuna y cada vez más cercana montaña. El cometa no sólo pierde su majestuosa cola sino que igualmente está dejando de brillar. Falta poco para que deje de ser visible ni siquiera a través de los telescopios más potentes.

De nuevo tenemos que recurrir al consejo de quienes han atravesado aquellas tinieblas antes que nosotros. Nos recomiendan adquirir unas pestañas postizas y aprender a pintar las cejas con un lápiz de maquillaje. El resto del vello es prescindible por invisible. Ningún telescopio podría advertir su ausencia. A ella misma le cuesta reconocerse. Cuando termina de maquillarse, peluca y pestañas incluidas, pasa un buen rato ante el espejo buscándose con el mismo ahínco que si se hubiera perdido. Desde cierta distancia parece la misma Hortensia de siempre, pero desde más cerca, sobre todo desde la proximidad de la convivencia —que se caracteriza por usar el objetivo de mayor aumento—, el maquillaje pierde eficacia y Hortensia resulta un ser virtual, uno de esos personajes hechos de píxeles de colores que protagonizan los videojuegos.

Por eso y porque la edad nos dota de los arrestos oportunos para despreciar lo que a primera vista aparenta ser bello —o fácil o cómodo o sabroso—, una mañana de domingo en que no pensamos salir de casa, le pido a Hortensia que no se pinte las cejas, no se coloque las pestañas postizas ni la peluca o el pañuelo. Supongo que aflora el astrónomo que llevo dentro. No sé. La curiosidad del científico —aunque sea aficionado— no depende de criterios estéticos ni plásticos, sino de la observación directa de la realidad sea cual sea su grado de dramatismo. Hortensia me lanza una mirada de descaro. Parece querer retarme a soportar la visión de su lampiña desnudez. O tal vez se esté retando a sí misma a mostrarse ante un semejante con su nueva y extrema apariencia.

Francho no volvió a soñar con Chelo —ni mucho menos con Koyak—, pero ambos permanecieron en su mente después de aquel único e inquietante sueño. El tiempo se descongeló. Los relojes y calendarios recuperaron su sentido y movimiento regular, unos haciendo girar sus saetas y otros numerando las salidas y puestas del sol. Francho no podía seguir viviendo ajeno al tiempo, amarrado a su nueva rutina con aquella indolencia que parecía no tener fin. Por su parte, Irene interpretaba su cautiverio como un paréntesis de paz y sosiego en su hasta entonces procelosa existencia. Vivir en casa de Francho era como hallarse de vacaciones en un balneario que incluyera tratamientos de belleza y terapias antiestrés, con la ventaja añadida de contar con un voyeur rendido a sus encantos. Esta última circunstancia –pese a que al principio pretendiera ignorarlo– elevaba su autoestima hasta cotas desconocidas. Era la primera vez que un hombre la contemplaba con aquel arrobo sin la intención de acostarse antes, mientras o después con ella.

Francho seguía ejecutando el ritual de la mecedora. Silencioso y expectante observador de la mágica presencia femenina en su propia alcoba: un sueño ni siquiera imaginado que se había hecho realidad de pronto, con la misma fortuna que si le hubiera tocado el gordo de una lotería a la que nunca hubiera jugado. Irene había ganado muslo, nalga, brazo y mejilla, entre otras cosas. Su osamenta había ido desapareciendo de su figura, oculta tras una carne todavía joven que regresaba desde el pasado: un viaje en el tiempo que convertía su cuerpo en el que había sido una vez. O en el que debería haber sido.

Su ropa interior ya no le sentaba bien, lo que se ponía de manifiesto al observar sus nalgas y ver cómo pugnaban por abandonar la estrechez de las bragas. Francho asistió a esta visión con mal disimulado nerviosismo. Las nalgas de una hembra como Irene, embutidas en costuras estiradas por su escasez, adquirían un grado de lascivia hasta entonces inédito. O inadvertido. Puede que la presión ejercida por las bragas simulara las manos de un hombre y Francho creyera estar ante unas nalgas acariciadas, manoseadas, a punto de ser poseídas. O simplemente fuera esa obsesión suya por que cada parte del cuerpo luciera prendas que correspondieran con su tamaño –ni más pequeñas ni mayores–, una herencia que sin duda provenía del oficio de su madre.

Otra vez ante su armario abierto, subido a un taburete, Francho buscó entre los restos de la mercería hasta seleccionar nuevas cajas que depositó sobre la cama. Luego volvió a su mecedora y adoptó su postura acostumbrada con las piernas abiertas y cruzadas y los brazos descansando sobre ellas, como un yogui en actitud de serena reflexión. Irene fue probándose las prendas enfrentada al espejo. Conocía al detalle el protocolo de aquella representación. Incluso se demoró a conciencia para que Francho reparase detenidamente en la geometría de curvas y vértices que las prendas adquirían al acomodarse a su cuerpo. Con un poco de música podría haber encadenado sus movimientos más rítmicamente hasta ofrecer un espectáculo casi profesional, obligando a Francho a recurrir al aplauso de admiración y agradecimiento.

Sin embargo, el recuerdo de este espectáculo volvió a impedir que Francho pudiera conciliar el sueño más tarde, una vez que se retiró a su habitación, después de haber compartido una silenciosa velada con su invitada, ambos supuestamente absortos en la respectiva lectura de una revista y un libro. Francho se sentía incapaz de alejarse de las prendas de la mercería ahora que por fin tenían el volumen de una verdadera hembra. Tampoco deseaba tocarlas, no al menos en aquel cuerpo que consideraba prohibido. Trastornado por este dilema de moralidad y deseo, ajeno a la paz que le había procurado Irene los primeros días de su relación, tuvo que reconocer con la humildad de quien acepta sus limitaciones que no podía seguir en su cama, tendido a la espera de conciliar un sueño remoto, mientras las prendas de su tesoro se hallaban henchidas de carne al otro extremo del pasillo, en su propia casa. Se levantó, cogió su almohadón y recorrió el pasillo sin hacer ruido, como el espectro de un fantasma al acecho de un mortal. Entró en el dormitorio de Irene y, tras comprobar que ella tampoco se había dormido, le lanzó una mirada de piadosa derrota. «No pretendo acostarme contigo», parecía querer decirle, «pero tampoco soporto estar lejos de ti.»

Se acomodó en la mecedora, apoyando la cabeza en su almohadón y las piernas sobre la cama de Irene, lo suficientemente apartadas de ella para no incomodarla. Y allí, respirando la proximidad de su tesoro, alimentando al insaciable monstruo de sus obsesiones, cerró los ojos y se dejó llevar por un sueño ligero, mil veces interrumpido por la incomodidad de su postura y la perturbación de sus sentidos. No descansó lo necesario, aunque sí al menos lo imprescindible para poder levantarse al día siguiente, algo que en su cama, en las antípodas del pasillo, no habría logrado ni en sueños.

El reto de Hortensia se consuma al cabo de unos pocos días, mientras se da un baño de agua caliente y perfumada por sales con aromas campestres, disfrutando de un rato de calmosa soledad. Yo trasteo por la cocina, ordenando el frigorífico y el armario de la despensa, cuando escucho su voz que me llama. Acudo con la presteza de lo que se ha programado previamente y me cierno sobre la puerta del baño, golpeándola con los nudillos al tiempo que pregunto si le ocurre algo.

—No puedo levantarme —escucho al otro lado.

Luego se produce un silencio, por mi parte de respeto hacia su decadencia física.

—Tendrás que entrar para ayudarme a salir —añade—. La puerta está abierta.

—De acuerdo —digo, dispuesto a entrar.

Pero no lo hago inmediatamente. El decoro me obliga a esperar medio minuto antes de girar el pomo de la puerta. Supongo que trato de darle tiempo para que bata el agua y la espuma pueda camuflar su cuerpo, como si llevara puesto un casto albornoz tejido con pequeñas burbujas de jabón. Sin embargo, cuando por fin entro, observo que el agua está limpia. Las burbujas ya se han evaporado como las estrellas al amanecer. Su cuerpo desnudo se presenta ante mí con implacable crudeza, quizá porque la verdadera razón de su llamada es exhibir el efecto de la quimioterapia sobre su piel mojada y consumar aquella mirada de descaro. Tal vez sea una prueba que yo mismo debo superar para conservar mi papel de enfermero y amigo. O, quién sabe, simplemente se trata de un ejercicio de aplomo y confianza en busca de su autoestima perdida.

Hortensia lee la confusión en mis ojos.

—No tengo fuerzas para salir de la bañera —dice—. No me aguantan los brazos y temo resbalar.

—La culpa es mía —respondo atropelladamente—. Tendría que haber instalado un asa, o mejor dos, y haber forrado el suelo de la bañera con material antideslizante.

Mi diagnóstico autoinculpatorio por la vía del bricolaje tiene la virtud de arrancarle una inesperada carcajada que me tranquiliza. Es entonces cuando logro reunir la serenidad necesaria para contemplar su desnudez. Hortensia comprende mis intenciones, recuesta la cabeza contra el borde de la bañera y cierra los ojos. Es la primera que vez que la veo desnuda. Una bruma espesa y cálida envuelve la escena en un aire mágico, ignoro si por efecto de la evaporación del agua o del derretimiento de mis sesos. Hortensia aparece ante mí con el esfumado destello de una nebulosa planetaria, un cúmulo estelar o una lejana galaxia.

No puedo comparar su cuerpo con ningún estado anterior de sí mismo, pero es evidente que ha adelgazado mucho. Los costados muestran la simetría de las costillas, los hombros transparentan la geometría de la clavícula y la cadera es una pelvis sobre la que se ha posado un retal de piel que da la sensación de no ser de su talla.

Hortensia abre los ojos y retira el brazo que oculta su pecho inexistente. Quiere que contemple la asimetría de su tórax. Trato de no parpadear. No me muevo ni un milímetro. Pretendo evitar que mis gestos puedan ser interpretados como juicios. Miro alternativamente el pecho enfermo y el sano con la indolencia de un médico o la indiferencia de un homosexual.

Lo hago despacio. Me niego a mostrar ansiedad por apartar la mirada. Me encuentro entonces con su vientre, en las inmediaciones del pubis, y compruebo que tal como me ha dicho no hay un solo pelo en su piel, ni siquiera allí donde se concentra en inconfundible formación geométrica.

Viéndola así, tendida en la bañera, cubierta de agua hasta el cuello, con la piel tersa, blanca y sin vello, se me antoja estar ante una sirena o una ninfa de la mitología, como las Híades que pueden admirarse durante el invierno en la constelación de Taurus o las Pléyades que habitan a los pies de Perseo. Sin embargo, me guardo de expresar mis emociones. Y mis fantasías. Por toda reacción abandono mi incómoda posición, sentado al borde de la bañera, y me postro ante ella —de rodillas, como un feligrés sobre un reclinatorio—. Sólo me falta juntar las manos y rezar una oración pagana. O mejor aún cantarla, un recitativo del BWV interpretado con la voz grave y firme, un canto a mi sirena, por cuya carne habría dado la vida que la visión de sus huesos me arrebata.

20
De la conmovedora desnudez

El insomnio de Francho se repetía cruelmente cada noche. Sólo lograba dormitar algunas horas en la mecedora –junto a Irene– incómodo y absorto, lo cual dejaba en evidencia su insostenible situación. No podía seguir. Ni disponía de ningún plan alternativo. Se movía por pura intuición, actuando con un grado de libertad que en ocasiones, cuando la lucidez le permitía razonar de manera objetiva, llegaba a asustarle. Lo único que se le ocurrió para mejorar su situación fue volver a la plaza de Santa Isabel y buscar a Chelo, aunque no sabía exactamente para qué. Por un lado, creía posible la negociación con Koyak, a quien presuponía acostumbrado al intercambio de rehenes. Por otro, la visión del cuerpo prohibido de Irene le había recordado el delirio que había sentido al tocar el de su madre. Incluso era posible que la falta de sueño lo condujera hacia la cama de Chelo, en la que tan plácidamente había dormido en su primera cita. Por qué no. El cuerpo tiene su propia memoria y en situaciones delicadas hace que prevalezca sobre cualquier otra.

A media tarde se dirigió a la plaza. No encontró a Chelo paseando por la acera ni en su habitación. Llamó a su puerta varias veces sin obtener respuesta. Incluso aplicó la oreja a la cerradura para cerciorarse de que no había nadie, seguro de que en caso contrario escucharía algún ruido. Le parecía difícil que alguien permaneciera en silencio en compañía de una prostituta, olvidando las largas sesiones de mutismo que compartía con Irene cada tarde.

Salió de nuevo a la plaza y se encaminó hacia El Tenderete. Como de costumbre se hallaba repleto de hombres de negocios en horario de esparcimiento tras una larga sobremesa. Aquel salón era el patio del recreo de los ejecutivos. Francho lo cruzó en diagonal hasta el almacén. Buscaba a Diego. Quería preguntarle por Chelo y averiguar si estaba enterado de la desaparición de Irene. Se apoyó contra unas cajas de bebidas y esperó un rato sin ninguna fortuna. Allí no había nadie. En un estado de creciente desolación abandonó el local y fue a casa de Sandra, la única mujer que hasta entonces le había propuesto una relación marital, aunque fuera por quinientos euros mensuales. Una vez que se identificó a través del portero automático, ella le abrió y le esperó en el rellano vestida con una elegante bata de satén que auguraba lencería de categoría en su interior, lo que significaba que se hallaba de servicio.

—No puedo atenderte —le dijo mientras Francho terminaba de subir el último vuelo de escaleras—. Estoy acompañada.

Francho asintió. No esperaba encontrarla sola.

—Te he abierto para que sepas que Diego anda buscándote.

—Y yo a él —respondió Francho, recuperando el aliento.

—Quiere saber qué ocurrió durante tu cita con Irene —siguió Sandra—. Según parece eres el último cliente con quien estuvo antes de desaparecer.

Francho elevó las cejas. No le sorprendía el contenido de la información, sino el continente. No esperaba que Sandra estuviera tan bien informada.

—¿A qué te refieres? —preguntó—. ¿Se ha escapado?

—O se la han llevado. Nadie lo sabe. El jefe está atacado de los nervios. Le tiene un cariño especial a esa chica y no se detendrá hasta que la encuentre. Él cree que la madre de Irene está involucrada y la ha encerrado en uno de sus pisos después de darle una paliza.

Francho suspiró ruidosamente, casi gimiendo: la noticia le había alcanzando en plena línea de flotación emocional. Como pesadillas nocturnas, sus peores augurios se estaban convirtiendo en realidad, inmunes a la rotunda claridad de los rayos solares.

—Imagínate —concluyó Sandra—: encerrada y sin saber lo que le ha sucedido a su hija.

—Claro —tuvo que responder él, obligado por las circunstancias—. Si vuelves a ver a Diego, dile que yo lo buscaré por El Tenderete.

Francho terminó la frase con una mueca de despedida y se dispuso a bajar las escaleras, pero Sandra lo retuvo un momento apoyándole una mano en el hombro.

—Curro —le dijo con su característica familiaridad—. Espero que no tengas nada que ver en todo esto.

—Mi nombre es Francho —respondió éste.

Y desapareció por la caja de la escalera, dejando tras él el vigoroso taconeo de quien expresa su estado de ánimo con los pies, como hacen los bailaores, los militares, los futbolistas o los niños cuando patalean.

La desnudez de Hortensia me ha afectado hasta la frontera de la efusión, cerca del delirio. No hay nada reprobable en ello. Mis sentimientos no proceden de ninguna categoría del erotismo o el sexo, ni siquiera de su indiscutible belleza, ni tampoco de su más que visible deterioro físico, sino del modo en que se ha entregado a mi mirada, recostándose en la bañera con generosa mansedumbre mientras apartaba el brazo para que pudiera admirar su cicatriz. Seguramente porque es más de lo que ninguna hembra me ha ofrecido nunca —ex mujer y prostitutas incluidas—, recuerdo esos minutos en el baño —arrodillado yo, tendida ella, mis ojos abiertos, los suyos cerrados— como un incuestionable acto de amor. Y siento el mismo efecto que si me hubieran inyectado un vial de bienestar en vena, en el supuesto caso de que tal sensación pudiera sintetizarse e inyectarse de alguna manera en el cuerpo.

A partir de ese momento se crea entre nosotros un nuevo lazo de filantropía y nuestra relación se vuelve más íntima. Es como si yo deseara mostrarle mi desnudez, ahora que ya conozco la suya. Nos ocurre lo mismo que a los amantes de las películas antiguas, que dejan de tratarse de usted después del primer beso. Este grado de intimidad me hace creer que he adquirido nuevos derechos sobre su vida privada. No hallo otra explicación al de otro modo inexplicable ataque de celos que padezco poco después, cuando una llamada al teléfono móvil de Hortensia interrumpe nuestro pacífico idilio.

Es Armando. Desconozco si está al corriente de que Hortensia vive en mi casa. Tras escuchar cómo se intercambian un cariñoso saludo, abandono el salón. No quiero incomodarla. Me encamino a la cocina sin saber qué hacer. Simplemente pretendo que el tiempo transcurra más deprisa, como hacen los niños impacientes cuando se encuentran en una situación incómoda. Unos minutos más tarde Hortensia aparece junto a mí con una impecable sonrisa en el rostro.

—Armando me ha invitado a cenar —me anuncia, haciendo uso de la sonrisa—. Tiene la noche libre.

Me habla como si yo fuera un fiel amigo en quien poder confiar en lugar de un rendido admirador que se dejaría sacar los ojos antes de revelar a nadie lo que ha visto en la bañera hace sólo unos días. A continuación amplía la noticia de su cita informándome de la hora y el restaurante donde han quedado e incluso menciona la ropa que piensa ponerse. Es indignante. Por primera vez en mi vida siento la ofuscación propia de los celos. Muchas veces he padecido la frustración, el desengaño y hasta el desamor, pero nunca los celos, ni siquiera en mi anterior matrimonio.

No puedo alegar nada en mi favor pues ningún derecho me asiste. ¿Quién soy yo para manifestar en voz alta las miserias de mi corazón? Puede que haya simulado ser su esposo durante la estancia en el hospital o cuando paseamos por el barrio del brazo, pero ni siquiera eso me autoriza para la expresión de mi egoísmo. Sólo me queda el recurso de adoptar un doloroso mutismo, asintiendo o negando con la cabeza para corresponder a sus festivos comentarios. ¿Qué peluca me pongo? ¿Me he pintado bien las cejas? ¿Me subes la cremallera del vestido? Puyas interrogativas que se clavan en mi lomo con la crueldad propia de una suerte de varas.

No sé si Hortensia advierte mi sufrimiento. Tal vez sí y no lo tiene en cuenta, quién sabe si halagada por ser capaz de provocar la sobreexcitación de un sujeto tan parco en emociones como yo. O tal vez no. Quizá el brillo de ilusión que muestran sus ojos se lo impide y la vitalidad con que actúa es enteramente natural. No puedo ponerme en la piel de una mujer como ella, sometida al horror de asistir a su decadencia estética para salvar la vida. Es posible que una situación tan extrema altere el orden de los valores y una cita con tintes románticos se convierta en el acontecimiento central del universo, como sucede durante la adolescencia y la primera juventud.

En mi cabeza bullen las sensaciones y los temores con la velocidad de un gran desorden termodinámico, igual que ocurre en las regiones del espacio donde se forman las estrellas, en las que —si las condiciones físicas son las oportunas— el caos da lugar a la materia. Hortensia termina de arreglarse y se dispone a salir. Antes de hacerlo, me lanza un beso desde la distancia para preservar intacto su esmerado maquillaje. En cuanto escucho el sonido de la puerta y el eco de sus tacones alejándose, comprendo que el caos de mi cabeza no va a transformarse en nada que no sea reprobable e injusto. No reúno las condiciones oportunas para convertir el caos en materia. Eso sería una reacción constructiva y todo lo que siento puede ser incluido en el campo semántico de la destrucción. Pese a haber vivido solo desde hace muchos años y estar habituado a largas temporadas de inacción y recogimiento, tengo la certeza de que no voy a ser capaz de soportar ni un minuto de soledad esta noche. Experimento el deseo de salir –quizá de huir–, respirar el aire de la noche y evadir los fantasmas del caos. Necesito compañía, distracción para que mi cerebro deje de imaginar lo que estará sucediendo entre Armando y Hortensia.

Lo más probable es que pasen la velada charlando, puede que inocente, prosaicamente, pero eso no me exime de fantasear sobre quién llevará la voz cantante, quién elegirá los platos de la carta, quién pagará la cuenta o si alguno de los dos se atreverá a tramar planes para el futuro. Hay en este afán de curiosidad mucho más morbo que en un espectáculo de sexo en directo, sin duda porque lo intelectual es más sutil que lo sexual. Y la sutileza es la última barrera que cruza la imaginación para recrear un universo paralelo, aunque sólo se trate de la conversación entre un padrastro y su hijastra, una vez que uno asume que ese parentesco no responde a su verdadera relación.

Mi única salida civilizada es llamar a algún miembro del club de los estrellados, lo cual hago a sabiendas de que tendré que excusarme por mi larga ausencia. Convengo en acudir a uno de nuestros lugares habituales de observación, donde mis compañeros han quedado para estudiar a *delta cephei*, una conocida estrella que cambia cíclicamente de brillo. Entonces me acuerdo de Francho. No lo he visto desde hace dos o tres días. ¿Qué habrán comido él y su invitada durante ese tiempo? Tal vez ella se haya animado a guisar –él imposible– o quizá hayan recurrido a comida servida a domicilio. O sencillamente ella se ha ido ya y Francho ha recuperado su soledad.

Lo llamo. Tan pronto como escucha mi propuesta acepta unirse a los estrellados, lo cual me sorprende y reconforta al mismo tiempo. Su invitada todavía está con él pero necesita tomar el aire, según me dice textualmente. Sospecho que quiere contarme por fin de quién se trata. Y qué relación guarda con su taciturno comportamiento.

Paso a recogerlo en mi coche y nos dirigimos al punto de

observación. Por el camino agotamos las fórmulas del protocolo cuando dos amigos íntimos se reencuentran sin ganas de ocultar sus respectivas tribulaciones, ni tampoco de compartirlas abiertamente. Es evidente que Francho está preocupado y nervioso. Lo mismo que yo, por mucho teatro y afectación que quiera imprimir en mi voz y mis ademanes.

Los estrellados nos reciben con cálidos reproches y bromas sobre nuestra desaparición, aludiendo a nuestra condición fantasmagórica que explica a la vez nuestra ausencia y nuestras vagas excusas para justificarla. La risa amortigua el reencuentro y nos libera, aunque sólo sea momentáneamente, de las pesadas cargas que ambos acarreamos. Una vez montados los trípodes, ajustadas las monturas y orientados los telescopios, nos dedicamos a la observación de *delta cephei* guiados por uno de los miembros más jóvenes del club, un prematuro estrellado estudiante de físicas y estudioso de las mudables cefeidas. Dado que los cambios de brillo de este tipo de estrellas sólo son apreciables por comparación entre unas y otras, unos cuantos estrellados miden el brillo de la protagonista, mientras otros nos dedicamos al de sus vecinas.

Fiel a su costumbre, Francho no presta mucha atención a los telescopios y se separa unos metros del grupo principal en busca de una piedra sobre la que se sienta en actitud reflexiva. Parece un profeta a punto de recibir la iluminación de una divinidad, tal vez de la propia *delta cephei*. Ignoro cuál es la naturaleza de sus pensamientos pero diría que tiene el gesto adusto y la mirada huidiza de quien padece un ataque de remordimientos, todo ello bien difuminado por su acostumbrada frialdad, fruto del caparazón de indiferencia bajo el que suele cobijarse.

Me acerco a él y me siento a su lado. Exhalo el aire de la noche como si fuera el humo de un cigarrillo. Creo que tengo más ganas de hablar que de escuchar pero no veo el modo de quebrar el silencio y confesar mi ataque de celos. Me siento ridículo. Supongo que él tampoco encuentra la manera de explicarme lo que quiera que le esté sucediendo. Y puestos a comparar, creo que él lo tiene más difícil que yo, pues si de verdad quiere sincerarse conmigo debe comenzar por la hoja de cálculo que llamó koyak.xls y terminar por revelarme la identidad de la persona que vive con él, lo que se me antoja un largo y tortuoso itinerario difícil de resumir.

Mi confesión es más sencilla, dado que Hortensia es su compañera de trabajo y la conoce bien. Sabe además que hemos compartido su estancia en el hospital y que vive temporalmente conmigo. Aun así tendría que hablarle de Armando e informarle siquiera brevemente de la dudosa relación que mantienen como padrastro e hijastra. Lo cual me conduciría a los tiempos en que Armando y la madre de Hortensia cantaban juntos en una orquesta, mientras una bailarina se interponía entre sus voces, igual que un instrumento que de pronto rompe la armonía de un dúo para interpretar un tema ya expuesto al comienzo de la partitura, como sucede muchas veces en las obras censadas en el catálogo BWV.

De modo que ambos guardamos ese silencio amable y solidario que sólo cabe entre dos amigos —casi dos hermanos— que no necesitan recurrir al lenguaje de las palabras para hacerse entender. O quizá no seamos más que un par de perezosos incapaces de plantear en términos lingüísticos las veleidades del corazón y los sinsabores de la conciencia. Quién sabe. En ocasiones adornamos nuestro comportamiento con atributos sobrehumanos, como cronistas de epopeyas heroicas, en lugar de reconocer que la potencia de la voluntad no es siempre ejecutable. Más bien al contrario, frecuentemente manifiesta su carácter regresivo frente a su antagonista natural, que es la pereza.

Las únicas palabras que finalmente intercambiamos aluden al estado físico de Hortensia, una vez que Francho me pregunta por ella mientras volvemos a casa a bordo de mi coche.

—Sin su peluca y su maquillaje es irreconocible —digo—. No tiene un solo pelo en el cuerpo.

21
De la genética y el amor

Francho volvió a casa convencido de que su única alternativa era buscar a Chelo y liberarla de su cautiverio. No había más opciones. Era como volver a empezar: una nueva misión para el agente secreto. Sólo el hecho de haber tomado esa decisión le proporcionó cierta dosis de paz interior, la suficiente para dormir de un tirón lo que quedaba de noche. Por la mañana se reunió con su jefe para solicitar unos días de vacaciones. Valdivieso no adujo pegas ni hizo preguntas. A Irene no le dijo nada. No quería confesarle lo que se proponía. Ni por qué lo hacía. Uno de los problemas de la convivencia es que las entradas y salidas de casa se contabilizan como presencias y ausencias físicas, una servidumbre inexistente cuando uno vive solo.

Irene, por su parte, comenzaba a acusar los primeros signos de claustrofobia inherentes a su cautiverio, e incluso —pese a su estado cataléptico— algún atisbo de melancolía, como el que le producía el recuerdo de las tardes que pasaba con su madre una vez por semana. Quizá no fueran tardes dignas del recuerdo —ni mucho menos de la añoranza—, pero al menos le daban la oportunidad de respirar el aire fresco de la calle. Hacía días que había perdido la noción exacta del tiempo, lo cual no la eximía de preocuparse por la monótona duración de su internamiento. Sin embargo no mostró ningún cambio de actitud, salvo su nueva costumbre de abrir completamente la ventana para que el sol de la incipiente primavera entrara sin tamices en el dormitorio. Ya que ella no podía salir —parecía haber resuelto—, que al menos la luz del día entrase sin remilgos a su encuentro.

Francho aceptó con resignación esta nueva costumbre, consciente de que se hallaba en una precaria situación que no dejaba espacio para la exigencia. No obstante, temió que Irene tramara alguna estrategia de fuga o algún ardid para alertar a vecinos y transeúntes. A pesar de que se encontraban en el último piso de un edificio bastante alto, alguien podría verla desde la calle y reconocerla, si es que tal extremo era posible considerando su grado de mejoría física. Por desgracia para él, desconocía que su temor era totalmente infundado. La única intención de Irene era de orden terapéutico. Un nuevo tratamiento del balneario: luz solar a presión sobre el rostro, el pecho, la espalda o las piernas. Una terapia basada en la fotosíntesis del bienestar por exposición al astro rey.

Al día siguiente de su cita con Armando, Hortensia aún lleva la sonrisa puesta, el ceño relajado y un exceso de expresividad en las manos: los signos que caracterizan una sobredosis de autoestima. Resulta evidente que su padrastro la ha colmado de piropos y adulaciones, probablemente para ganar su indulgencia y compensar su falta de interés por ella desde el día que la visitó en el hospital. Presa de una abundante palabrería, me pone al corriente de dónde y qué cenaron, en qué local tomaron una copa e incluso alguno de los temas sobre los que conversaron. Tal vez se siente obligada a hacerlo como agradecimiento a mis múltiples atenciones. Quién sabe hasta dónde puede llegar una mujer agradecida. En todo caso finjo no estar interesado mostrándome hacendoso y ausente, sin mirarla a la cara ni expresar ningún gesto de asentimiento o curiosidad. Supongo que tarda un poco en advertir mi hostil actitud, porque aún persiste un buen rato abrasándome con sus chismes, hasta que por fin se da cuenta. Y guarda silencio, pero no uno cualquiera, sino el abrupto mutismo que sigue a una parrafada vital y extrovertida. Me parece un silencio de orden sobrenatural, como si sus palabras fueran las aguas bravas de un río que discurriera por unos rápidos para remansarse un momento y caer por el abismo de una espectacular cascada, originando una nube de resentimientos donde se proyectara un siniestro arco iris en blanco y negro.

—¿Dónde aprendiste a bailar? —le pregunto, esta vez sí, mirándola a los ojos.

Da dos pasos hacia atrás, como un púgil tocado por un certero golpe a la espera de escuchar la campana salvadora. Tal vez cree estar soñando y la campana que desea escuchar es la del despertador de la realidad, lo cual resultaría grotesco considerando el grado de adversidad que guarda para ella el mundo real. Cualquier cosa antes que enfrentarse a su pasado. O al menos ésa es la impresión que recibo de su tambaleo, el tremor de su barbilla y sus ojos cerrados como un local de alterne durante el día.

Temo que se recobre inmediatamente de aquel primer envite y se vuelva contra mí de las mil maneras posibles, instándome por ejemplo a ocuparme de mis propios asuntos. Quizá sea ésa la reacción que busca mi comportamiento neurótico y egoísta. Hace mucho tiempo que no tengo el privilegio de protagonizar una pelea conyugal. Sin embargo, Hortensia se dirige hacia la puerta del salón y por toda respuesta desaparece. Trato de seguirla para disculparme pero desisto a tiempo. Mi comportamiento adolece de falta de sentido, orden y concierto. Nada de lo que haga podrá paliarlo, ni mucho menos compensarlo. Puede incluso que si la sigo por el pasillo, arrastrando mis disculpas junto con mi dignidad, consiga empeorar la situación, así que decido evadirme de la realidad con la ayuda de un libro y unas gafas.

No mucho después Hortensia reaparece en el vano de la puerta desmaquillada y sin peluca. Ni pañuelo. Ni siquiera lleva las cejas pintadas. Tal como me sucedió cuando la vi en el baño parpadeo de inquietud, casi con violencia, como si una enorme mota de polvo se hubiera colado en mis ojos. Parece una criatura del futuro, una extraterrestre recién aterrizada en mi casa, quién sabe si con la velada intención de abducirme. Supongo que ésa es su idea de la sinceridad: mostrarse ante mí sin disfraz alguno, menos hermosa que de costumbre pero más femenina que nunca.

—Siempre he bailado —dice—, desde que era pequeña.

Se acerca a mí y se sienta pesadamente en el sofá con la actitud de quien prefiere rendirse a poner en peligro su honra. Me quito las gafas, dejo el libro sobre la mesita y me arrellano a su lado adoptando mi postura favorita: una pierna doblada por completo para poder sentarme sobre mi propio tobillo. Es mi forma de decir que estoy dispuesto a escucharla.

Hortensia toma aire y suspira, luego emite una fugaz sonrisa, más tarde arruga la frente y cabecea varias veces. Da la sensación de que ya ha empezado a hablar y por un momento temo haberme quedado súbitamente sordo, pero enseguida comprendo que está manteniendo una conversación interior, quizá para ordenar sus pensamientos y sensaciones antes de abrir la boca.

—No creo que te sorprendas —se arranca, por fin— si te digo que me enamoré del marido de mi madre.

Por supuesto, no lo hago. Al contrario, me parece algo natural, considerando que no se refiere a su verdadero padre. Es posible que todos los amantes se enamoren de los padres o los hijos de sus parejas, dado que ambos comparten buena parte de sus cualidades físicas y psicológicas. Lo único que les diferencia es la edad, lo cual explica que los padres se enamoren con más frecuencia de los amantes de sus hijos que a la inversa.

—Desgraciadamente él me correspondió —sigue Hortensia—. Habría sido más fácil aceptar su indiferencia y superar el trauma a solas o con la ayuda de otro amante.

No alcanzo a entender el orden en que sucedieron los acontecimientos. Ignoro quién se enamoró primero o si lo hicieron al unísono. Ni sé si eso reviste alguna importancia. Esta ley genética de los enamoramientos afines es de naturaleza conmutativa. Hortensia se enamoró del modelo de hombre elegido por su madre, y Armando reconoció las cualidades de su madre en Hortensia, contenidas en un cuerpo mucho más joven, terso y esbelto.

—Mi madre no sospechaba nada. La felicidad idealizó su relación con Armando y le impidió advertir la presencia de rivales a su alrededor.

Hortensia habla con una carga de culpabilidad que se hace patente en sus palabras, así como en sus gestos, las cejas inexistente pero aun así enarcadas, los labios apretados, la cabeza calva negando todo el tiempo, como dotada del armónico movimiento de un péndulo.

—Recuerdo aquellos primeros meses de su matrimonio con euforia. Me sentía llena de ilusiones, energía, vida...

Mira hacia arriba, imagino que tratando de buscar un cielo piadoso y comprensivo, pero el techo del salón se interpone en su mirada.

—Era verano y la orquesta actuaba cada noche en un lugar distinto. Viajábamos en una furgoneta de varias plazas. Armando se sentaba entre mi madre y yo. Así podía abrazar a mi madre y abandonar una mano descuidadamente junto a mí. Cuando mi madre se dormía, Armando buscaba mi mano. Primero con un simple roce, dedo contra dedo, luego una caricia, un delicado movimiento repetido varias veces sobre la palma o el dorso, hasta ganar intensidad y acabar cruzando los dedos con fuerza, acoplándolos repetidamente con el ímpetu de un encuentro sexual.

Debo contener un respingo de mojigatería al escuchar aquella inesperada y franca confesión. No hay necesidad de llegar a semejante nivel de explicitud, lo que significa que Hortensia ha tomado la decisión de sincerarse ante mí sin paliativos, tal y como proclama su cosmética desnudez.

¿No querías saber la verdad?, parece decirme con la mirada. Pues prepárate, porque los detalles pueden causarte más dolor del que tu curiosidad está dispuesta a soportar. Cambio de postura. Se me ha dormido el pie sobre el que me hallaba sentado y empieza a asustarme su actitud. Tal vez si me muestro menos contemplativo logre rebajar su locuacidad.

—Esa relación clandestina, intensamente erótica pero intachable y casta al mismo tiempo, me proporcionaba un inmenso placer. No me sentía culpable. Y supongo que Armando tampoco. Lo único que hacíamos era unir nuestras manos sentados en una furgoneta. Ni siquiera nos mirábamos, porque en todo momento manteníamos los ojos cerrados pretendiendo estar dormidos.

Mi cambio de postura no ha surtido efecto alguno. Hortensia se halla embravecida como una protuberancia solar, tal vez resentida, puede que rabiosa. No hay modo de detenerla.

Francho no encontraba a Diego por ninguna parte. Igual que Chelo, parecía haber desaparecido. Acudió al almacén varias veces, a distintas horas del día y de la noche, antes de decidirse a preguntar por él en la barra del bar. La camarera a la que se dirigió hizo un mohín de indiferencia. No sabía dónde podía estar, ni parecía importarle. Y además se extrañaba de que alguien preguntara por un hombre en una plaza de mujeres como aquélla.

Su única confidente posible era Sandra, pero no quería ponerla en peligro visitándola de nuevo. Era inútil y arriesgado, una acción impropia de un hombre cauto como él. No podía hacer nada más, salvo acudir al piso donde había vivido Irene con la esperanza de encontrar alguna pista del paradero de Chelo. Se detuvo a pensar. Había dos medios para acceder a ese lugar: por la puerta principal o por el balcón de la habitación de Irene. Esta segunda opción requería alcanzar la azotea del edificio y seguir a la inversa el itinerario que había recorrido cuando se fugó de allí con Irene, lo cual no se le antojó difícil. El problema no sería entrar en la habitación, sino arriesgarse a sorprender allí a una prostituta encamada con su cliente. Eso alertaría a la vieja que le había abierto la puerta, quien no tardaría en identificarlo, dando fin a su aventura. Siguió meditando, la barbilla en la mano, la respiración contenida, los ojos cerrados, la doblez en el ceño, hasta que espiró profundamente el aire cautivo: sólo había una solución lógica.

Volvió a casa con el gesto de alivio de quien cree tener un plan para conseguir lo que se propone. Irene estaba en su habitación, tendida boca abajo sobre una toalla extendida junto a la cama, tomando el sol en las nalgas y la cara posterior de los muslos. Ésos eran los límites a los que llegaba la luz que entraba por la ventana, el resto del cuerpo permanecía en la sombra. La presencia y ausencia del sol sobre su cuerpo parecía haberla vestido con un sutil conjunto de lencería de color oro intenso, más erótico que ninguno de los que Francho recordaba haber admirado en los catálogos de la mercería, motivo por el cual tuvo que serenarse antes de acercarse a ella y despertarla, pues pese a lo incómodo de yacer en el suelo se había quedado dormida.

—Recuerdo aquellas semanas como en un sueño, seguramente porque las viví con el temor y la duda de que no fueran reales.

He tratado de hacerla callar varias veces sin ninguna fortuna, lo que me conduce a pensar que no me habla de Armando porque tenga ninguna deuda conmigo, sino porque lo necesita. No busca mi comprensión sino su redención por medio de la palabra. Es incluso posible que sea la primera vez que le cuenta ese episodio de su vida a un semejante, así que no puedo evitar sentirme como el confesor que escucha en silencio al otro lado de la celosía.

—Hacia mediados de verano mi madre enfermó de anginas y se quedó afónica. Tuvo que quedarse en casa un par de semanas. Armando contrató a otra cantante para sustituirla temporalmente en el escenario. Yo la sustituí en todo lo demás.

Compone un gesto de fingida sonrisa para subrayar sus palabras, como si diera por terminada su confesión.

—Dejamos de cruzar los dedos en la furgoneta y aprovechamos los viajes para dormir, aunque fuera en la incomodidad de sus asientos. Ya puedes imaginar por qué.

No quiero imaginar nada. El pánico que me provoca la desnudez de la verdad me obliga a seguir escrupulosa y puntualmente el relato de Hortensia, sin dejar espacio para que la imaginación agregue sus tremendistas suposiciones.

Ella se levanta y se dirige lentamente hacia su habitación, como si la penitencia de sus pecados fuera el destierro. Abandonado en el sofá, malherido y sin fuerzas para defenderme, soy presa de los impíos carroñeros de la mente. Primero acuden los remordimientos, acusándome de haberme aprovechado de la debilidad de una enferma para saciar la curiosidad de mis celos. Después el hastío interior que sufre quien ha querido saber más de lo que está dispuesto a comprender. Y seguidamente la inflamable imaginación, adornando el relato de Hortensia de caprichosos detalles, escenas, efectos especiales y música de fondo. La angustia me provoca deseos de gritar. Quiero proclamar la vida ante estos carroñeros sin escrúpulos que sólo persiguen mi ruina moral, pero por fortuna consigo dominarme a tiempo, quizá porque estoy seguro de que nadie puede ayudarme. Mis gritos sólo servirían para poner en peligro la poca autoestima que me queda.

22
De la feminidad

Pese a que Francho hizo un enconado esfuerzo para concentrarse en un punto fijo —según había leído en un libro de autoayuda— y que Irene trató de ser lo más cuidadosa posible, el dolor era a veces incontenible y se materializaba en agudos alaridos, lagrimones que resbalaban por sus mejillas o invocaciones a la divinidad de guardia que acabaron de condenar el alma de Francho al fuego eterno, si es que no lo estaba ya por completo a esas alturas de su vida.

Irene no comprendió si aquella ocurrencia de su carcelero se debía a una nueva perversión de tinte erótico, a su voluntad por cambiar de aspecto físico o tan sólo a la necesidad de ser acariciado por todo el cuerpo, como si una depilación integral pudiera confundirse con una caricia torpemente camuflada. En cualquier caso se abstuvo de hacer preguntas. Cuando Francho le pidió ayuda aquella tarde, armado con cera depilatoria en una mano y crema hidratante en la otra, decidió colaborar sin saber lo que pretendía.

Francho era uno de los hombres más peludos que había visto en su vida. No sólo tenía una abundante mata de cabello, barba hasta los pómulos y vello acaracolado en el pecho, sino que el vello continuaba por los hombros y la espalda, el bajo vientre, las piernas y el dorso de las manos incluyendo los dedos. Sin olvidar que sus pobladas cejas se unían sobre la nariz con la despiadada contumacia de los defectos, haciendo inútil la escrupulosa depilación a que Fran-

cho las sometía regularmente con la ayuda de unas pinzas.
Irene había depilado a muchas compañeras del oficio a lo largo de su vida. Tenía buenas manos y le gustaba el aroma de la cera caliente. Lo encontraba relajante. Alguna vez, antes de abandonarse a la suerte esquiva y caer en manos de los hombres, había pensado en dedicarse a ello profesionalmente, aunque nunca se lo había dicho a nadie. Solía acabar la depilación con un masaje hidratante, repasando la piel de sus compañeras de arriba abajo, como una alfarera de piernas y axilas. Pero el caso de Francho era especial. Necesitó todo el bote de cera para depilar su cuerpo y todas sus fuerzas para aplicarle un masaje después. Acabó tan cansada como si hubiera depilado a todas las chicas de Koyak.

Hortensia y yo vivimos agrias horas de incomunicación, lo más parecido a una disputa marital causada por uno de esos fantasmas del pasado que de vez en cuando se cuela inoportunamente en el presente. No hemos dejado de hablarnos, ni siquiera de hacerlo en tono cordial, tratando de simular normalidad, en busca del rumor de cotidianidad que las palabras aportan al hogar, pero hemos comenzado a evitarnos. Si yo estoy leyendo en el salón, Hortensia prefiere ir a la cocina a preparar la cena. Si yo decido pasear, ella opta por quedarse en casa. Y viceversa.
Dos fuerzas tiran de mí, como si fuera una estrella vieja en cuyo interior pugnan las fuerzas nucleares con las gravitatorias. Por un lado, deseo manifestar mi rabia interna ante Hortensia, darle un rotundo desplante que despeje cualquier duda sobre el alcance de mis celos y la congoja interior que padezco. Y por otro, anhelo el momento de la reconciliación. Quiero pedirle perdón, disculparme, humillarme ante ella. Me siento como un valiente guerrero capaz de batirse contra decenas de enemigos en el campo de batalla pero incapaz de soportar el desamor

de una sola mujer. Es una sensación inédita, razón que justifica la cierta distancia con que la percibo, pues me cuesta reconocerme en semejante estado de neurosis.

Por suerte para mí Hortensia sigue reclamando cada día mi ayuda para entrar y salir de la bañera, temerosa de hacerse daño y empeorar su deterioro físico. Es un ejercicio expiatorio de gran eficacia. La desnudez de la carne —sobre todo si va acompañada de la ausencia de vello— dificulta el eclipse de los sentimientos, la expresión de palabras con doble sentido y cualquier grado de figuración gestual. Esa desnudez extrema, que se genera cuando la carne cede su redondez a las aristas de la osamenta, impide la eclosión de sentimientos ajenos a la honradez y la verdad.

—Debes perdonar mi falta de tacto —le digo más tarde, mientras la asisto en la bañera—. Hace mucho tiempo que no convivo con nadie. Soy un solitario en proceso de rehabilitación y aún me queda mucho por aprender. No tengo derecho a mostrar curiosidad por tu pasado. Ni a sentir celos de Armando. En realidad nadie debería tener esos derechos, mucho menos alguien libre de todo compromiso como yo.

Los azulejos del baño actúan como las paredes de un lugar sagrado, procurando a mi voz una nueva textura que embellece mi discurso. Se trata de un eco amable que me ayuda a ser sincero. La armonía de las palabras depende tanto de la intención del hablante como de su voz. Lo mismo sucede con las partituras musicales, que son capaces de evocar distintas sensaciones cuando son interpretadas por distintos instrumentos.

—En toda mi vida nadie se ha comprometido conmigo más que tú.

Me encuentro arrodillado ante ella. Soy un peregrino recién llegado a su destino, postrado con precipitación y arrobamiento ante la imagen de un santo o una virgen, un tótem o un oráculo. Y el oráculo acaba de hablar.

Una vez que Irene concluyó la depilación, Francho se admiró en el espejo de su dormitorio. Dispuso las puertas del armario para acceder visualmente a su espalda y a sus nuevos perfiles. Irene se sentó en la mecedora y contempló las poses de Francho frente a su reflejo. Sin pelo ni vello parecía un enorme bebé con su carne blanca en las piernas y el abdomen, su cabeza pelada y su mirada inquieta. Francho veía a Irene a través del espejo, arrellanada en su asiento, la cabeza inclinada sobre una mano, el codo sobre una rodilla, el pie sobre la otra pierna, ésta sobre un travesaño de la mecedora, los patines orbitando sobre el suelo. Dudó un instante. A veces el destino juega con nosotros según su capricho, nos conduce al desconcierto e incluso nos hace sonreír.

Francho comenzó a moverse muy despacio, casi imperceptiblemente, apenas un suave balanceo de orden marino, como si se hallara en la cubierta de un barco en alta mar. U orbitando sobre el mismo punto que la mecedora de Irene. Echó de menos un acompañamiento musical, pero palió el silencio haciendo chasquear los dedos al ritmo de sus movimientos. Se acercó al armario y abrió uno de sus cajones. Primero se calzó una braguita rosa con encajes a los lados y un lacito en el centro que se acomodó justo debajo de su ombligo. Luego estiró los brazos y los introdujo en un elegante *bustier* a juego con la braguita, abierto por delante y rematado por el mismo encaje, el lazo y una perla. Su maltrecha figura se estilizó en el espejo. La armonía de la carne, como la de las palabras o la música, depende tanto de la piel como de las prendas que la ocultan o la realzan. Y el cuerpo de Francho, con su piel depilada y adornada por aquella lencería, cobraba un inusual grado de armonía.

Irene lo observó desde la mecedora con el recelo de quien no da crédito a lo que ve. Se figuró que soñaba despierta, otra vez. Francho se gustó. Nunca se había depilado. Las prendas de la mercería ganaban cierto grado de feminidad al contacto con la suavidad de su piel. Dio dos pasos hacia atrás en busca de perspectiva. Negó con la mirada y sonrió. Tuvo que admitir que le faltaba relleno en las copas del *bustier* y le sobraba volumen en la parte delantera de las bragas. Pese a ello encontró una postura adecuada –de perfil, volviéndose hacia el espejo y arqueando la espalda– en la que su cuerpo apenas se diferenciaba del de una mujer.

Volvió al armario y tomó unas medias igualmente rosas, rematadas por un encaje elástico. Se las puso sentado sobre el borde de la cama, componiendo una figura clásica del erotismo. Siguió moviéndose delante del espejo en busca de nuevos ángulos para observarse. Las medias deshacían los últimos vestigios de masculinidad que quedaban en sus rodillas y sus tobillos. Nunca se había gustado tanto, lo cual explica la erección que ostentaba sobresaliendo con fiereza por el borde de las braguitas. Tuvo que darse la vuelta para disimular y, al hacerlo, se enfrentó a Irene. Y le mostró el trasero en el espejo.

Por fortuna ella no percibió su estado de excitación. Francho introdujo el pene entre las piernas y las juntó para inmovilizarlo, mientras giraba sobre sí mismo ejecutando una disimulada pirueta. Luego volvió a mirarse al espejo y contempló su recién adquirido pubis, oculto parcialmente tras los encajes de las bragas, exento de vello y dotado de un pliegue a cada lado, como el de una verdadera mujer. Irene se levantó de la mecedora y caminó en silencio hacia él. Francho permaneció inmóvil, temiendo alguna clase de equívoco. Ella se colocó a su lado y comenzó a acariciarle la espalda mientras mantenía la vista fija en el espejo. Francho cerró los ojos, seguramente para evitar que sus miradas se cruzaran. O tal vez para disfrutar de aquellas silenciosas caricias. Irene siguió deslizando la palma de su mano por el pecho y el vientre. La respiración de Francho se aceleró. El pene quiso librarse de su opresión. Irene se agachó y le acarició una pierna, luego la otra. Por último le bajó la cara anterior de las bragas y le examinó el pubis. Los ojos de Francho se abrieron alarmados. Allí estaba lo que Irene buscaba: un pelo rebelde que había logrado escapar a su meticulosa labor depilatoria.

Cuando ella me lo pide, ayudo a Hortensia a salir de la bañera y le acerco su toalla. Sin apenas darme cuenta de lo que hago, comienzo a secarle la espalda. Ella no me desaira. Lo más probable es que tenga dificultades para secarse sin ayuda. Se da la vuelta y le seco el pecho, luego la barriga y finalmente las piernas. No me atrevo a más. Le cedo la toalla y hago intención de salir del baño. Ella me retiene, apresando mi brazo con su mano y mis ojos con su mirada. Tomo entonces la ropa limpia que he dejado antes sobre el radiador y la ayudo a vestirse, empezando por las prendas íntimas. Curiosamente no siento ninguna clase de deseo carnal, si es que hay distintas clases de ese deseo. Hace tiempo que no toco las prendas íntimas de una mujer y aquí estoy —agachado junto a Hortensia—, sosteniendo unas bragas entre mis manos para que deslice por ellas primero un pie y luego el otro, mientras le ofrezco mis hombros para que se apoye y no pierda el equilibrio.

Me estoy comportando como un ayuda de cámara eficaz y discreto. Acabo de vestirla y me dispongo a recoger el baño y preparar la cena. Ella se encarga de poner la mesa. Mientras lo hace puedo comprobar la lentitud con que ejecuta sus movimientos, otro síntoma de su implacable deterioro físico. Cada día que pasa es más lenta. Como un cuerpo celeste en apuros, que va perdiendo la inercia de la rotación atraído por otro cuerpo más masivo, sus fuerzas la abandonan hasta convertir sus andares en los de una anciana. Eso me conmueve. E inmediatamente y sin saber por qué percibo el alivio del consuelo, quizá porque me siento satisfecho de no haber manifestado ansias sexuales en el baño mientras acariciaba su cuerpo con la toalla o le ayudaba a ponerse las bragas. O quizá sólo se trate del mezquino pero inevitable alivio de saber que no es mi cuerpo el que está enfermo.

Cenamos en silencio, disfrutando de una paz recíproca. Nos hemos convertido en una buena influencia el uno para el otro. No encuentro otra forma de describir estos momentos de plenitud que presiden los actos más rutinarios de nuestra convivencia. Puede —quién sabe— que hayamos alcanzado un grado superior de comunión humana, quizá sólo animal, no sé. En ocasiones las palabras me parecen más propias de animales que de humanos. Son equivalentes al graznido de un ave, el mugido de una res o el relincho de un caballo. El silencio voluntario es sin embargo exclusivo de los seres superiores, aunque desconozco cuántas especies pueden o deben incluirse en esa categoría. Ni si los humanos somos dignos de hacerlo. Sólo sé que esta noche Hortensia y yo sí lo somos.

23
Del juicio final

Francho reapareció de nuevo en la plaza de Santa Isabel, esta vez sin necesidad de buscar el cobijo de un disfraz o un camuflaje. Nadie sería capaz de reconocerlo. Ni siquiera él mismo lo hacía cuando se topaba con su reflejo en el escaparate de una tienda o en la marquesina de una parada de autobús. De ahí provino una firme sensación de libertad, la que experimenta quien de pronto se hace invisible a los ojos de los demás.

Llegó al portal, subió al piso, llamó a la puerta y se encontró con la anciana que había custodiado a Irene. Ni que decir tiene que no lo reconoció, aunque lo miró con cierto remilgo, guardando una prudente distancia, como si se hallara ante un apestado que pudiera contagiarle alguna enfermedad.

—Quisiera ver a Chelo —pidió Francho, una vez que la anciana le franqueó el paso.

Habló en un tono de voz extrañamente nasal. Se diría que su cambio de imagen le había trastocado otras funciones de la expresión, como el habla. Es probable que todos alterásemos nuestro registro de voz si tuviéramos la oportunidad de cambiar tan radicalmente de imagen.

—¿Tiene cita? —preguntó la anciana.

Francho negó con la rotundidad que le proporcionaba su recién adquirido cráneo de extraterrestre.

—¿Es la primera vez que viene por aquí? —prosiguió la anciana.

—Es la primera vez que vengo para ver a Chelo —parafraseó Francho.

La anciana hizo un gesto de sorpresa. Se diría que no esperaba escuchar tanto aplomo en boca de un ser de otro planeta.

—Lo siento mucho pero Chelo no está disponible —dijo.

Francho se había preparado a conciencia para vencer resistencias y sortear obstáculos. No esperaba facilidades. Sentía sus nervios como firmes cables de acero capaces de resistir cualquier situación. Volvía a ser el agente secreto en mitad de una misión potencialmente cierta.

—Sólo quiero hablar con ella —recalcó a modo de confesión.

—Eso no puede ser.

—En ese caso —replicó Francho—, quiero ver a Koyak.

La anciana se sobresaltó y comenzó a mover la cabeza con la cadencia de un ventilador, como si hubiera recibido una pequeña descarga eléctrica. No hay por qué sorprenderse. La osadía de un desconocido puede tener el mismo potencial que la corriente eléctrica.

—Koyak tampoco está aquí —acertó a decir la anciana, mientras abría la puerta.

Era una invitación para que Francho se fuera por donde había venido.

—Mire, abuela —dijo éste, rozando la mala educación que en ocasiones acompaña a la osadía de un desconocido—. No busco problemas. Ni los causo. Sólo soy un viejo amigo que busca a Chelo. Si ella no está, quiero hablar con Koyak. No me iré de aquí hasta que no lo haga, de modo que cierre la puerta y vaya a buscarlo. Lo esperaré aquí mismo.

Se encaminó a la salita de espera y tomó asiento. La anciana parecía desarmada. No estaba acostumbrada a recibir sermones. En ese instante sonó el timbre. Eran dos clientes y, a juzgar por la familiaridad de su comportamiento, bastante asiduos. Francho comenzó a hojear una revista con la arrogante parsimonia que le otorgaban sus nervios de acero. Era una publicación llena de fotografías, con breves y procaces comentarios intercalados. Casi por sorpresa advirtió que los órganos sexuales de los actores y actrices que posaban en ellas aparecían completamente rasurados. No era la primera vez que se fijaba en ese detalle, pero nunca antes lo había hecho sin un solo pelo en el cuerpo.

El silencio entre Hortensia y yo se repite a menudo desde que aquella oportuna llamada de Armando nos recordó quiénes éramos. Ignoro si el resto de los mortales conoce el valor del silencio, pero los amantes de la buena música somos capaces de apreciarlo como parte fundamental de una partitura musical. El silencio es más valioso si se juzga por contraste con los tonos y los timbres, si se le asigna el mismo valor que una melodía. Así entendido no resulta embarazoso ni apremiante. Al contrario, genera un clima de intimidad compartida en el que casi es posible leer el pensamiento de los demás. El único riesgo de convivir entre silencios es que las palabras —que con frecuencia tienden a la vacuidad de un comentario elemental, la adjetivación de una obviedad o el subrayado de una muletilla mil veces repetida— adquieren una trascendencia no buscada. Y por ello las conversaciones dejan de ser banales y se convierten en valiosas piezas de significación, lo cual hace que la convivencia sea más teatral de lo acostumbrado. Los contertulios sólo dicen lo imprescindible, midiendo la longitud de sus parlamentos, sin ceder a la vulgaridad o la ordinariez. Las frases se adornan o se reducen a su mínima expresión —según sea el caso— y están dotadas de más intención que las que surgen espontáneamente en otras situaciones. Buscan sorprender o aliviar o reprender o emocionar. Y esa intención condiciona también las demás formas de expresión, haciendo que los gestos, ademanes y muecas se contaminen de una expresividad literaria, como si estuvieran representándose ante un patio de butacas.

—Mi madre sanó de su indisposición pasadas esas dos semanas. Volvió a la orquesta y recuperó su puesto tanto en el escenario como en el lecho, al lado de Armando.

No trato de hacerla callar esta vez. No serviría de nada. Hortensia ha decidido pagar mis atenciones con su sinceridad, aunque desconozco si sospecha el daño que me causan sus palabras. No sé si quiere corresponderme o torturarme. Incluso cabe la posibilidad de que no pretenda hacer ninguna de las dos cosas y mi papel en esta obra no sea más que el de un inmutable psicoanalista apostado frente a una paciente con una libreta en una mano y un bolígrafo en la otra.

—No puedo expresar lo que sentí entonces —continúa, después de carraspear un par de veces—. No es fácil encajar unos sentimientos tan encontrados, opuestos y contrarios como el amor y los celos que provienen simultáneamente de una madre.

A la media hora de estar hojeando revistas pornográficas, justo cuando Francho se había levantado en busca de la anciana, temiendo que se hubiera olvidado de él, ésta apareció por el pasillo haciéndole señas para que la siguiera. Francho lo hizo después de espirar todo el aire de sus pulmones, en un gesto que tenía lo mismo de relajante que de estimulante. Uno detrás del otro recorrieron un pasillo largo y tortuoso, casi un laberinto repleto de puertas necesariamente cerradas a ambos lados. Koyak poseía varios pisos y había hecho tirar los tabiques que los separaban para hacer de ellos uno más amplio. Aunque a Francho le pareció que se hallaba inmerso en uno de esos sueños que parecen reales salvo por la desproporción espacial de los lugares donde transcurren.

La anciana se detuvo por fin ante una puerta de doble hoja, esperó a que su perseguidor llegara junto a ella y se marchó, no sin antes lanzarle un desplante en forma de fugaz mirada. Lo dejaba solo ante el peligro. Francho volvió a inspirar y espirar profundamente el aire del pasillo, dos o tres veces, tratando de que su corazón dejara de golpearle las costillas. Por fin iba a conocer al destinatario del sobre. A Koyak. Era inevitable sentir un hormigueo en el estómago y tener dificultades para mantener la calma, aunque curiosamente eso no le impidió sonreír un momento. No se encontraba asustado, sino excitado. Empujó la puerta y accedió a una habitación de grandes dimensiones muy pobremente iluminada. En el rincón más alejado de la puerta, bajo una marina al óleo enmarcada en color purpurina, había una mesa de despacho.

—Pasa y siéntate —oyó decir al sujeto que se hallaba sentado tras ella.

Francho se aproximó con cautela, temeroso de dar un paso en falso y a la vez ansioso por conocer a Koyak. Se sentó frente a él y lo miró sin tapujos a la cara. Koyak no se inmutó. No era un hombre calvo, ni tampoco melenudo. No usaba gafas de sol, ni era corpulento. Aparentemente no compartía ningún rasgo físico con el célebre detective de la mitología televisiva, lo que provocó en Francho una mueca de desencanto. En ocasiones las ansias por descubrir un pequeño enigma velan cualquier otra reacción, por primaria que sea.

—Quién eres y qué quieres.

No era una pregunta concreta. Parecía un tema de examen para desarrollar libremente. Invitaba a la divagación, quizá a la floritura, y desde luego a la loa de lo potencialmente cierto.

—Soy el hermano de Chelo y quiero verla.

Se oyó un crujido de madera a un lado de la mesa. Francho desvió hacia allí su mirada y percibió la sombra de otro ser humano. No se extrañó: lo último que esperaba era que Koyak lo recibiera a solas.

—Para qué quieres verla —replicó éste.
—Para despedirme.

—¿Te vas a alguna parte?

Francho asintió con un expresivo gesto de resignación. El otro se acodó en la mesa, juntó las manos y apoyó en ellas su mentón.

—Adónde —preguntó.

—Aún no lo sé. No depende de mí.

—¿De quién depende?

—Del tribunal que esté de guardia el día del juicio final.

Koyak emitió un carraspeo a modo de respuesta. Lo mismo podía ser el atisbo de una risa que de un improperio. Siguió mirando a Francho sin perder la compostura. Se diría que estaba acostumbrado a este tipo de careos. Además, tenía un gorila cubriéndole las espaldas, lo cual preserva la compostura de cualquiera.

—No me gustan los chistes malos —le reprendió.

—No es ningún chiste —respondió Francho, con un largo suspiro de pretendida sinceridad—. Estoy enfermo y me temo que no voy a vivir mucho tiempo. El juicio final dictará el destino de mi viaje.

Su interlocutor cambió de postura y se arrellanó sobre su asiento. Parecía pensativo, casi absorto. Puede que las palabras de Francho le hubieran impresionado. O tal vez se le había dormido una pierna y quería estirarse.

—Chelo nunca me ha hablado de ti.

Francho se volvió hacia el lateral de la mesa, que era de donde había provenido la frase. El gorila había dado un paso adelante para entrar en escena. Era un hombretón alto y robusto, calvo por completo, con gafas oscuras y el palo de un caramelo sobresaliendo inconfundiblemente de su boca.

24
De las aves migratorias

—Nunca antes me había sentido así. Mis hermanas no me ocasionaron celos ni envidias. Supongo que la prematura muerte de mi padre me obligó a relativizar las pequeñas miserias de la vida y me ayudó a superar los sentimientos egoístas. No sé.

Hortensia me mira como si esperase algo de mí. Tal vez debo pronunciar alguna de esas fórmulas cordiales que se usan en estos casos. «No debes atormentarte por el pasado.» «Los sentimientos son impredecibles.» «No tienes la culpa de lo que sucedió.» Sin embargo, una vez más guardo silencio. Soy hombre de pocas palabras y procuro que al menos no sean frases hechas.

—Llegué a odiar a mi madre —prosigue Hortensia, apretando los ojos y los puños—. Quise que volviera a enfermar, tuviera que ser ingresada en un hospital y no regresara nunca más a la orquesta. Me volví huraña, desconfiada y me las ingenié para pasar el mayor tiempo posible entre ellos dos, negándoles cualquier grado de intimidad. Armando criticaba mi actitud. Decía que iba a provocar la suspicacia de mi madre, pero yo no podía evitarlo. Pasaba las noches en blanco, sin pegar ojo, acudiendo constantemente a la puerta de su cuarto para averiguar si hablaban, si dormían o si hacían el amor.

Enmudece un momento para reponerse al trauma del recuerdo. Vuelvo a sentir la obligación de abrir la boca y decir algo.

—¿Te sirvo más café? —es todo lo que logro articular.

—Por favor —responde, tendiéndome su taza—. Armando y

yo seguimos viéndonos. No podíamos hacer el amor por la noche, como antes, así que empezamos a hacerlo por el día. Nos las arreglábamos para quedarnos a solas, fundidos en un impetuoso abrazo que pronto se convertía en una cópula violentamente culminada en el interior de la furgoneta, en el baño de la pensión o, incluso en alguna ocasión, al abrigo de los setos de un parque público.

No puedo evitar atragantarme. El café se niega a recorrer su trayecto acostumbrado y me hace toser, seguramente porque ese trayecto se halla estrangulado al escuchar aquella cruda franqueza que traspasa con amplitud los límites de la confidencia. Hortensia se da cuenta de mi estado y me pide disculpas.

—No he debido contarte algo tan íntimo —dice—. Lo siento. Me cuesta refrenar la verdad ante ti. No sé por qué.

Suspiro y enarco las cejas. Por primera vez tengo algo que decir.

—Puede que sea porque todos los días te asisto en el baño.

Asiente con una sonrisa.

—Soy como un bebé recibiendo los cuidados de su padre —dice, y eleva la sonrisa a una breve carcajada—. Sólo te falta ponerme un poco de talco en el trasero. Y un pañal.

—No me hagas reír —replico en un tono serio, casi severo.

—¿Por qué no?

Hortensia se sorprende de mi seriedad pero guarda silencio. Quizá me crea atribulado por el curso de su enfermedad, temiendo que algún día tenga que ponerle uno de esos siniestros pañales para adultos. Tal posibilidad se me antoja de momento remota y no es la causa de mi fulminante mutismo. Si ella sintió celos de su madre, yo los siento por culpa de Armando. Son no obstante sentimientos distintos, pues al menos su madre era real y real su amor correspondido por Armando. Mi dolor en cambio procede de una idealización de la realidad, protagonizada por un ser casi fantasmal a quien sólo he visto una vez en toda mi vida.

El verdadero Koyak se acercó a Francho y lo miró con atención, posiblemente buscando similitudes entre los dos supuestos hermanos. Francho tuvo el mismo tiempo de fijarse en él. Llevaba un pendiente en la oreja derecha, olía a colonia cara, sus gafas de sol estaban graduadas, tenía el mentón saliente, así como la parte superior de las cejas. Había cumplido de largo los cincuenta y el caramelo era de fresa.

—¿Qué te ha pasado? —le preguntó, señalándole el cráneo.
—Quimioterapia.

Koyak no se inmutó, no al menos para que su rostro o sus manos reflejaran ninguna reacción.

—¿Cuánto tiempo te queda?
—No creo que me tome las uvas de fin de año.
—Entiendo.

La voz de Koyak era grave y algo carrasposa. No parecía afectada por ningún acento conocido y resultaba inusualmente agradable, lo mismo que su aspecto físico. No podía decirse que fuera un hombre hermoso aunque poseía la fuerza de atracción suficiente para alcanzar el campo magnético de Francho.

—¿No crees que es una visita muy cruel? —conjeturó Koyak—. Presentarte ante tu hermana después de tanto tiempo para darle semejante noticia.

—La visita realmente cruel tuvo lugar cuando el médico me comunicó lo que tengo —respondió Francho sin perder la cara de su oponente—. Esto es sólo una despedida.

Koyak dio un largo lametón a su caramelo, haciendo que su palo ejecutara unos graciosos molinetes entre sus labios.

—Supongo entonces —dijo, sacándose el caramelo—, que también querrás despedirte de tu sobrina, ¿no?

No cabía duda de que Koyak era un consumado estratega.

—Ignoraba que estuviera aquí —respondió Francho, haciéndose el sorprendido—. Le perdí la pista hace años.

—Yo no he dicho que esté aquí —recalcó Koyak—. Sólo me preguntaba si también querrías despedirte de ella.

Francho dudó un instante. No quería mostrarse suspicaz. No quería delatarse.

—Supongo que no —resolvió—. Sería un encuentro desgraciado y no deseo que sufra innecesariamente. Apenas me conoce. Sólo necesito ver a Chelo.

—La situación se prolongó hasta bien entrado el mes de octubre, que es cuando termina la temporada de conciertos y fiestas populares. Volvimos a la ciudad y todo se hizo más difícil. Los tres vivíamos en el mismo piso. Era agobiante. Nos faltaba espacio. Armando y yo apenas podíamos robarnos un beso de buenos días o de buenas noches a espaldas de mi madre.

Hortensia se levanta y se acerca al equipo de música. Estamos en el salón, escuchando la cantata BWV 140, una de mis favoritas. Deja sonar la primera pieza, una obra coral adornada por unos hermosos compases de cuerda, pero en cuanto ésta termina y el primer recitativo irrumpe en la estancia, apaga el equipo.

—Por suerte, mi madre quedaba con sus amigas un par de veces a la semana. Faltaba de casa dos o tres horas, las mismas que Armando y yo empleábamos en amarnos lo más intensamente posible para soportar el resto de la semana.

Hago un esfuerzo para no imaginarme aquellos encuentros gobernados por el ímpetu de las ansias reprimidas: dos amantes furtivos ultrajando la cama sobre la que se aman, el dormitorio en que se hallan, siendo infieles individual y conjuntamente a la misma mujer, renegados de sus respectivos papeles de hija y esposo.

—Sólo vivía para esas dos horas. El resto del tiempo no tenía sentido.

Me atemoriza el silencio que deja entre sus frases. Echo de

menos la cantata de Bach. En ese instante estaría concluyendo el dúo para soprano y bajo y comenzaría mi pieza favorita del catálogo, una melodía que remonta lentamente desde los arcos de los violines, seguida de la voz de un tenor que canta el acompañamiento, mientras los violines y el órgano de fondo continúan interpretando la melodía principal.

—No había elección. Armando no quería dejar a mi madre. Ni yo tampoco. No podíamos enfrentarnos a la realidad, porque las reglas de la realidad invalidaban nuestro juego. Vivíamos al margen de las reglas, en la clandestinidad. Y nuestro único futuro era esperar al buen tiempo y volver a formar parte de la orquesta con la esperanza de encontrar nuevas oportunidades para vernos a solas.

Antes de abandonar la estancia Koyak le hizo un gesto casi imperceptible a su secuaz. Éste se levantó de la silla apuntando a Francho con su dedo índice.

—Acompáñame —le dijo.

Francho se mantuvo cauto. No esperaba que el reencuentro con Chelo resultase sencillo y, aunque deseaba que así fuera, le extrañaba ser conducido a su presencia sin más contratiempos. Deseaba extrañarse. Recorrió el largo pasillo nuevamente, siguiendo los pasos del secuaz de Koyak, bastante más deprisa que cuando había caminado detrás de la vieja. No tardaron en acceder a un rellano, bajar unos cuantos tramos de escaleras, entrar por una pequeña puerta oculta al final de la escalera y volver a recorrer otro pasillo, esta vez casi a oscuras, pisando charcos de agua y oliendo a humedad. Acaso caminaban bajo el nivel de la calle, quién sabe si junto a ratas del tamaño de gatos y cucarachas negras camufladas en la oscuridad. Finalmente alcanzaron una puerta de metal cerrada con llave. Tras ella había unas escaleras que subieron resollando. Volvían al nivel de la calle, tal vez a la altura de un primer piso. Llegaron a un rellano alargado y mal iluminado por una bombilla desnuda, debajo de la cual se detuvo el secuaz de Koyak señalando la puerta que tenía enfrente.

—Es aquí —le dijo a Francho mientras procedía a abrirla.

Esta vez sí, Francho dejó que la suspicacia se antepusiera a otros impulsos igualmente instintivos. No le seducía la idea de entrar en un cuarto oscuro sin saber a qué atenerse.

—¿Es aquí donde está Chelo? —preguntó.

—No —respondió el otro—, esto es sólo una salita de espera.

Antes de obligarlo a entrar, le pidió sus objetos personales y lo cacheó a conciencia. Luego lo empujó hacia el interior, haciendo que tropezase con un mueble grande y mullido, mientras la puerta se cerraba tras él con un portazo y dos vueltas de llave. Francho contuvo la respiración. No supo si maldecir o guardar silencio. En el transcurso de aquel laberíntico viaje a través de pasillos y túneles había dejado de ser un invitado y se había convertido en un preso. Buscó a tientas un interruptor y lo accionó. Una luz mortecina iluminó la habitación, dejando como primera constancia que el mueble contra el que había tropezado era una cama. A su derecha había una mesilla, a su izquierda una butaca de terciopelo de color pardo. Detrás de ella comenzaba un alicatado de azulejos destinado a albergar un bidet y un lavabo sobre el que había un espejo salpicado de manchas. Parecía una página de un atlas de geografía. Enfrente de la cama se abría una pequeña ventana que daba a un patio de luces, si es que puede describirse así la sombría angostura que Francho vio al asomarse.

No cabía duda: se hallaba en la típica estancia de un burdel de mala muerte. Los burdeles finos disponen de habitaciones con baño completo, a veces incluso con ducha de hidromasaje y hasta jacuzzi. Se acercó a la cama y se recostó boca arriba, con las manos en la nuca y los pies cruzados, a la espera de que alguien diera señales de vida. No tenía la menor idea de lo que iba a sucederle. Tan potencialmente cierto era que se abriera la puerta y apareciera Chelo como que lo hiciera Koyak o alguno de sus secuaces en busca de más información. Sin embargo, no sentía miedo ni ansiedad, tal vez porque su disfraz le proporcionaba un amable cobijo. Era un ser anónimo, invisible −prácticamente inexistente−, y por ello mismo inmune al miedo o a la desesperanza, libre como un preso vestido de guardián. Su única deuda con la realidad era Irene.

25
De las puertas con cerradura

Cada noche me acuesto con la esperanza de que Hortensia concluya su relato, tal como si estuviéramos protagonizando una nueva versión de Sherezade. Deseo librarme del dolor que me provocan los detalles de su incestuoso romance, quiero pasar página y olvidar lo que todavía no me ha contado. Y cada mañana me levanto con la angustiosa certidumbre de que aún no ha llegado ese momento.

–La primavera nos regaló los primeros conciertos de la temporada. Armando y yo recuperamos nuestro amor de carretera, viéndonos a escondidas pero a diario, libres al fin de la tortura que habíamos vivido en la ciudad. Sin embargo, el verano se me hizo muy corto y, además, mi madre no cayó enferma como el año anterior.

Se calla un momento, quizá pensando en la despiadada aversión que todavía siente por su rival. Sus ojos carecen de pestañas. Las lágrimas no se demoran entre ellas, sino que resbalan por las mejillas hasta alcanzar su mentón. Saca un pañuelo del bolsillo y las empapa. Luego me mira. No sé qué quiere de mí. Tal vez constatar que sigo aquí –cabizbajo y atento–, un aspirante a psicoanalista aturdido por las tribulaciones de su paciente.

Hortensia no es dada a las lágrimas. Si ese recuerdo la hace llorar es porque ahora comprende el significado de la enfermedad con la lucidez de un enfermo. Son, pues, lágrimas de otro tiempo. A veces las lágrimas no se corresponden con los hechos que protagonizamos y sobrevienen después, cuando se piensa en ellos. O antes, si uno es dado a presagiar calamidades.

—Seguramente por eso —prosigue una vez que se serena—, supe que no podíamos continuar así. Pronto íbamos a volver a hibernar en nuestro piso de la ciudad, los tres solos. Tres personas, dos parejas. No podía ser. Tenía que tomar una decisión.

Niego con el entrecejo fruncido para subrayar su gráfica conclusión. Quizá lo hago para darle a entender que voy a seguir escuchándola cualquiera que hubiera sido aquella decisión. Ella vuelve a enmudecer, pronunciando un largo silencio de párpados cerrados y manos amarradas. Parece inmersa en sus recuerdos, como si éstos fueran líquidos océanos donde diluir sus lágrimas.

Un rumor de voces y pasos lo despertó. Francho se había quedado dormido sobre la cama del cuartucho, lo cual evidenciaba su sorprendente serenidad. O su grado de inconsciencia. Tardó un poco en recobrar las coordenadas espaciales y temporales de la realidad. No acababa de creer que hubiera podido dormirse en pleno cautiverio. No era la actitud que cabría esperarse de un verdadero agente secreto. Se levantó y se desperezó. Al instante sintió la imperiosa necesidad de orinar. Fue a la puerta y trató de abrirla sin ningún éxito. Se dio la vuelta, se dirigió hacia el rincón alicatado y orinó en el bidet, cuidando de no salpicar alrededor. Luego abrió el grifo del agua y la dejó correr durante unos segundos.

El rumor de voces llegaba desde el patio de luces al que daba la ventana. La abrió y escuchó con atención. Debía de encontrarse sobre uno de los locales de Koyak, probablemente y a juzgar por el largo itinerario que había recorrido tras su carcelero, uno alejado del portal donde vivía Irene. Se abstrajo un momento para trazar mentalmente un croquis de la plaza de Santa Isabel en su cabeza, labor que realizó sin dificultad como habría hecho cualquier cartero en su lugar. Quizá se hallaba sobre el Sex-Appeal o el Ecstasy. No pudo precisar más. De pronto sintió unos pasos distintos, cercanos, sin duda porque no provenían del patio de luces sino del pasillo. Escuchó el repiqueteo de unas llaves y la puerta se abrió. Uno tras otro, entraron Koyak y la anciana que ya conocía.

—He pensado que te apetecería tomar un café —dijo Koyak, apoyándose contra la pared, al lado de la puerta.

Su actitud era cordial, aunque no es fácil precisar si esa cordialidad provenía de la franqueza con que suelen tratarse dos hombres de edad similar o de alguna otra intención más artera. La anciana dejó sobre la cama una bandeja con dos tazas de café y unas pastas de té. Francho no acertó a comprender si estaba recibiendo una amable invitación o su ración diaria de pan y agua.

—¿Dónde está Chelo?

Koyak pareció ignorar la pregunta. Se dirigió a la anciana y le indicó la puerta.

—Puedes irte —le dijo.

Luego se acercó a la cama, eligió un par de pastas y volvió a reclinarse contra la pared. Francho se sintió incómodo al no disponer de una postura tan pretendidamente natural y segura al mismo tiempo. Él también habría querido cubrir su retaguardia.

—Chelo está ocupada —dijo Koyak cuando se hubo comido una de las pastas—. Vendrá más tarde.

—¿Por qué me has encerrado con llave? —preguntó Francho.

En realidad no esperaba ser tratado de otra manera pero no estaba dispuesto a demostrárselo a Koyak. Una inoportuna carencia de escrúpulos lo hubiera delatado.

—Éste es un negocio de puertas cerradas —respondió Koyak, abriendo las manos.

—No comprendo.

—¿Cómo te llamas?

Francho dudó. Por un momento le asaltó el recuerdo de las noches en vela, recitando epopeyas con un cubata en la mano, rodeado de putas.

—Francho —contestó.

Nada más decirlo temió que su interlocutor le preguntara por su apellido.

—Mira, Francho —siguió Koyak, ajeno a su suspicacia—. La base principal de un negocio es tener un producto que vender y en este negocio vendemos intimidad. Y la intimidad sólo se consigue mediante puertas cerradas con llave.

A Francho le sorprendió aquella explicación. Esperaba que Koyak fuera un tipo despierto y hábil, pero no que llegase a teorizar sobre el negocio de la carne con aquella elocuencia.

—Entiendo que se cierren las puertas por dentro —contestó Francho—, pero no por fuera.

—¿Cuál es la diferencia?

—La que media entre la intimidad y la falta de libertad.

Koyak emitió una sonora carcajada.

—Desde mi punto de vista —replicó—, la intimidad siempre se consigue renunciando a la libertad. No es posible de otro modo. Así que no veo la diferencia.

Francho se acercó a la bandeja y tomó una de las tazas procurando mantener la porcelana en silencio. No quería dar la impresión de estar acobardado ni cohibido. Tan sólo tenía hambre. Dio un sorbo al café, comió una pasta y, puede que inducido por su sabor, se abstrajo por un momento de la conversación. La clave de aquel negocio era poseer las llaves que abrían y cerraban las puertas. Y el señor absoluto de la intimidad y la libertad en aquel mundo de laberínticos pasillos era Koyak.

La melodía de un móvil lo devolvió a la realidad.

—Ahora debo irme —dijo Koyak, consultando la pantalla de su teléfono.

—¿Cuándo veré a Chelo? —insistió Francho.

—Cuando termine su trabajo.
—¿Vas a volver a cerrar la puerta con llave?
Koyak asintió con ojos inquisitivos.
—Lo hago por tu seguridad —dijo.
Francho abrió los brazos como quien es dueño de una evidencia.
—¿Y no es esto una privación de libertad?
—Lo es, tienes razón —admitió Koyak—. La seguridad también se consigue renunciando a la libertad.

Hortensia suele levantarse de buen humor y pasa las mañanas atareada, aparentemente despreocupada, ajena al desaliento o la pereza. La tarde, en cambio, se le hace larga y tediosa, y la convierte en una paciente melancólica y vulnerable. Muchas veces he tratado de llevarla de compras, de bares, al cine o a dar un paseo, pero casi siempre muestra su preferencia por quedarse en casa. Ignoro si se niega a salir porque se siente infeliz o si es precisamente la idea de salir y abandonar el cobijo del hogar lo que le causa infelicidad. No alcanzo a comprender la frecuencia y longitud de sus ciclos de humor, cambiantes como los de una estrella cefeida, aunque mucho menos predecibles. En todo caso esos cambios justifican sus gustos musicales. Por las mañanas escucha las pegadizas melodías de las listas de éxitos de la radio, mientras que por las tardes se decanta por las obras del catálogo BWV. Bien es cierto que tampoco he llegado a saber si su melancolía vespertina la conduce a Bach o si, por el contrario, la música de Bach le causa melancolía.

Sus últimas palabras me han sumido en un embarazoso desconcierto. Su confesión ha alcanzado el punto de no retorno, lo que significa que estoy a punto de saber más de lo que debo. Sólo me queda una alternativa. Tengo que idear un plan para distraerla. Y hacerlo rápidamente, a ser posible prescindiendo de la música de Bach. Lo único que se me ocurre es ir al quiosco y comprar una revista especializada en baloncesto que incluye un DVD con las mejores jugadas de la liga.

Después de cenar, una vez acomodados en el sofá y antes de que ella retome el hilo de su narración, le muestro la revista y la hojeamos juntos, deteniéndonos en las páginas que tratan de la plantilla de nuestro equipo local, donde se resume la biografía deportiva de cada jugador, se incluyen sus estadísticas de la temporada, unas cuantas fotos lanzando o defendiendo debajo del aro y algún detalle curioso sobre su personalidad. Por un momento creo que es un ejercicio eficaz para espantar a los fantasmas del pasado.

—Sólo unos cuantos elegidos pueden jugar a baloncesto —digo señalando las fotos de la revista—: es un deporte de gigantes. Hay pocos deportes que estén tan determinados por una cuestión física. Yo, por ejemplo, podría haber jugado a fútbol, a rugby, podría haber practicado piragüismo o natación, tenis o frontón, pero jamás habría podido jugar a baloncesto.

Semejante disertación pretende forzar un debate entre nosotros. Lo que digo es muy discutible: en casi todos los deportes hay limitaciones físicas. El baloncesto no es ninguna excepción. Además, ella misma lo ha practicado y no es una giganta. Se trata de un mero pasatiempo dialéctico con la sana e ilusa intención de distraer su atención del pasado. Otra vez el sudoku de las palabras.

Hortensia me mira y parece responder a mis expectativas, porque me pide que ponga el DVD para ver qué contiene. Me levanto confiado con la suficiencia de quien comprueba la eficacia de un plan previamente urdido, pero ella me devuelve a la escabrosa realidad de sus secretos.

—Lo único que podía hacer para conseguir a Armando y librarme de mi madre —dice, congelando mi gesto, como si hubiera pulsado la pausa del mando a distancia— era quedarme embarazada.

26
De madres e hijas

Irene vivía ajena al tiempo, sin saber con certeza en qué día de la semana ni en qué mes se encontraba. Sólo era consciente de la alternancia que se producía diariamente entre la mañana, la tarde y la noche, gracias a la luz del sol que entraba por la ventana del dormitorio. Tal abstracción temporal evitó que se preocupara antes de lo necesario por la larga ausencia de Francho. Ya se había acostumbrado a sus idas y venidas, a pasar parte del tiempo sola y parte acompañada por su anfitrión. Él se había convertido en otro astro solar que del mismo modo salía y se ponía regularmente.

El frigorífico se hallaba bien surtido. Francho lo había aprovisionado a conciencia por si algún imprevisto no contemplado en su plan lo alejaba temporalmente del hogar. Por esa misma razón había conseguido dosis de metadona para varios días. Irene podía alimentarse y medicarse con toda normalidad, así como recibir los rayos del sol sobre su espalda mientras descabezaba una siesta antes o después de comer. Podía seguir disfrutando de la paz y el confort de aquel balneario sin depender de la presencia de Francho, pese a lo cual —y paradójicamente— lo echaba de menos. Se había acostumbrado a su silenciosa compañía, sobre todo cuando él se sentaba en la mecedora del dormitorio para admirar la silueta de su cuerpo, o cuando velaba su sueño en las noches de insomnio. Francho era su protector, una figura a medio camino entre un padre y un admirador rendido a sus encantos. Ningún hombre la había tratado así hasta entonces, acariciándola sólo con las pupilas, estudiando sus movimientos mientras se ponía unas bragas o se abrochaba un sujetador, sin intención de tocarla o besarla. Él sólo estaba interesado en ella desde un punto de vista estético. Y esa actitud le confería el valor de una obra de arte, digna incluso de algún mérito a juzgar por el interés de su mecenas. Es natural que se sintiera halagada. Nadie es indiferente a la admiración de otro ser humano, si esa actitud surge de la fascinación estética y no admite dobleces de intención. Quizá sea el grado máximo de comunión que pueda caber entre seres humanos de distintos sexos.

Desde que se supo cautivo en el cuartucho de Koyak, Francho pensaba en Irene muy a menudo. A pesar de haberle dejado comida y medicinas para varios días, le preocupaba el bienestar de su protegida. No olvidaba que había cerrado la puerta con llave y había desconectado el teléfono, como hacía cada vez que salía de casa. Y por tanto Irene estaba tan cautiva como él mismo. O más, porque su liberación dependía de la suya propia. Sus cautiverios estaban encadenados −uno dentro del otro−, como muñecas encajables.

Él también había perdido la noción del tiempo. La luz que entraba por su ventana era tan escasa que resultaba inexpresiva. No era luz de mañana ni de tarde, no traía colores, texturas, ni matices. El único contacto que mantenía con la realidad procedía del local sobre el que se encontraba, en forma de vibración acústica. Ése era el ritmo de aquella casa. Cuando el local estaba vacío reinaba un silencio atroz, hueco como una cavidad subterránea, y cuando se llenaba de parroquianos se percibía un rumor festivo compuesto por voces, pasos, palmas, risas y un fondo de percusión musical. Aquella casa era ajena a la rotación terrestre. No seguía el ritmo que marca la luz y la oscuridad, sino uno propio regido por los instintos y deseos de la parroquia.

Regularmente y siempre acompañada por uno de los gorilas de Koyak la anciana abría la puerta y dejaba sobre la mesilla una bandeja con un bocadillo y un refresco o un café con leche y unas pastas. Sin embargo, estas —casi fantasmagóricas— apariciones no le ayudaban a recobrar la noción del tiempo, pues la anciana no abría la boca, siempre indiferente a las preguntas de Francho. En una de esas ocasiones la puerta se abrió y se cerró casi inmediatamente con un sonoro portazo, sin respetar el silencioso proceder de la vieja. Francho se incorporó. Delante de él, a los pies de la cama, estaba Chelo. Ambos se miraron por espacio de unos segundos ralentizados por la mutua sorpresa. Chelo ladeó la cabeza como un perro dubitativo. No sabía si conocía o no al tipo que tenía delante, tal era el cambio físico de Francho sin pelo ni vello. Él no abrió la boca. Quería conocer los límites de su anonimato. Ella rodeó la cama y se sentó a su lado.

—¿Quieres follar? —le preguntó sin ambages.

Su rostro reflejaba una total ausencia de compromiso, como si fuera una iluminada en trance y transmitiera la voz de otro cuerpo. Resultaba evidente que no lo había reconocido. Francho negó con la cabeza. No se atrevía a abrir la boca porque sabía que su voz rompería la magia del embozo. Chelo se puso de rodillas en la cama y le abrió la bragueta del pantalón. Antes de que Francho reaccionara, le sacó el pene e hizo intención de llevárselo a la boca. Chelo estaba de servicio: si el cliente no quería follar —rechazo al que estaban habituadas las putas viejas como ella—, era porque prefería una felación.

—Soy yo, Chelo —dijo Francho por fin.

Chelo lo miró a los ojos.

—¿Paco?

Lo dijo como si alguien le hubiera formulado una pregunta difícil de contestar. Sus párpados mostraron desconcierto. Su entrecejo se frunció y su voz sonó más grave.

—¿Dónde está Irene?

Francho se levantó de la cama y se recompuso la ropa, metiéndose la camisa por el pantalón, abrochándose el cinturón y calzándose los zapatos.

—Irene está a salvo —respondió cuando hubo terminado.

El rostro de Chelo se tensó hasta alcanzar el rictus de la severidad.

—Has puesto su vida en peligro —dijo—. Y la mía —añadió—. Y la tuya —concluyó.

Francho se acercó a ella.

—Su vida ya estaba en peligro —replicó.

—Si Koyak se entera de dónde está, tu vida no tendrá ningún valor.

Francho le tomó las manos. Las juntó y se acarició con ellas las mejillas. Era su forma de mostrarle cuál era el verdadero valor de su vida.

—Dime cómo podemos salir de aquí.

Las últimas palabras de Hortensia terminan con la poca presencia de ánimo que me queda. No hay obra en todo el catálogo BWV que pueda asistirme esta vez, ninguna pieza cuya curiosa concepción o insólita interpretación me libre de conocer los entresijos de su pasado. Me rindo al destino y abandono la lucha contra sus palabras. Hortensia no se comporta como un ser humano sino como uno de esos inevitables fenómenos de la naturaleza condenados a la destrucción, como un huracán o un tsunami. Es inútil resistirme.

—No tardé en conseguir mi propósito —dice, retomando el hilo de su confesión—. Bastó con dejar de tomar anticonceptivos y aumentar la frecuencia de nuestros encuentros sexuales. En cuanto tuve la primera falta supe que estaba embarazada. Fue una sensación gloriosa.

No sé si corresponder a su amplia sonrisa o seguir mirándola con resignada gravedad. Al instante comprendo que su sensación no fue realmente gloriosa sino más bien rabiosa. Su sonrisa es por tanto una invitación a la ironía, no a la simpatía. Tal vez por eso me mantengo cauto y no sonrío.

—No tenía rival —prosigue—. Mi madre ya no era fértil y no podía competir conmigo. Supongo que es lo más cruel que he hecho en toda mi vida.

Nuevamente evito pronunciarme aunque estoy de acuerdo con su juicio. Ejecutar su privilegio de juventud me parece injusto, cruel y cobarde.

—Armando, como puedes imaginar, no esperaba la noticia...

Dudo que Hortensia conozca los límites de mi imaginación pero no me resulta difícil ponerme en el lugar de Armando. Aquella noticia significaba el final de su feliz bigamia. Tenía que decantarse por una de sus dos amantes, en el supuesto de que alguna le diera esa oportunidad. Además iba a convertirse a la vez en padre y abuelo: demasiado incluso para aquel hombretón de voz dulce, porte atlético y elegantes maneras.

—... y yo no esperaba su reacción.

Hortensia pronuncia estas palabras mirándome a la cara, sin ocultar el llanto triste y sincero que mana de sus ojos lampiños. Presumo que es parte del ejercicio de expiación que lleva a cabo en mi diván de psicoanalista.

Chelo meditó un momento antes de responder.

—Nos encontramos justo encima del Sex-Appeal —dijo, confirmando la suposición de Francho—, el único de los locales de Koyak que ofrece un espectáculo de estriptis. No muy lejos de esta habitación, saliendo por el pasillo a la derecha, hay una escalera que baja hacia los camerinos donde se cambian las chicas. Desde allí se accede a la pasarela del estriptis.

Francho no comprendió.

—¿Y por dónde vamos a salir?

Chelo compuso un gesto de cordura, cabeceando ligeramente para subrayar sus palabras.

—La pasarela es la única salida —dijo con toda la firmeza que pudo reunir.

Francho mostró su escepticismo elevando las inexistentes cejas.

—Tiene que haber otro modo.

—Las demás salidas están cerradas o vigiladas. La única vía libre es salir a la pasarela, recorrerla hasta el final, dar un salto y correr hacia la puerta del local. —Se detuvo y esbozó un atisbo de sonrisa—. No creas que me he vuelto loca. Te aseguro que no hay otra forma de llegar a la calle sin tropezar con una puerta cerrada, uno de los chicos de Koyak o la vieja portera.

Francho se llevó las manos a la cara, tratando de despertar de aquel mal sueño. Si ése era el camino más sencillo para escapar no comprendía por qué no estaba mejor vigilado.

—Los únicos prisioneros que hay aquí somos tú y yo —replicó Chelo, leyéndole el pensamiento—. Nadie más quiere fugarse. Las chicas que trabajan en esta casa se consideran unas privilegiadas. Pese a todo, Koyak es de lo mejor que hay en la ciudad, mucho mejor que trabajar en la calle sin garantías ni protección.

Francho rechazó aquel vestigio del síndrome de Estocolmo con un violento aleteo de las manos acompañado de una mueca de disgusto, como si de pronto la habitación se hubiera llenado de un olor insoportable.

—Irene también era una prisionera —dijo.

Chelo asintió como aquejada de un tic nervioso.

—Irene era una prisionera de las drogas, no de Koyak.

Francho se dejó llevar por un conato de indignación.

—No seas tan benevolente, por lo que más quieras. Probablemente Irene se drogaba para soportar a la clientela y llenarle los bolsillos a Koyak.

—Eso no es cierto.

—Apuesto a que el mismo Koyak le proporcionaba la droga.

Chelo suspiró profunda y sonoramente.

—Más bien al contrario —repuso con la mirada perdida en el suelo—, Koyak es quien paga su tratamiento de rehabilitación.

Francho le tomó el mentón y elevó su rostro como si tuviera la inoportuna intención de besarla.

—¿Qué te sucede? —preguntó, clavándole la mirada en las pupilas—. Fuiste tú quien me asaltó en plena calle reclamando aquel maldito sobre.

Chelo se dejó caer sobre la cama, sin fuerzas para seguir la conversación de pie.

—Cuando me dijeron que Irene había desaparecido tuve miedo —confesó—. Creí que se había escapado y temí que pudiera sucederle algo terrible. Es cierto que Koyak la ha explotado sexualmente, pero también es cierto que junto a él siempre ha estado segura.

Francho tomó asiento a su lado y le pasó un brazo por los hombros. Quería demostrarse a sí mismo que era capaz de consolar a una mujer.

—La seguridad de Koyak es una tramoya de puertas cerradas con llave —dijo—, una mera ilusión óptica. No es real.

27
De la ginecología especializada

La puerta volvió a abrirse enérgicamente y una voz reclamó a Chelo. Ésta se levantó de la cama igual que habría hecho un perro al oír la voz de su amo, se enjuagó las lágrimas y salió a toda prisa sin despedirse de Francho. Valiente seguridad era aquella que se anteponía a la voluntad de los individuos y reclamaba su presencia a gritos. La puerta seguía abierta. Francho se dirigió hacia ella con la ingenua esperanza de salir de allí, pero no pudo hacerlo. Koyak se lo impidió.

—No hay nadie mejor que una vieja puta para hacer mamadas —dijo, entrando y cerrando la puerta—. ¿No crees?

Francho retrocedió amedrentado. No era la corpulencia de Koyak lo que le asustaba, sino el tono soez de sus palabras y el desprecio que mostraba hacia Chelo. En ocasiones, la intención de una palabra es más contundente que la ejecución de un movimiento, aunque éste provenga de un sujeto alto y fornido.

—Es una ley de la selección natural —prosiguió Koyak, apoyando la espalda contra la pared igual que había hecho durante su visita anterior—. Cuando una puta deja de tener un cuerpo apetecible desarrolla unas habilidades extraordinarias con la boca y la lengua. Si no fuera así se moriría de hambre.

Koyak mostró unos dientes falsos al sonreír pero compuso una atractiva sonrisa. Francho lamentó que un gesto así sirviera para subrayar un comentario tan despiadado. La naturaleza demostraba haber malversado una vez más sus potencias, otorgando belleza a quien sólo merecía vulgaridad.

—¿Qué quieres de mí? —preguntó Francho, tomando asiento en la butaca que había junto a la cama.

Hizo un esfuerzo por adoptar un ademán profesional, como si estuviera negociando una importante operación comercial.

—Tú me devuelves a Irene —respondió Koyak en el mismo tono—, y yo te doy a Chelo.

Francho carraspeó un par de veces, llevándose el puño derecho a la boca y arrugando el entrecejo.

—¿Y qué te hace pensar que yo tengo a Irene? —preguntó.

Koyak volvió a esbozar su sonrisa de ortodoncia, aunque esta vez lo hizo muy fugazmente, como quien trata de disimular un tic nervioso. Francho dudó. Tal vez su contrincante jugaba de farol.

—No encuentro ninguna otra razón para que te hayas presentado en mi casa.

—¿No te parece suficiente que esté enfermo y quiera despedirme de mi hermana?

Koyak movió la cabeza alternativamente de un lado a otro, muy despacio, tratando de acentuar la firmeza de sus palabras.

—Ignoro si estás enfermo o sano —dijo—, pero sé dos cosas de ti: una, que eres un hijo de puta y, otra, que Chelo no es tu hermana.

Francho se levantó de la butaca con la intención de decir algo, probablemente un alegato en defensa de sus derechos fraternales, pero Koyak se lo impidió con la palma de su mano derecha extendida.

—Conozco a Chelo desde que era una niña —confesó—. Nos criamos en el mismo barrio. En efecto, tenía un hermano, pero murió siendo muy joven. Lo siento. No creo en la resurrección de la carne.

Francho volvió a sentarse. Era posible que Koyak continuara jugando de farol. No podía saber si mentía o no. No había tenido tiempo de hablar con Chelo sobre su ocurrencia de hacerse pasar por su hermano. Koyak pareció leerle el pensamiento desde la distancia.

—¿No me crees?

—¿Tengo que creerte?

—Puedes hacer lo que quieras —Koyak cruzó los brazos en señal de paciencia—, aunque te recomiendo que primero hables con Chelo y le hagas unas cuantas preguntas. Te hace falta una buena dosis de información.

A Francho le molestó aquella presunción de ignorancia, por muy cierta que pudiera ser.

—No tienes ningún derecho para apropiarte de Irene —le dijo con aplomo.

En realidad debería haberle dicho que no tenía ningún derecho para apropiarse de ninguna mujer, pero prefirió evitar cualquier tipo de generalización. Koyak se dirigió hacia la puerta y la abrió con parsimonia.

—¿No tiene derecho un padre a preocuparse por su hija? —dijo, volviéndose hacia Francho.

Éste sostuvo su mirada en silencio, sin comprender si estaba respondiendo al reto de sus palabras o si simplemente se había quedado mudo por la inesperada noticia.

—Te enviaré a Chelo —añadió Koyak antes de irse—. Habla con ella. Mientras tanto espero que estés disfrutando de mi hospitalidad. No creas que a todo el mundo le ofrezco bocadillos, cervezas y mamadas gratis.

Hortensia saca de su bolso una cartera, de donde extrae una tarjeta de visita que deposita sobre la mesita del salón. Es una invitación para que la lea. Pertenece a una «Clínica Ginecológica Especializada», aunque no figura cuál es su especialidad.

—Eso es exactamente lo que hizo Armando —dice—. Sacó esta tarjeta de su cartera y la dejó encima de la mesa. Luego se levantó, me dio un casto y abominable beso en la frente y me dejó sola.

Me pregunto qué gesto debo componer después de asistir a este ejercicio de reconstrucción de los hechos. No sé si debo demostrar mi desprecio o mi comprensión ante la cobardía de Armando.

—Desde entonces la llevo siempre conmigo en la billetera —añade.

Supongo que hay distintas formas de martirizarse a uno mismo. Ésa es una de ellas. Me dan ganas de ejecutar mi papel de psicoanalista y ordenarle que rompa la tarjeta en mil pedazos, la deposite en el cenicero y le prenda fuego, pero me contengo a tiempo. No sólo no soy un verdadero psicoanalista —ni quiero serlo—, sino que tampoco me asiste ningún derecho para juzgar a nadie, ni siquiera a Armando. Y mucho menos a Hortensia.

Permanezco en silencio y me doy cuenta de lo extraño que resulta estar juntos en el salón sin la música de Bach comprimiendo el aire. Tan extraño como ver una película sin sonido. O contemplar una noche estrellada de verano sin escuchar el monosílabo canto del grillo.

—No supe qué hacer —prosigue ella—. Tenía que tomar la decisión yo sola. Armando había sido explícito sin usar una sola palabra.

Guarda la tarjeta en la cartera y se dispone a abandonar la habitación. La conversación parece haber terminado por el momento. Poco a poco me he ido acostumbrando a la forma en que Hortensia dosifica el contenido de su confesión. Cada día unos miligramos de un oscuro pero inflexible lance de su pasado, apenas unas cuantas gotas en forma de palabras para que los efectos secundarios de mi comprensión no sean mayores que los beneficios de su liberación.

—Mi plan había sido cruel y perverso —añade antes de encerrarse en su dormitorio hasta el día siguiente—. Y esa perversión se volvió contra mí con toda su crueldad.

No creo que advierta que ha compuesto un siniestro juego de palabras. Yo tampoco lo hago hasta pasado un rato.

Francho se acostó en la cama aquejado de un cuadro agudo de inquietud. Las palabras de Koyak habían acabado con la poca templanza que le quedaba. No sólo lo había desenmascarado sin el menor esfuerzo sino que además le había hecho una insólita confesión. Normalmente lo insólito no es lo extraordinario sino lo inesperado. Trató de reflexionar. El hecho de que Koyak fuera realmente el padre de Irene planteaba nuevos interrogantes y añadía más incertidumbre al caso. ¿Qué clase de padre priva de libertad a su hija y la obliga a prostituirse? ¿Por qué Chelo no le había dicho algo tan relevante? ¿Cuántas cosas más le había ocultado? ¿Qué relación había entre ella y Koyak?

Sintió un lánguido estertor en la boca del estómago y echó de menos sus pastillas tranquilizantes. Fue la reacción natural de un neurótico. Probó de calmarse haciendo respiraciones en cuatro fases, lenta y regularmente, pero sólo consiguió ralentizar el tiempo hasta que se le hizo insoportable seguir tumbado en la cama. Se levantó y abrió la ventana con intención de calcular las posibilidades de huir de aquel cuartucho descendiendo por el canalón del agua que había junto a la ventana. Asomó medio cuerpo para examinar el pequeño patio de luces que había debajo y llegó a la conclusión de que no ofrecía ninguna garantía de fuga. Lo más probable era que fuese un patio ciego sin salida. De pronto escuchó pasos y el ruido de la llave en la puerta. La vieja debía de traer algo de comer. Cerró la ventana a toda prisa y se sentó en la cama. Era Chelo. En cuanto estuvo dentro de la habitación la puerta se cerró de nuevo.

—Koyak me ha dicho que querías verme —dijo, sentándose a su lado.

Francho se arrugó la frente con la mano, inspiró profundamente y espiró muy despacio. Parecía a punto de echarse a llorar.

—¿Por qué no me dijiste que es el padre de Irene? —le preguntó, retirando la mano de la frente para poder mirarla a la cara.

—Eso te ha dicho.

Era imposible saber si Chelo preguntaba o exclamaba. No había entonación en sus palabras, ni intención en su gesto o en sus ojos.

—¿Es que no es cierto? —preguntó Francho, sin saber qué posibilidad le parecía peor.

—No lo sé.

Chelo se levantó de la cama y dio unos pasos errabundos. Era consciente de que no podía contestar a una pregunta como aquélla con una simple vaguedad pero no halló inspiración alguna que adornase su respuesta.

—No lo sé —repitió—. Ni él tampoco lo sabe.

Francho no comprendió. Era imposible comprender aquel discurso incoherente. Aguardó con paciencia. La languidez del estómago se había sosegado y, sin esa tortura en las entrañas, la paciencia era nuevamente posible.

—Puede que lo sea y puede que no —prosiguió Chelo, aceptando que había llegado la inevitable hora de la sinceridad—. Por aquel entonces me acostaba con muchos hombres, entre ellos Koyak.

—¿Erais pareja?

—Era mi chulo, lo mismo que ahora. La diferencia es que entonces yo tenía un cuerpo apetecible y él me deseaba. Nunca ha sido mi pareja. Simplemente es el hombre con quien más veces me he acostado. Él lo sabe y por eso cree que es el padre de Irene.

Hizo una pausa para recobrar el aliento. Lo había dicho todo seguido, casi sin respirar, como quien recita una cantinela que aprendió hace tiempo.

—Durante años yo también quise creer que él era su padre —siguió confesando—. Koyak significaba estabilidad para mí y seguridad para el futuro de mi hija. Nunca pensé que luego la explotaría como a una más de nosotras. Es un hombre sin corazón. Me equivoqué y lo siento, sobre todo porque después de todo este tiempo aún no sé si es el padre de mi hija.

Francho sirvió café y se lo ofreció a Chelo. Ella agradeció la idea de tener algo en las manos, aunque no fuera más que una taza que ni siquiera estaba caliente. Francho no sabía casi nada de embarazos. Nunca se había detenido a pensar si una mujer promiscua era capaz de identificar al hombre que la había preñado. Ahora que lo hacía, se sorprendía de que la naturaleza no dispusiera de ningún medio para poder averiguarlo. Fue un pensamiento machista, pero no provino de ningún prejuicio adquirido sino de la más pueril ignorancia.

—Hoy en día hay pruebas fiables que deshacen esa clase de equívocos —dijo Francho, tras meditar si Chelo podría molestarse al escuchar sus palabras.

—Lo sé —respondió ella—, y Koyak también lo sabe. Hasta hace poco se negaba a dejar en manos de los médicos lo que él consideraba una verdad universal. No quería admitir otra posibilidad y le aterraba que el asunto se supiera en su entorno. Koyak actúa y vive como un reyezuelo. Poner en duda su paternidad habría supuesto un reto a su poder absoluto. Algo totalmente inconcebible.

—Pero él sabe que estuviste con otros hombres.

—Por eso accedió a someterse a la prueba de paternidad —Chelo se detuvo y sonrió con despecho—. Supongo que se hartó de escuchar mis réplicas contra su verdad, pero se cuidó de no decirme nada. Ni a mí ni a casi nadie. Lo ha llevado todo en secreto a través de su gente de confianza.

Francho aguardó a que ella prosiguiera. Esperaba no tener que formular una pregunta tan humillante, pero no encontró otra alternativa.

—¿Cuál fue el resultado de la prueba?
—Sólo hay una persona que puede saberlo —respondió Chelo.
—¿Quién?
—Tú.
Y alargó la última vocal hasta convertirla en un suspiro.

28
Del castillo de naipes

Hortensia se tumba en el sofá después de cenar. Está cansada. No duerme bien y su rostro parece un eclipse de sí mismo. Sugiero acompañarla al hospital para que le administren algún remedio analgésico.
—No me duele nada —objeta—. No es necesario que me lleves a ningún sitio. Basta con que te sientes a mi lado.
Sus palabras no me conmueven. Al contrario, me parecen órdenes premeditadas carentes de sentimiento. Lo que realmente pretende es tumbarse en el diván del psicoanalista, siempre y cuando esté dispuesto a escucharla. Tengo la sensación de ser una alimaña inmovilizada por un cepo, con la salvedad de que en mi caso la inmovilidad es sólo lingüística, como si el cepo se hubiera cerrado sobre mi lengua dejándome mudo.
—Era una cuestión de orfandad —dice, cerrando los ojos y enarcando el calvo relieve de las cejas.
Resulta evidente que ha decidido acabar su relato al precio que sea. No parece importarle mi silencio ni mi aparente falta de interés. Quizá atribuya ambos comportamientos al respeto, o a la solidaridad, o a la natural capacidad de comprensión que se le presupone a un camarero con años de experiencia. No puedo ni quiero saberlo, entre otras cosas porque tal vez ni siquiera ha reparado en mi comportamiento.
—Si decidía ser madre era a costa de quedarme huérfana —dice—. Mi madre no me lo habría perdonado nunca.
No sé qué haría un verdadero psicoanalista ante aquella

doble y antitética alusión a la maternidad. Yo opto por levantarme y servirme una copa. Este episodio de su historia requiere una reflexión de mayor envergadura. Es difícil ponerse en el lugar de alguien que pretende traicionar a su madre convirtiéndola en la madrastra de su propio nieto. Tardo en volver a mi asiento lo justo para que Hortensia prosiga.

—Ésa era la decisión que debía tomar: si quería seguir siendo la hija de mi madre o si me convertía en la madre de mi hijo.

Nuevamente me parece que Hortensia, sin darse cuenta, ha compuesto un juego de palabras.

—No lo entiendo —admito al fin, librándome del cepo que atenaza mi lengua con la ayuda de la copa que me he tomado.

—Si Armando me hubiera aceptado, mi embarazo habría significado un triunfo sobre mi madre. Pero si Armando me rechazaba corría el peligro de quedarme sin nada, incluso sin madre.

Arrugo el entrecejo y elevo los pómulos tanto como puedo, componiendo el gesto que provoca la comida en mal estado. Quizá la copa me ha afectado más de lo que creía o simplemente sea la natural reacción de asco que provoca el egoísmo ajeno.

Francho amarró su mirada a los ojos de Chelo. No estaba dispuesto a admitir más verdades a medias. No podía permitir que siguiera jugando con sus intenciones. Ni con sus sentimientos. Chelo se sintió incómoda.

—No me mires así —protestó—. Tú eres quien tiene el sobre destinado a Koyak. ¿De dónde lo sacaste?

Francho recibió la pregunta dando un respingo de sorpresa, como si le hubieran lanzado un chorro de agua fría sobre el rostro. Ya casi había olvidado que se encontraba allí por culpa de aquel sobre. Tuvo que hacer un esfuerzo para recobrarse pero no se atrevió a contestar. Es posible que su orgullo de cartero pugnase con la vergüenza de haber pasado una noche en comisaría. O tal vez reapareció el agente secreto que llevaba dentro y no quiso hablar más de la cuenta.

—Te lo dieron en la comisaría del centro, ¿no es así?

Chelo se plantó ante él con la insolencia propia de quien sabe más de lo que dice. Francho analizó la situación a toda prisa, tratando de averiguar cómo era posible que Chelo conociese el lugar donde había recibido el sobre.

—No te sorprendas —continuó ella, leyéndole el pensamiento una vez más—, estoy bien informada. Conozco a los chicos de Koyak y alguno me debe más de un favor. Los análisis debían entregarse en la comisaría del centro, pero el enlace de Koyak esperó toda la noche sin que nadie se los entregara.

Francho tenía varias preguntas en la punta de la lengua.

—¿Por qué en la comisaría?

—No creo que lo entiendas —contestó Chelo, restándole importancia a la cuestión—. Una comisaría es un terreno neutral donde evitar suspicacias delictivas y rivalidades con la competencia. Koyak trafica con muchos géneros y la información médica no es uno de ellos.

En efecto, Francho no lo entendió. Se hallaba lento de reflejos, noqueado como un púgil a punto de perder la verticalidad y morder el polvo.

—¿Y qué tengo yo que ver en todo eso? —preguntó indignado—. ¿Por qué me dieron a mí el sobre?

Chelo le posó una mano en el hombro. Francho estuvo a punto de espantarla, dando un paso atrás. No quería escuchar zalamerías mezcladas con gestos destinados a subrayarlas o compensarlas.

—Fue una coincidencia —respondió Chelo—. El contacto que había enviado Koyak se parece mucho a ti...

Se detuvo un momento, pensativa. Francho esperó con cautela, confiando en que ella encontraría el modo de describir la naturaleza de su parecido sin herir su amor propio.

—... cuando tenías pelo —añadió.

Las manos de Hortensia caen sobre su rostro, igual que un pesado telón al acabar la escena de un drama. Su proceso expiatorio está resultando más doloroso que el curso de su enfermedad, con el inconveniente añadido de que el único analgésico posible es concluir su relato. No hay otro remedio. Seguramente por eso la animo a continuar, aun a sabiendas de que su confesión provocará en mi organismo el dolor que mitigue en el suyo. No puedo seguir siendo su psicoanalista, más bien me he convertido en su donante. O tal vez ella sea la donante y yo el receptor, todo depende de lo que consideremos el objeto de la donación, si el veneno o el antídoto.

—Decidí abortar por miedo —dice cuando el telón se alza de nuevo y las manos descansan sobre su regazo—. Aunque no sé qué me daba más miedo: si perder a Armando, contrariar a mi madre, escandalizar al resto de mi familia o acaso tener un hijo de quien tan incondicionalmente lo había repudiado. Quizá me asustó que ese hijo hubiera sido concebido como parte de una cruel venganza. Era un hijo maldito.

Se revuelve en el sofá. No soporta permanecer durante más tiempo en la misma postura. La miro. Ella no lo advierte porque mantiene sus ojos cerrados. Siento la imperiosa obligación de reaccionar de algún modo ante su alarde de sinceridad. Descartadas las palabras —que con toda seguridad habrían resultado torpes y frías—, deslizo mi mano por su antebrazo hasta dar con la suya. Es entonces cuando abre los ojos, sorprendida de mi audacia al reclamar su mano entre la mía. Tal vez ha olvidado que la parquedad de la lengua suele ir acompañada del desarrollo de otras formas de expresión, gracias a esa indómita tenacidad que emplea la naturaleza para compensar los defectos y los excesos.

—Lo perdí todo a la vez —añade con la voz quebrada.

Emite un suspiro tan profundo que acaba en un acceso de tos.

—Perdí a Armando, a mi madre y, por descontado, a mi hijo. Perdí mi puesto de bailarina en la orquesta y el lugar que me correspondía en la familia. Me quedé sola, sin ascendencia ni descendencia, sin trabajo, sin nada...

El acceso de tos deriva en un llanto hiposo y contenido que —por desalmado que parezca— no me estremece ni sorprende. A veces la angustia entrecorta las palabras, otras provoca incómodas toses o incluso inoportunas risas, pero casi siempre termina explosionando en forma de lágrimas.

—¿Cómo se enteró tu madre?

No tengo más remedio que interesarme por el único cabo suelto que pende de su confesión. De lo contrario me arriesgo a que nunca concluya del todo. Y ya no me quedan fuerzas para más.

—Yo misma se lo conté —responde sosteniéndome la mirada.

Mis dedos se abren para engarzarse con los suyos y apretarlos con milimétrica firmeza. No quiero que mi gesto se tenga por melindroso, ni tampoco por violento o despechado. Hortensia se agarra a mi mano con la elocuencia de quien agradece el contacto físico de un semejante, sobre todo si se trata del receptor de tu dolor. O el donante de tu alivio.

El castillo de naipes que Francho había construido sobre lo potencialmente cierto acababa de derrumbarse ante sus ojos, en silencio, poniendo en evidencia la invisible fragilidad de sus cimientos. Se sentó en la butaca y adoptó una postura reflexiva, los codos sobre los muslos, las manos cruzadas y apoyadas en la frente, los ojos cerrados, la mente en blanco. Sabía que se hallaba ante el umbral de la realidad, a punto de abandonar la fantasía que había vivido a costa del sobre de Koyak. Llevaba semanas tratando de averiguar quién era Koyak y qué contenía aquel sobre, y al final era el sobre quien lo había descubierto a él. El juego había terminado.

Chelo se agachó a su lado y posó una mano de consuelo sobre su nuca.

—No lo has abierto, ¿verdad? —le preguntó, comenzando a acariciarlo.

Francho apretó los labios y entreabrió los ojos, como el incauto que presiente su condición. Chelo emitió una risa corta y amable. Tal vez pretendía suavizar la tensión del momento o quizá la situación le hacía gracia después de todo.

—¿Qué creías que contenía? —se aventuró a preguntar.

Francho se encogió de hombros sin saber qué contestar, movimiento que Chelo aprovechó para acceder hábilmente a su espalda y seguir acariciándolo.

—¿Dinero, documentos, fotos...? —conjeturó ella—. ¿Drogas, planos, un anónimo, un ultimátum, un soplo...?

Francho retiró las manos de su frente y emitió un amago de risa, a medio camino entre un suspiro y un carraspeo. Chelo se había arriesgado mucho convirtiendo lo ridículo en irrisorio, una táctica casi suicida ante sujetos introvertidos como Francho. Sin embargo su estrategia había funcionado, probablemente porque las palabras habían ido acompañadas de unas sabias caricias en el cuello y la espalda.

—No sé —admitió Francho.

Chelo se colocó de rodillas en el suelo, acodada sobre las piernas de Francho, mirándolo con firme decisión.

—Ahora tenemos que pensar en cómo vamos a acceder a la pasarela del estriptis para largarnos de aquí. No sé si Koyak habrá decidido qué hacer contigo, pero te aseguro que no te espera nada bueno.

Francho había perdido ya por completo la noción del tiempo y el espacio. Parecía un náufrago en un océano inexplorado todavía carente de coordenadas geográficas.

29
De la metamorfosis

No lo hizo con plena conciencia de su situación sino más bien siguiendo el dictado de algún instinto ancestral. Irene había comenzado ya a racionarse la comida que había en el piso de Francho, lo que significa que había decidido resistir con entereza hasta que su carcelero volviera. No sabía cuándo, pero estaba segura de que volvería. De lo contrario habría sustituido su plan de resistencia por otro más ambicioso que contemplara la posibilidad de pedir auxilio o fugarse como fuera.

Revisó a conciencia todos los armarios de la casa para hacer un inventario de provisiones, como si realmente fuera una superviviente en una isla desierta, tratando de rescatar víveres y enseres de los restos del barco naufragado. No encontró gran cosa. Unos paquetes de galletas, arroz, harina, latas de conserva e infusiones, además de lo poco que quedaba en el frigorífico, congelador incluido. Todo ello –bien o mal administrado– tendría que durarle hasta que Francho regresara. O hasta que un barco mercante se avistara en el horizonte.

En el dormitorio de Francho encontró un par de cajas de ansiolíticos que empezó a tomar en cuanto la metadona se terminó. Lo hizo con meticulosidad, adaptando escrupulosamente la dosis a su estado de ánimo, como suelen tomarse estos medicamentos. Por el momento tenía sus necesidades básicas cubiertas –incluyendo su ración diaria de rayos de sol y sus baños de agua templada–, pero si Francho no volvía a tiempo corría el peligro de quedarse sin comida y sin medicinas, encerrada en aquel ático sin posibilidad de escapatoria. Lo único que la liberaba de esos malos augurios era la incierta pero persistente sensación de que su suerte estaba a punto de cambiar para siempre. Quién sabe, tal vez fuera la reacción de otro instinto ancestral de supervivencia. Aquella espera en solitario podía considerarse una cuarentena de transición, el tiempo necesario para que el mundo exterior reordenase sus coordenadas y le ofreciera una segunda oportunidad. Algo parecido hacen los animales que se guarecen del frío en una cueva, mientras en el exterior se consume el invierno y el orden de la naturaleza se restablece.

Una vez terminada su confesión Hortensia cae en un pronunciado mutismo, como si después de haberse desahogado se hubiera quedado sin palabras, sin gestos ni recursos expresivos. Tal vez las palabras sean un fluido más de orden biológico y se hallen contenidas en algún órgano o glándula del organismo. Quizá sean susceptibles de agotarse dependiendo de nuestras vivencias. O puede que Hortensia necesite tiempo para reflexionar, leer y escuchar palabras con que rellenar su agotado continente.

Consume las horas escuchando sus piezas preferidas del catálogo BWV con la ayuda de unos auriculares, sentada o tumbada en el sofá, leyendo al mismo tiempo la guía del catálogo o la carátula del cedé, como ha hecho desde el primer día. Cuando apaga el equipo de música enciende el televisor, aparato por el que hasta entonces no ha mostrado ningún interés. Se sienta frente a su pantalla en actitud sumisa y deferente, dejándose mecer por sus formas, colores y sonidos, con los ojos y los oídos muy abiertos, asombrada de su embrujo, tal vez buscando las palabras que parece haber perdido.

Así es como se reencuentra con las andanzas de su equipo de baloncesto, algunos de cuyos partidos se retransmiten por televisión, convirtiéndose en propicias ocasiones para recuperar nuestros hábitos de convivencia. Me siento a verlos junto a ella, como si fuéramos dos socios del club —vecinos además de localidad— dispuestos a compartir las emociones del marcador, un gran cuenco de palomitas de microondas y los comentarios que suscitan las jugadas, las canastas o las decisiones arbitrales. Hortensia abandona su mutismo temporalmente, aunque sólo sea para pronunciar frases hechas, monosílabos y exclamaciones a favor o en contra de lo que sucede en la pantalla, nada que ver con el vendaval lingüístico que he tenido que soportar durante la tormentosa dicción de su pecado.

En cuanto finaliza el partido vuelve al catálogo, a los auriculares, a la guía y al silencio, recostada en el sofá, con una manta sobre las piernas y los párpados sobre los ojos. Yo permanezco frente al televisor, sin prestar atención a sus colores, mirando de soslayo el recogimiento casi monacal de Hortensia, admirando su cósmica fragilidad, su hermosa finitud. No descarto la terrible posibilidad de que esté empeorando físicamente, algo que va a confirmarse muy pronto, pues apenas faltan unos días para el siguiente recuento de sus células asesinas. Quizá su actitud responda a un estímulo orgánico y no guarde relación con su despechada confesión. Tal vez las células asesinas han decidido privar a su víctima de las palabras que puedan seguir purgando sus culpas.

Francho vivía pendiente de la puerta. Cuando escuchaba pasos acercándose se tensaba como la cuerda de un instrumento y, cuando la puerta se abría, emitía un ligero e inevitable lamento en forma de nota musical. Si era Chelo quien entraba la nota resultaba ser de alivio, grave y sostenida. Si se trataba de otra persona el sonido cambiaba de registro. Koyak le arrancaba notas agudas y la vieja escalas de inquietud. Hasta entonces no había entrado nadie más en aquella habitación. Por tal motivo Francho no emitió ningún sonido cuando vio entrar a tres tipos con la intrepidez que caracteriza a quienes actúan en nombre de la contundencia y la eficacia.

Sin mediar gesto ni explicación alguna, lo cercaron contra la pared de la cama y le asestaron un puñetazo en el vientre. Francho se encogió como un muelle y cayó al suelo. Uno de los tipos lo agarró por las axilas y lo levantó. En sus manos Francho no era más que un muñeco articulado. Otro le alzó el rostro y el tercero le propinó un sonoro manotazo que lo devolvió al suelo con la nariz sangrando. Nuevamente fue levantado a la fuerza. Esta vez parecía que sus articulaciones se accionaran mediante hilos, como un títere maltrecho con la cabeza ladeada y un hombro más alto que otro. Justo cuando iban a volver a golpearlo, el vano de la puerta se oscureció y entró Koyak.

—Dejadlo —ordenó.

Los hilos se destensaron y el títere cayó sobre sus pies, mientras los tres verdugos abandonaban la estancia dejando en la habitación un aroma de sangre y rencor. Koyak se acercó hasta Francho, se sacó un pañuelo de la americana, lo mojó en el lavabo y se lo tendió.

—Límpiate la sangre —le dijo—. No es nada.

Francho aceptó el pañuelo pero no el improvisado diagnóstico. A juzgar por la sangre que salía de su nariz lo más probable era que tuviera algo roto. Miró a Koyak con el ceño fruncido por la decepción. No esperaba que su relación pasara tan bruscamente de la conversación a la intimidación. Koyak pareció leer sus pensamientos.

—La violencia física es una forma más de expresión —sentenció, mientras se sentaba en la butaca con la parsimonia propia de la indulgencia—. ¿No crees?

Francho no sintió la necesidad de responder. Además no podía hablar. La sangre le dificultaba incluso la respiración. Saltaba a la vista que Koyak alardeaba de un cinismo no exento de cierta gracia. Ensalzaba las virtudes expresivas de la violencia pero había enviado a sus sicarios para que se expresaran por él.

—Será mejor que te tumbes en la cama —propuso Koyak—. Echa la cabeza hacia atrás y espera unos minutos. Enseguida se cortará la hemorragia.

Parecía saber de lo que estaba hablando. Sin duda —y al contrario que Francho— ya había vivido escenas parecidas otras veces. A Francho nunca le habían pegado tan fuerte, aunque él sí había propinado un contundente puñetazo a un guardia de tráfico. Precisa y curiosamente se encontraba allí por eso. Quizá Koyak tenía razón al considerar la violencia como una forma de expresión: ¿acaso no había sido aquel puñetazo una expresiva protesta ante la burla del guardia?

—No era necesario llegar tan lejos —consiguió articular Francho con la voz nasal.

Koyak le mostró las palmas de las manos, mientras negaba repetidamente con la cabeza y el caramelo que llevaba en la boca.

—Deja de tocarme los cojones —dijo—. Ya he usado las palabras para tratar de averiguar dónde está Irene y no me han servido de nada.

Francho fue a replicar pero Koyak se lo impidió con una inflexión de la voz.

—Te he enviado a Chelo para que te pusiera al corriente de quién soy, de quién es ella y de quién es Irene. Incluso has podido follártela si te ha dado la gana, que también es otra forma de expresión, aunque con frecuencia breve y brusca. Y sin embargo, pese a todo ello, aún no sé qué ha sido de Irene ni dónde está, de modo que le ha llegado el turno a la violencia. No creo que puedas tacharme de impaciente.

Las palabras habían salido de su boca junto a gotas de saliva que olían a fresa. Koyak era un volcán en erupción.

—¿Vas a decirme dónde está? —prosiguió.

Francho le sostuvo la mirada, sin contestar. O tal vez esa mirada fue su respuesta.

—En ese caso —concluyó Koyak—, tendré que seguir insistiendo. La violencia, como la propia lengua, admite distintos grados de expresividad. Quédate con el pañuelo.

Y se fue dando un vehemente portazo.

He tardado un tiempo en darme cuenta de que Hortensia se halla en el interior de una crisálida invisible, sometida a alguna suerte de proceso biológico. Algo parecido a la metamorfosis que es capaz de convertir un gusano en una mariposa. De ahí procede su mutismo, su actitud evasiva y su rostro lánguido. Y también mi ansiedad por conocer el resultado de sus últimos análisis. Quiero descartar la posibilidad de que se esté convirtiendo en un cadáver. En una mariposa muerta.

Su futuro depende de un dato objetivo, el resultado de una prueba científica que adquiere la categoría de oráculo sagrado. Me entristece pensar así. No me agrada que la vida de Hortensia dependa de un parámetro, por muy elaborado y exacto que éste sea. Sólo la vida de las máquinas y los robots debería depender de los números.

Por culpa de este inconfesable prejuicio, la noche antes de conocer los resultados clínicos duermo poco y mal. Tengo pesadillas de colores, sueño con mariposas y polillas, con gusanos adheridos al tallo de las plantas fabricando capullos donde desarrollar sus prodigiosas metamorfosis. Veo a Francho envuelto en babas, saliendo de su crisálida, vestido con una capa de colores salpicada de ocelos negros con reflejos iridiscentes, como las alas de una verdadera mariposa. Agita los brazos con energía, tratando de levantar el vuelo, pero sólo logra formar un elegante remolino de polvo que parece un nuevo proyecto de mariposa a punto de volver a abrirse.

Me levanto arrugado, con las sábanas marcadas en la mejilla, como si yo también hubiera tejido un capullo en forma de lecho donde llevar a cabo mi transformación. Las arrugas desaparecen en la ducha pero tengo la sensación de haber envejecido varios años en una sola noche. A la hora convenida acompaño a Hortensia al hospital, silenciosamente sentado junto a ella en el asiento trasero de un taxi primero y en una silla de la sala de espera después. Por fortuna no nos hacen esperar mucho y el médico habla una lengua clara y amable. Los análisis son concluyentes. Hasta donde es posible cuantificarlo Hortensia ha superado la enfermedad y no tiene que recibir más sesiones de quimioterapia. El oráculo ha sido benigno y generoso.

La noticia me produce una inesperada melancolía. Es una sensación nueva, de origen desconocido. Poco importa si proviene de mi metamorfosis nocturna o del temor a perder la compañía de Hortensia cuando recobre su salud. Agito bruscamente la cabeza, renegando de mi egoísta reacción, más propia de un anciano temeroso de su soledad que de un barman melómano con aspiraciones cosmopolitas.

—Me está volviendo a crecer el pelo —dice Hortensia en el taxi de vuelta a casa, señalándose la peluca y componiendo en su rostro un mohín de incertidumbre que me parece el presagio de una sonrisa.

30
Del espectador y el espectáculo

Irene había vivido la mayor parte de su cautiverio con una hasta entonces desconocida sensación de bienestar. Como habría hecho cualquiera en su lugar creyó que tal sensación provenía de los cuidados de Francho, los interminables baños de sol, la ducha de hidromasaje, la alimentación sana y la ausencia de obligaciones. Vivía exiliada en un apartamento con vocación de refugio. No había ninguna razón para no sentirse bien y disfrutar de una plenitud orgánica que parecía ajena al concurso de la metadona primero y los ansiolíticos de Francho después.

Sin embargo, tan pronto como estos últimos se terminaron, Irene comprendió el auténtico papel que desempeñaban a la hora de lograr ese bienestar emocional. Es habitual que algo en apariencia trivial reivindique su importancia desde la ausencia. Comenzó a dormir a trompicones, sin alcanzar la profundidad y el tiempo necesarios para conseguir el verdadero descanso. En lugar de eso, se despertaba bruscamente aterrada por el recuerdo de la última pesadilla —o por el presagio de la siguiente— y le costaba un buen rato volver a conciliar el sueño. Ese tormentoso ciclo se repetía con implacable regularidad hasta que un raudal de energía luminosa entraba por la ventana y le ayudaba a recuperar la calma. Su inquietud no le parecía entonces más que la reacción natural ante la prolongada tardanza de su benefactor. Por nada del mundo deseaba que sus síntomas traspasaran los confines de la armonía que había logrado experimentar en aquel refugio.

Pero acaso sin darse cuenta, no podía evitar entrar en la cocina para hacer balance de los víveres que le quedaban, sin dejar que su alarmante escasez mermara aún más su estabilidad. Una y otra vez escudriñaba los cajones y armarios de toda la casa con la esperanza de encontrar más comida o alguna otra caja de ansiolíticos, como si éstos pudieran surgir por generación espontánea en el interior de una alacena. Hasta que final e irremediablemente sufrió una crisis de ansiedad en forma de vértigo que la obligó a tenderse en la cama con los ojos cerrados y las manos en los oídos. Sin embargo no se extrañó. La ansiedad siempre la conducía al vértigo. Era la misma sensación de otras ocasiones, esta vez bajo sus pies, como si el ático de Francho no fuera más que una simple columna elevada sobre el suelo y ella una estilita guardando un precario equilibrio sobre su base.

Cuando más tarde logró relajarse —sumergida en el agua caliente de la bañera, entre la espuma del jabón y el aroma marino de las sales de baño—, halló la cordura necesaria para pensar en un modo de salir de allí. Sin teléfono ni vecinos, sin posibilidad de acceder a una azotea o un balcón, su única opción era gritar un auxilio desesperado y anónimo desde la ventana, aunque para ello debía esperar a que el tráfico de la calle disminuyera. De lo contrario el ruido de los vehículos acallaría su voz. Aun así, no sabía si alguien sería capaz de escucharla. Las horas en las que había menos tráfico eran también las que registraban un menor número de transeúntes, lo cual anulaba buena parte de sus posibilidades. Y aun en el supuesto de que alguien la escuchara, no era descabellado pensar que acudiese a los bomberos o la policía. Y eso no le traería más que nuevos problemas. Así que lo más deseable —quizá su única alternativa— era que Francho regresara antes que el vértigo.

El eco de la violencia se transmite velozmente entre los oídos humanos, igual que un chisme o una infamia. Es una propiedad a medio camino entre la acústica, el miedo y la curiosidad. Chelo no tardó en pedir que la llevaran de nuevo a la habitación, con la falsa promesa de averiguar dónde estaba Irene. Llegó portando un pequeño maletín que Francho confundió al principio con un botiquín.

—No te molestes —dijo él, mirándose en el espejo del lavabo—. Sólo tengo un par de moretones.

Chelo dio un paso al frente para que Francho pudiera ver su cara enmarcada en el espejo.

—¿Como éstos? —preguntó, señalándose la mejilla.

Su cara parecía ensombrecida por una nube de tormenta.

—¿Qué te ha pasado?

—Lo mismo que a ti.

Francho se volvió hacia ella para contemplar la mejilla inflamada y el labio roto. Chelo se fijó a su vez en las heridas de Francho. Compusieron una estampa repetida —frente a frente—, como si ambos siguieran mirándose en un espejo. Se separaron con el mismo gesto de preocupación en el rostro, víctimas aún de una reciprocidad reflejada.

—Esto no puede seguir así —anunció Francho con decisión.

—Por eso he venido.

Chelo se acercó al lavabo y abrió el maletín. No era un botiquín, sino un juego de maquillaje que contenía polvos de colores, sombras de ojos, carmines y pinceles de distintos tamaños. A Francho le pareció una caja mágica, capaz de dotar de color al blanco y negro que predominaba en aquella habitación.

—Siéntate y no te muevas.

Francho se sentó sobre el bidet sin comprender las intenciones de Chelo. Ella parecía una artista en pleno arranque de inspiración, con su paleta de colores en una mano y su pincel en la otra.

—No podemos salir a la pasarela del estriptis con la cara hecha un cromo —explicó—. Llamaríamos la atención y eso nos delataría.

Francho permaneció inmóvil y pensativo durante un rato, el tiempo que ella empleó en maquillar uno de sus moretones. Luego se levantó para mirarse al espejo y valorar el resultado.

—No lo entiendo —adujo—. Cualquier hombre llamará la atención en la pasarela, aunque no lleve el rostro amoratado.

—Te equivocas —le corrigió Chelo—. Otros hombres han desfilado por ella con toda naturalidad, por supuesto sin mostrar signos de violencia en la cara.

—¿Qué clase de hombres?

Chelo miró al suelo, como quien pierde la paciencia. Espiró profundamente y le respondió en el tono con que se reprende a un niño.

—Los travestis.

El conato de sonrisa de Hortensia se repite varias veces, hasta que por fin su rostro se ilumina con una risa espontánea que colorea sus mejillas y achina sus ojos. No es para menos. Su cabello vuelve a renacer. Renace, lo mismo que sus cejas, sus pestañas y el vello de su piel. Puede decirse que la crisálida de Hortensia se ha hecho transparente para que yo pueda asistir al milagro de su restauración física. No encuentro una explicación más exacta para este prodigioso espectáculo. Con la ventaja añadida de que ahora puedo mirarla a mi antojo desde todos los ángulos sin arriesgarme a ser tachado de voyeur o aprovechado, pues en todo momento me guía un interés puramente científico. Me he convertido en un entomólogo dedicado al estudio de la metamorfosis de Hortensia.

Ella misma me anima a contemplarla con un entusiasmo exento de cautelas, reclamando mi atención hacia una axila, un brazo o la parte posterior de su cabeza. Es evidente que no ha advertido ningún signo de mi amor platónico y cortés, de lo contrario no se mostraría ante mí con tan pocas reservas. Esta certeza me produce más dolor que tranquilidad. A estas alturas de nuestra relación desearía ser más explícito y provocar el debate de los sentimientos. Pero es inútil. La naturaleza me exime del papel de macho reproductor para relegarme al de simple espectador. Tengo derecho a mirar, pero no a tocar.

La gota que colma mi paciencia proviene nuevamente de Armando. Una tarde, al volver del café, encuentro a Hortensia en un radiante estado de ánimo. Está risueña y dicharachera. Parece una estrella joven emitiendo su característica luz azulada, fruto de una intensa actividad nuclear y una altísima temperatura exterior. Todo se debe a que ha vuelto a hablar por teléfono con Armando.

—Hemos quedado a cenar mañana por la noche —dice con un brillo en la mirada que reaparece igual que sus pestañas—. No le he dicho nada sobre mi pelo. Va a ser una sorpresa.

Tengo que sentarme para escuchar los detalles que siguen. Siento el dolor de una herida abierta en el centro de mi caja torácica, justo donde terminan los pulmones y comienza el estómago. Me duele respirar y el estómago se me arruga como un universo en contracción. Armando me parece un oportunista carente de todo principio y toda ética. O un afortunado con la buena estrella que caracteriza a los triunfadores. Es difícil saberlo. No ha llamado durante los días más duros de la enfermedad —precisamente cuando sus palabras habrían sido bienvenidas— y lo hace ahora que la situación empieza a mejorar. No sé qué pensar. Puede que me equivoque por completo y haya sido ella quien le ha telefoneado para presumir de su mejoría.

La incontenible verborrea de Hortensia llega a molestarme tanto que debo hacer un esfuerzo para no mostrarme grosero. Y ése es un punto al que mi parquedad expresiva no arriba con facilidad. Añoro el silencio. Y quizá la soledad. Y la oscuridad.

No puedo permanecer a su lado. Recurro a una excusa sencilla y tal vez pueril pero al mismo tiempo sincera.

—Tengo que salir —digo—. Hace días que no sé nada de Francho.

Al escuchar el nombre de su compañero guarda silencio. Supongo que el pasado reciente vuelve como por arte de encantamiento a su memoria. Por un momento me parece estar junto a la Hortensia que fue antes de enfermar.

—¿Qué le sucede?

—No lo sé —confieso—. Hace días que no responde a mis llamadas. El teléfono de su casa está fuera de servicio. Y su móvil apagado.

De pronto lamento no haberme preocupado antes por la ausencia de Francho. Un inesperado alud de remordimientos cae sobre mi conciencia. He estado tan absorto en la convalecencia de Hortensia que he descuidado mis obligaciones de camarada y amigo. Fiel a mi costumbre, no quiero seguir martirizándome inútilmente. Prefiero coger las llaves del piso de Francho y encaminarme hacia la puerta. Tal vez mis remordimientos provengan de la coincidencia entre mi preocupación y mi necesidad de contar con él, lo cual deja en evidencia mi interesado comportamiento: no me he preocupado por él hasta que no lo he necesitado. Así de interesado.

—No andará muy lejos —conjetura Hortensia desde el otro extremo del pasillo.

Presumo que su intención es aliviar mi manifiesta gravedad, pero sólo consigue acelerar mis prisas.

—Seguro que no —respondo.

Me abstengo de añadir que esa misma mañana he hablado con Valdivieso, quien también está intranquilo por la tardanza de Francho. Nunca ha faltado al trabajo sin avisar previamente y ya hace varios días que debería haber vuelto de sus vacaciones.

Francho no supo –ni quiso saber– cómo se las arregló Chelo para conseguir la llave de su cautiverio. Tal vez cobrando algún favor largamente adeudado. O quizá endeudándose para el futuro. No importaba. Esa llave les había permitido salir de la habitación, bajar unas escaleras y refugiarse en una sala estrecha y alargada que, paradójicamente, parecía amplia y cuadrada. Era la ilusión óptica que producía un gigantesco espejo que forraba por completo una de sus paredes, en el que –además de la pared que había enfrente– se reflejaban los rostros y los cuerpos de una docena de mujeres mientras se maquillaban y vestían antes de salir a la pasarela del estriptis.

Francho y Chelo se camuflaron al fondo de la sala, detrás de un perchero del que pendían vistosas plumas de colores. Parecía un exótico árbol de algún remoto paraíso. En cuanto recuperó el aliento que le produjo la carrera, Francho atisbó entre sus coloridas ramas y –en efecto–, tal como éstas auguraban, creyó haber llegado al paraíso. Un espectáculo de variopinta y atrevida lencería se abrió ante sus ojos. Ordenadas en fila, enfrentadas al espejo –algunas sentadas, otras de pie– se hallaban las criaturas de un ensueño: mujeres jóvenes de carnes duras y pechos altivos como sus miradas, vestidas con braguitas minúsculas, tangas de colores, mallas doradas, corpiños con pedrería refulgente, tacones de aguja y conjuntos de liguero a juego con medias de encaje. Era la representación de las fantasías que Francho había imaginado desde la adolescencia, un privilegio sólo reservado a los más audaces o los más afortunados. Así lo entendió él, lo cual justificaba la sonrisa que se acomodó en su rostro, una suerte de rictus autosuficiente y magnánimo similar al que muestran otros hombres tocados por la fortuna. O la audacia.

Chelo pareció comprender el prodigio que Francho estaba admirando. Y por extraño que parezca no se sintió celosa ni molesta. Al contrario, trató de mirar a las chicas con los ávidos ojos del fetichismo, como había hecho otras veces cuando le asaltaba la curiosidad y se proponía averiguar qué buscaban los hombres en aquella pasarela mágica. Se fijó en sus vientres tersos, sus muslos redondos, sus nalgas y sus cinturas, curvas y cavas respectivamente. Repasó sus cuellos rectos, sus ojos profusamente pintados y sus labios encendidos, pero no fue capaz de apreciar la perfección geométrica que ofrece un cuerpo femenino adornado con prendas de lencería, como hacía Francho, siempre y cuando las prendas fueran de la talla apropiada y estuvieran bien conjuntadas. Aun así esbozó una cumplida sonrisa, pero fue provocada por su agitado estado de nervios. Acababa de liberar al rehén de Koyak y pensaba fugarse con él atravesando la pasarela del estriptis.

31
De la mariposa de colores

Bajo al garaje en busca del coche. No me apetece caminar ni encontrarme con nadie. Sólo quiero ver a Francho y sincerarme con él. Necesito una palabra de comprensión o una burla que ridiculice mis sentimientos, cualquier remedio es válido si logra cauterizar mi herida abierta. Llego a su calle, aparco y me dirijo hacia el portal blandiendo enérgicamente las llaves de su casa. Ni siquiera me molesto en pulsar el timbre del portero automático, seguro como estoy de que no lo encontraré en casa. Tan sólo busco alguna pista que me ayude a descubrir adónde ha ido y por qué.

No creo que le haya sucedido nada malo. En cualquier otra ocasión habría presupuesto alguna tragedia de tintes paranoicos, pero esta noche no, tal vez porque mi necesidad de comunicación se antepone a cualquier otra reacción, paranoias incluidas. Nada más abrir la puerta del piso percibo un olor nuevo, ajeno a Francho. Lo llamo en voz alta un par de veces, sin recibir respuesta. Me pongo en guardia. Alguien ha estado allí. Busco en vano los signos característicos de un robo. Me dirijo al salón y lo repaso con la mirada. Nada está fuera de lugar. Al contrario, todo se halla más ordenado que de costumbre, lo cual me extraña sin llegar a resultarme sospechoso. Entro en la cocina y abro el frigorífico. Un barman con cierto olfato puede llegar a conclusiones asombrosas si tiene acceso al frigorífico de una persona. Está en marcha pero completamente vacío. Inexpresivo hasta para el barman con mayores dotes deductivas.

Sigo observando alrededor de la cocina y llego a conclusiones contradictorias: el frigorífico indica la ausencia de Francho pero las cinco bolsas de basura que se alinean junto al fregadero proclaman su presencia. Las estudio a través del plástico moviéndolas con un pie. Están llenas de latas y envases vacíos. No puedo calcular el tiempo que llevan ahí porque apenas huelen.

Antes de entrar en el dormitorio vuelvo a llamar a Francho en voz alta. Es un acto instintivo. Siempre me ha resultado violento entrar en un dormitorio ajeno, aunque se trate del de un amigo. La cama no está en su sitio. Alguien la ha movido hacia la pared de la izquierda. Doy un par de pasos y un buen respingo. Delante de mí, tumbado sobre el suelo, boca abajo, inmóvil, se halla lo que entonces me parece el cuerpo desnudo de una diosa.

El espectáculo había comenzado. Las dos primeras chicas ejecutaban ya sus sensuales movimientos sobre la pasarela del estriptis. Los silbidos, jaleos y aplausos de los espectadores así lo confirmaban. Francho se había sentado en uno de los sillones, frente al espejo, para dejarse arreglar por Sandra, que aquella noche vestía prendas más vulgares que cuando lo recibió en su casa con un cigarrillo en una mano y un café en la otra. No era la única chica a la que conocía. También estaba Rita, luciendo su escuálido y sensual cuerpo de goma.

Sandra terminó la labor de maquillaje que Chelo había comenzado en la habitación, untando generosas cantidades de cosméticos en su rostro con la idea de afeminarlo cuanto fuera posible. Francho seguía las evoluciones de su trabajo en el espejo, aunque el reflejo del cuerpo de Sandra lo perturbaba continuamente, en especial cuando admiraba la rotundidad de sus nalgas, escasamente cubiertas por un exiguo tanga de fantasía. Por suerte —pues también podría haberlo conducido al decaimiento y la aflicción– esa perturbación se transformó en un estímulo que le insufló una dosis extra de arrojo e intrepidez.

A su lado, Chelo se estaba ajustando y calzando respectivamente un corpiño y unas botas altas de cuero. Ya se había maquillado y recogido el pelo bajo una gorra de plato. Tenía un aire pícaro y marcial que subrayaba sus mermados aunque todavía presentes atractivos. Francho la miró y se acordó de Irene. Ese mismo conjunto –travieso y procaz– habría provocado desmayos entre la clientela del estriptis si lo hubiera lucido Irene, ahora que había recuperado las verdaderas hechuras de su cuerpo. Sandra lo devolvió a la realidad.

–Ya está –pronunció con énfasis–. ¿Qué te parece?

Se apartó a un lado para que Francho pudiera admirarse en el espejo, lo cual hizo sin apenas pestañear durante unos segundos de tensa expectativa. No sólo no se reconocía sino que no encontraba similitudes con nadie conocido. Su rostro parecía de cera: una composición multicolor a medio camino entre el antifaz de un superhéroe y la máscara de un carnaval. Sandra observó con desilusión el gesto confuso de Francho.

–Nunca me han gustado los espejos –confesó él–. Por primera vez me miro en uno sin el temor de encontrarme conmigo mismo.

Chelo lo miró con cejas en cuarto creciente y ojos llenos, como lunas sorprendidas. No esperaba ese nivel de sinceridad justo antes de ejecutar su arriesgado plan de fuga. Sandra tomó una peluca de cabellos rosas y se situó tras el sillón de Francho.

–Espera a verte con esto –le dijo con una sonrisa de aplomo colocándole cuidadosamente la peluca sobre la calva–. No te reconocerá ni tu propia madre.

Francho volvió a contemplarse durante unos segundos sin decir palabra. Los mechones rosas que caían sobre sus hombros le daban un agresivo aspecto similar al de una arisca hembra felina. O al de un estrafalario vikingo recién desembarcado en tierra firme. En efecto, su madre no habría tenido ninguna posibilidad de reconocerlo.

Sandra se acercó a él con varias prendas de lencería en la mano.

—Elige —le sugirió, mostrándoselas.

Francho negó rotundamente, provocando un barrido de mechones delante de sus ojos.

—Gracias, Sandra —dijo levantándose y comenzando a desabrocharse el cinturón—, pero prefiero lucir mi propia ropa interior.

Bajo el pantalón apareció una braguita roja adornada por un encaje en la parte delantera y un pespunte alrededor de su perfil. Ante el asombro de las chicas allí presentes —Chelo excluida—, Francho se pasó los dedos por el contorno de la prenda para ajustarla entre sus nalgas y sus ingles. Luego se quitó la camisa y rellenó con algodones el sujetador que llevaba puesto.

—Sólo me gusta la ropa si es de mi talla —añadió a modo de explicación.

En ese momento regresaron al camerino las dos chicas que habían estado actuando, circunstancia que liberó a Francho de la súbita curiosidad que había despertado entre sus compañeras. Chelo se acercó a él con decisión, lo tomó del brazo y lo condujo a la puerta de acceso a la pasarela, por la que ya salían dos nuevas chicas para continuar el espectáculo. Una de ellas era Rita.

—Saldremos cuando ellas dos terminen —le dijo.

Y prosiguió dándole instrucciones sobre cómo debía actuar y por dónde tenía que escapar, sin darse cuenta de que Francho se hallaba extasiado por la voluptuosidad que es capaz de provocar un cuerpo enjuto pero lascivo, como el de Rita, cuando se mueve con la cadencia oportuna.

Después de superar mi primera reacción —que es marcharme del piso de Francho— y mi primera tentación —que es sentarme en la cama a contemplar con deleite el cuerpo de la diosa—, logro acercarme a ella para incorporarla y comprobar si está consciente. O si sigue viva. Pese al gesto de dolor que compone, su rostro es hermoso. Está caliente y respira. Huele a alcohol y a sudor. Junto a ella hay una botella vacía del whiskey que toma Francho. Trato de reconstruir unos hechos que puedan explicar qué relación guarda la presencia de aquella hermosura en esa casa con la prolongada ausencia de mi amigo, pero es inútil. Sólo llego a comprender que me encuentro ante la misteriosa visitante a la que daba cobijo. Nada más.

—¿Dónde está Francho? —le pregunto, dándole un tímido cachete en la mejilla.

No responde ni hace mención alguna de moverse. Ni de abrir los ojos. Puede que sufra un coma etílico o una lipotimia. No tengo más remedio que volver a darle otro cachete, al que parece reaccionar con un incipiente movimiento de ojos, como si comenzara a despertar de un hondo sueño. Me siento igual que un terrícola ante un recién llegado de otro mundo, ya sea una lejana galaxia, un remoto continente o una época del pasado. Por mi cabeza cruza la idea de formularle la misma pregunta en inglés —o en francés—, lo que indica el grado de mi desconcierto, pero en aquel momento sus labios se juntan y emite un gemido en forma de eme sostenida.

—¿Te encuentras bien? —insisto—. ¿Qué ha sucedido?

Por toda respuesta abre unos ojos claros, de blancura incierta, de los que manan unas inexpresivas lágrimas, ignoro si de dolor, pena o alivio.

—Soy un amigo de Francho —digo para tranquilizarla.

Inmediatamente me arrepiento de haberlo dicho. No debo descartar la posibilidad de que Francho sea el responsable de su estado. Ella parece comprender entonces dónde se encuentra, incluso quién es: las dos preguntas reglamentarias que se hacen los desmayados cuando vuelven a la conciencia. Achina los ojos y me mira, supongo que tratando de reconocerme. Ardua labor, considerando que no me ha visto nunca. Sin embargo reacciona como si lo hubiera hecho, pues se incorpora lo justo para poder abrazarme, dejando en evidencia que se ha orinado sobre el suelo. Sin poder evitarlo sufro una erección refleja y, por un instante, mi mente fantasea con la delirante idea de mantener una extemporánea relación sexual allí mismo, en el suelo del dormitorio, sobre sus orines, lo cual habría resultado un ultraje sin posibilidad de redención: nada menos que abusar de la soberana gratitud de una diosa en apuros. Afortunadamente, justo en ese momento, comienza a hablar.

Chelo salió a la pasarela en primer lugar, desfilando con autoridad y cierta afectada marcialidad, como correspondía a su disfraz y al pequeño látigo que llevaba en una mano y hacía restallar contra el suelo cada dos o tres pasos. Francho la observó desde la puerta, sin poder evitar un entrecejo de sorpresa. No ponía en duda las dotes interpretativas de Chelo, aunque desde luego no esperaba encontrarla tan endiabladamente atractiva. Y provocativa. O quizá su sorpresa sólo fue el refugio donde esconder su miedo escénico.

Una de las chicas tuvo que darle el empujón definitivo. Francho apareció en la pasarela como un paracaidista novato en el aire, espantado y atraído por el vértigo, sin saber a ciencia cierta cuándo volvería a pisar tierra firme. La sala prorrumpió en un aluvión de gritos y aplausos. Y algún insulto aislado. Los parroquianos agradecían enardecidos la actuación de un travesti, probablemente para descansar sus insaciables miradas y divertirse un rato exentos de la tensión sexual que transmitían los cuerpos en movimiento de las chicas.

Francho debía limitarse a caminar hasta la primera barra y ejecutar unas sencillas contorsiones, lo menos torpes posibles, sin más vocación que provocar unas cuantas sonrisas entre los espectadores y encontrar el momento oportuno para escapar junto a Chelo. Pero hay ocasiones en que los elementos, cualesquiera que sean —materiales o abstractos, espirituales o concretos— se alinean entre sí, como en conjunción astral, y el destino hace que lo inesperado —e incluso lo improbable— se convierta en realidad.

Por los altavoces del Sex-Appeal comenzó a escucharse el ritmo inconfundible y la voz nasal de Alicia Bridges interpretando «I love the nightlife», un clásico de la música disco. Francho respondió al estímulo sonoro automáticamente, como quien ha sido adiestrado para ello. Sus caderas se acomodaron al ritmo de la música sin el concurso de su voluntad, lo mismo que sus piernas y sus brazos. Antes de que se diera cuenta se hallaba bailando en la pasarela del estriptis, mientras sus labios pronunciaban la letra de la canción, interpretando un playback que había ensayado infinidad de veces en su dormitorio, frente al espejo de su armario, sin sospechar que un día lo haría ante un nutrido grupo de asombrados espectadores que acompañaría sus movimientos al compás de sus palmas.

Su cuerpo depilado y fibroso, embutido en la braguita y el sostén de la mercería materna, tenía ese aire de premeditación sexual que sólo poseen los verdaderos travestis. A ello contribuían sus procaces pero elegantes movimientos, su maquillaje de fantasía y la erótica que transmitía su peluca de cabellos largos y brillantes. Francho no era reconocible: no era Francho. Se había convertido en una entidad colorista y rítmica, un ser vivo que recorría la pasarela irradiando energía. Más que nunca parecía un insecto recién salido de la crisálida donde había desarrollado su metamorfosis, mostrando altivamente su nueva y hermosa apariencia. Quizá por eso, cuando al fin escapó, siguiendo la señal que le hizo Chelo desde el extremo de la pasarela, pareció que una espectacular mariposa hubiera salido volando del Sex-Appeal. Y ésa es la impresión que dejó entre los desprevenidos espectadores, que asistieron a la fuga sin comprenderla, como si en lugar de presenciar un número musical se hallaran ante la actuación de un mago que extrajera insectos de colores de su sombrero. De nada sirvió la rápida intervención de los hombres de Koyak. Apenas tardaron unos segundos en salir a la calle tras los fugitivos, pero sólo alcanzaron a ver cómo éstos entraban en un coche que los esperaba con el motor encendido.

Era mi coche. Soy yo. Antes de dejarla al cuidado de Hortensia —en mi casa—, Irene me ha hablado de la plaza de Santa Isabel. Me planto allí sin ningún plan preconcebido, siguiendo el dictado de un instinto de protección, lejos de sospechar que el destino va a alinear los elementos a favor de lo improbable y voy a llegar en el momento oportuno, justo cuando Chelo y Francho salen huyendo de lo que parece un local de alterne, ante cuyas atractivas luces de neón me he detenido, como un insecto ante el colorido pétalo de una flor.

No sé quién se sorprende más, pero sí quién lo hace antes. Es Francho quien reconoce mi coche y empuja a Chelo hacia su interior. Yo sólo acierto a volverme un momento para mirarlos sin comprender lo que ocurre.

—Vámonos —brama Francho con un timbre de voz impropio de su atuendo.

Es entonces cuando lo reconozco. Acelero con brusquedad, doy la vuelta a la plaza y las luces de neón se alejan por los espejos retrovisores. No levanto el pie del acelerador hasta que no me incorporo al tráfico de una transitada avenida, momento en que Francho aprovecha para ejercer sus ineludibles obligaciones sociales.

—Ésta es Chelo —dice.
—Mucho gusto.

En mi casa nos esperan Hortensia e Irene. Madre e hija se

reencuentran a solas, en mi habitación, sentadas —tal vez recostadas— sobre la cama. Nosotros, los astrónomos aficionados, siempre ávidos de contemplar inusuales conjunciones y casualidades cósmicas, declinamos la visión de dos mujeres recién liberadas de sus respectivos cautiverios y optamos por recluirnos en el salón con una botella de vodka y dos vasos. Hortensia no quiere compartir ninguno de estos dos fenómenos cósmicos y decide aislarse en su dormitorio, alegando estar cansada, gesto que le agradezco con la mirada, pues sospecho que Francho va a contarme por fin todo lo que antes ha callado. Y estoy seguro de que no hablará con la franqueza necesaria en su presencia.

Francho se sirve varias veces de la botella, pero no habla por efecto del alcohol. Puede que su metamorfosis en la pasarela le haya afectado el habla, porque compone un discurso inusualmente largo, coherente y honesto, en ocasiones brillante, casi divertido. Su verdad explosiona ante mí como una cercana supernova, cegándome la razón en alguna ocasión, provocando mi asombro o haciéndome sonreír de admiración mientras narra el periplo de sus pesquisas hasta y desde que encontró a Irene.

Después adviene el silencio y cierta tensión en el ambiente, posiblemente porque Francho espera mi reacción con la cabeza erguida, orgulloso y a la vez celoso de lo que me ha contado. Sus ojos muestran los restos de un maquillaje naufragado. Parece el superviviente de sí mismo. No quiero acercarme a él por temor a tropezarme con un gesto inadecuado. Infiel a mi costumbre prefiero hacer uso de la palabra. Quizá el habla se contagie, como se contagian los estornudos. O el llanto. Apuro mi vodka y dejo el vaso en la mesa con rotundidad.

—No has acabado tu misión —digo con el ademán distendido de la complicidad—. Aún tienes que entregar el sobre a su verdadero destinatario.

32
De la variedad de las crisálidas

Pasará el tiempo. No el suficiente para que todo termine, tan sólo el necesario para concluir esta crónica de sucesos. Hortensia dejará de vivir en mi casa. Cuando el cabello cubra su calva, sus cejas reaparezcan y sus pestañas se comben de nuevo decidirá regresar al pasado, de donde tan precipitadamente tuvo que salir huyendo. Como un ave con vocación migratoria que percibe los primeros cambios atmosféricos, alzará el vuelo hacia el nido que Armando habrá construido para ella.

Ignoro si recobraré mi soledad porque no sé si alguna vez llegué a perderla del todo. Los solitarios somos fieles a nuestra condición, no importa si vivimos solos o acompañados. Volveré a refugiarme en el catálogo BWV, aunque escucharé mis piezas favoritas con un nuevo y estimulante deleite, que provendrá del recuerdo de haberlas disfrutado junto a Hortensia, como si la audición de una pieza musical dependiera no sólo del oído sino también de la memoria.

Recuperaré mi vida rutinaria, pero los sábados por la tarde saldré del café más temprano para asistir a los partidos de baloncesto del equipo local. Llegaré a la cancha con una bolsa bien surtida de pequeños y deliciosos bocadillos que elaboraré especialmente para Hortensia. Ella aparecerá cuando la bocina señale el comienzo del partido. Y eso me hará creer que lo que en realidad anuncia esa bocina es su llegada. Nos sentaremos juntos, igual que hacíamos ante el televisor de mi casa, dispuestos a vivir intensa y solidariamente las evoluciones del marcador. Durante el descanso daremos cuenta de los bocadillos mientras intercambiamos muecas de glotonería y miradas de complicidad. Al finalizar el partido, una vez que la bocina resuene de nuevo para despedir a Hortensia, abandonaremos la cancha hablando con animación de lo sucedido –si nuestro equipo ha ganado– o de lo que habría podido suceder –si ha perdido–. En el exterior, sujeto al volante de su automóvil, la esperará Armando con el rostro desencajado por el ansia de recuperar lo que sin duda me habrá prestado a regañadientes durante un par de horas. Hortensia depositará un beso de despedida en cada una de mis mejillas y correrá a montarse en el coche, donde Armando le demandará otro de bienvenida.

Chelo e Irene vivirán con Francho, en su ático, sin necesidad de desconectar el teléfono ni cerrar la puerta con llave, salvo quizá por la noche. Los tres formarán un simulacro de unidad familiar con inusuales vínculos y relaciones personales. Francho seguirá admirando el cuerpo de Irene desde su mecedora, como un padre incestuoso y ruin, pero cuando sienta la necesidad de aparearse tendrá la decencia de acostarse con Chelo. No podrá decirse que ésta se comporte como la esposa de Francho, ni que le reserve ningún sentimiento ajeno a la gratitud y la seguridad, pero tratará de mostrarse comprensiva y amable, vestirá la ropa interior de la mercería de su inexistente suegra y se dejará acariciar todas las noches sin interponer quejas ni remilgos. Seguramente es más de lo que haría una verdadera esposa y mucho menos de lo que se le exigiría a una prostituta, de modo que su estatus quedará indefinido entre la querencia del sexo y la cortesía del bienestar.

Irene ya no dependerá de la metadona, si bien todavía requerirá ayuda farmacológica de menor intensidad. Por las mañanas trabajará en casa de Valdivieso, ocupada en tareas del hogar y otros recados, como la aplicación de un masaje diario a la esposa de Valdivieso, que sufre de la espalda. También la ayudará a depilarse y maquillarse, aunque será precisamente en casa de Francho donde cada pocos días tendrá que afrontar su reto profesional más difícil: nada menos que afeitar la barba y depilar el torso y las piernas de su benefactor, cortar y peinar sus cabellos, perfilar sus cejas y, cuando él se lo demande, pintar sus uñas, maquillar sus ojos, combar sus pestañas postizas y colocarle una de sus pelucas de colores.

Francho seguirá trabajando en la oficina de correos, enfrente de un nuevo compañero que sustituirá a Hortensia durante su renovada excedencia. Por fortuna resultará ser un sujeto silencioso y aplicado que apenas ocupará espacio ni tiempo. Parecerá un pedazo de la materia oscura del universo. Gracias a ello Francho evitará distracciones y volverá a ser el eficaz funcionario que siempre ha sido. Valdivieso lo observará a menudo con curiosidad, sin comprender el origen de un nuevo brillo que advertirá en sus ojos, como si sus órbitas oculares se lubricaran desde algún sentimiento alegre o recuerdo jovial.

Francho se travestirá dos o tres noches por semana. Ayudado por Irene y Chelo se dejará maquillar con deliberada profusión, se adornará con una de sus pelucas y se pondrá sus prendas íntimas más provocativas para convertirse en el deslumbrante insecto que salió de su crisálida en la pasarela del Sex-Appeal. Actuará en varios locales de la ciudad, todos especializados en travestis y drag queens —entre ellos el propio Sex-Appeal–, donde a veces se encontrará con la torva y fugaz mirada de Koyak. La interesada y permisiva actitud de este último no sorprenderá a nadie, dado que para los sujetos como él los negocios suelen estar por encima de las historias personales de los negociantes. Y la actuación de Lady Soul representará siempre un gran negocio, sin lugar a dudas la mejor caja de toda la semana. Francho adoptará como nombre artístico el del álbum más famoso de Aretha Franklin. Interpretará canciones de su elenco de divas de la música disco, el soul y el funky, incorporando discretas coreografías que ensalzarán su postiza feminidad y arrancarán encendidos aplausos entre el público.

Nadie —ni siquiera él mismo— habría podido imaginar que la lencería rescatada de la mercería materna sería la crisálida de donde brotaría una nueva forma de vida que haría la suya menos monótona y más breve, si consideramos que la longitud aparente de la vida es inversamente proporcional a su grado de diversión. Todos somos capaces de ocultarnos para sufrir una metamorfosis y salir con el aire renovado que sucede a una tormenta. Es justo así como ganamos el privilegio de la vida, inmersos en el denso y líquido elemento materno. Y es así como abandonamos este mundo, igualmente ocultos en el estuche de la muerte, una caja de madera que contiene nuestro cuerpo antes de transformarse en una leyenda o caer en el olvido.

Algún día, mientras curiosee en los cajones de la mesilla de Irene guiado por su incurable fetichismo, Francho se topará de nuevo con el celebérrimo sobre destinado a Koyak. Estará intacto, confundido entre la exquisitez de la ropa interior. Francho se lo entregó a Irene la noche de su triple liberación —la de Francho, Chelo y la propia Irene—, después de haberse sincerado conmigo ante la botella de vodka. Cuando lo reconozca entre las bragas y los sostenes de Irene no podrá ocultar una sonrisa de complacencia. Presumo que será un gesto de orgullo profesional, pues finalmente —y pese a ir dirigido a otra persona— fue capaz de entregarlo a su verdadero destinatario. Ese sobre cerrado es en cierto modo otro capullo del que podría salir una nueva Irene: todo depende de los resultados que contenga. Y si ella no lo abre es porque ignora si esos resultados pueden ser un salvoconducto o una condena.

Luego llegará la noche. Cuando el sol se ponga y la luz se extinga, planetas, estrellas, galaxias y enormes masas gaseosas ocuparán su lugar en el firmamento a la espera del siguiente amanecer. Son las mariposas de la noche, las polillas del cielo. A través de los oculares del telescopio aletearán con estática elegancia ante los miembros del club de los estrellados, todos convertidos en silenciosos y osados voyeurs de la belleza estelar.

Mientras tal espectáculo acontezca las notas de las variaciones Goldberg resonarán en mi memoria con la dulce cadencia de lo sublime. Es la pieza 988 del catálogo BWV, la única de mi colección que no escuché en compañía de Hortensia y, por tanto, la única que me permitirá sorprenderla si llega el momento.

Hortensia permanece en mi retina convertida en un cometa que se dejó admirar a conciencia desnuda, sin cabellera, sin cola de polvo y gas, ni aberraciones ópticas. No necesité ningún telescopio para contemplarlo, no tuve que esperar a que llegara la noche o a que la luna se pusiera por el horizonte. Pude hacerlo con mis propios ojos a todas horas del día. Fui un privilegiado y –quién sabe– tal vez pueda volver a serlo: los cometas siguen excéntricas trayectorias que, en ocasiones, los hacen regresar.

Últimos títulos

663. El interior del bosque
     Eugenio Fuentes

664. Las maestras paralíticas
     Gudbergur Bergsson

665. Sobre los acantilados de mármol
     Ernst Jünger

666. Los atormentados
     John Connolly

667. La lámpara de Aladino
     Luis Sepúlveda

668. Tirana memoria
     Horacio Castellanos Moya

669. Adverbios
     Daniel Handler

670. After Dark
     Haruki Murakami

671. El sobre negro
     Norman Manea

672. Todos los cuentos
     Cristina Fernández Cubas

673. Expediente del atentado
     Álvaro Uribe

674. El chino
     Henning Mankell

675. El doctor Salt
     Gerard Donovan

676. Guerra en la familia
     Liz Jensen

677. Un día en la vida de Iván Denísovich
     Alexandr Solzhenitsyn

678. Los hermosos años del castigo
     Fleur Jaeggy

679. Desierto
     J.M.G. Le Clézio

680. Onitsha
     J.M.G. Le Clézio

681. Presencia
     Arthur Miller

682. Sólo un muerto más
     Ramiro Pinilla

683. A cada cual, lo suyo
     Leonardo Sciascia

684. La mujer del mediodía
     Julia Franck

685. El espíritu áspero
     Gonzalo Hidalgo Bayal

686.	La música del hambre J.M.G. Le Clézio
687.	El hijo del viento Henning Mankell
688.	Contrarreloj Eugenio Fuentes
689.	Los Hombres de la Guadaña John Connolly
690/1.	Pasado perfecto Leonardo Padura
690/2.	Vientos de cuaresma Leonardo Padura
690/3.	Máscaras Leonardo Padura
690/4.	Paisaje de otoño Leonardo Padura
691.	Los túneles del paraíso Luciano G. Egido
692.	Venganza tardía Tres caminos a la escuela Ernst Jünger
693.	El club de los estrellados Joaquín Berges
694.	Una historia romántica Antonio Scurati
695.	Monógamo Arnon Grunberg